Jürgen Reyer

Die Kindergärtnerin

Jürgen Reyer

Die Kindergärtnerin

Ein Roman
aus der Anfangszeit des Kindergartens

IMPRESSUM

ISBN 978-3-943509-10-6

ein Imprint von PROARCERA Limited
Niederlassung Deutschland
Zweigstelle Rudolstadt
Marktstraße 9 | 07407 Rudolstadt
Tel.: 03672 / 48 96 92 0
www.edition-burghuegel.de

Lektorat / Satz / Layout: www.ml-verlagswesen.de
Covergestaltung: www.pxlrebell.com

Auslieferung: BURGHÜGEL Editionsverlag Rudolstadt
9,90 EUR

Für
Margit H.

In der Mitte des 19. Jahrhunderts hätte sie zu den mutigen Kindergärtnerinnen der ersten Stunde gehört, denen diese kleine Erzählung gewidmet ist.

„Die Kindergärtnerinnen jener Reaktionsperiode haben in der Tat ein Märtyrertum durchgemacht, das dem vieler um ihrer Gesinnung verfolgter Männer jener Zeit vollkommen ebenbürtig ist. Die Kindergärten wurden polizeilich verboten, und die Vorsteherinnen derselben sahen sich plötzlich ohne Existenz; auch diejenigen, welche durch Unterricht und Vorträge Kindergärtnerinnen bildeten, mussten aufhören zu lehren, und es fehlte nicht an Maßregelungen der mannigfaltigsten Art."

Louise Otto-Peters
Das Recht der Frauen auf Erwerb. Blicke auf das Frauenleben der Gegenwart.
Hamburg: Hoffmann und Campe 1866.
Neuausgabe: Leipziger Universitätsverlag 1997, S. 104.

I

Geräusche aus den unteren Räumen des Gasthauses weckten sie aus unruhigem Schlaf. Der Tag, auf den sie lange gewartet hatte, war gekommen.

Nach der Morgentoilette im fahlen Licht des kleinen Stubenfensters eilte sie, mit Straßenhaube und Überziehmantel in der einen und einer leichten Reisetasche in der anderen Hand, nach unten. Im Gastraum hielt sie Ausschau nach einem freien Tisch.

„Wenn das gnädige Fräulein vielleicht hier bei den Herrschaften Platz nehmen wollen?", wandte sich der Wirt an sie.

„Nein, besten Dank Herr Wirt. Bitte servieren Sie mir das Frühstück dort drüben an dem freien Fenstertisch."

„Wie immer Sie wünschen …", eine gewisse Missbilligung war nicht zu überhören.

Kaum verhüllte Blicke begleiteten sie zu ihrem Tisch, was vielleicht ihrer hochgewachsenen Gestalt und der ausgewählten Kleidung, eher aber dem Umstand geschuldet war, dass sie offensichtlich ohne Begleitung reiste. *Bei den Soldaten hat man das Spießrutenlaufen schon längst abgeschafft, ihr Gaffer!* Sie setzte sich und schaute aus dem Fenster. Schemenhafte Gestalten eilten vorbei – Gotha an einem nebligen Morgen, Anfang Oktober 1850. So unwirklich wie diese Gestalten kam ihr die gesamte Situation vor. Gestern noch in Rudolstadt bei den Eltern, heute Vormittag in Gotha und heute Nachmittag in Erfurt, ihrer ersten

Wirkungsstätte als Kindergärtnerin … Das Frühstück kam, es war rustikal und reichlich – Brot, Butter, Käse, Milch, Marmelade, Kaffee.

Irgendwo im Haus schlug eine Uhr. Die Post ging um zwölf Uhr. Wenn sie noch ihre Besuche machen und etwas von der Stadt sehen wollte, musste sie sich eilen. Für ein Billet, das ihr einen Platz in der Postkutsche sicherte, hatte sie am Vorabend bei ihrer Ankunft gesorgt. Für Bett und Frühstück zahlte sie neunzehn Kreuzer.

Die Poststation Zum Schrapfen, wo sie ihre Reisetasche deponieren wollte, befand sich, wie auch das Gasthaus Zum Propheten, in dem sie übernachtet hatte, am Neumarkt. Beim Stationswirt erfragte sie den Weg zum Lucas-Cranach-Haus. Bevor sie sich dahin aufmachte, entnahm sie ihrer Reisetasche einen Umschlag und steckte ihn in ihre Handtasche.

Bei ihrem letzten Besuch in Marienthal hatte Fröbel ihr angeraten, den Umweg über Gotha zu nehmen, um den Kindergarten von Frau Herold kennenzulernen. Seine Kindergärtnerinnen sollten Verbindung untereinander halten, darauf legte er Wert. Er selbst blieb in Briefkontakt mit jeder von ihnen. Mein Gott! Woher nahm der alte Herr nur die Zeit und Kraft, die vielen Briefe zu schreiben? Und ob sie wohl so gut sein wolle, beim Lehrer Köhler vorbeizuschauen, um ein Manuskript zu übergeben? Das sei ihm sicherer, als es der Post anzuvertrauen …

Das Lucas-Cranach-Haus, das der Lehrer für den Besuch vorgeschlagen hatte, befand sich nur einige Minuten entfernt, vorbei am Rathaus, auf halber Höhe des zum Schloss aufsteigenden Hauptmarkts. Fröbel hatte den jungen Lehrer im letzten Sommer während einer Tagung des „Allgemeinen Deutschen Lehrervereins“ in Gotha kennengelernt. Er hatte Fröbel von seinen guten Erfahrungen mit den Kindern berichtet, die vor ihrem Eintritt in die Schule in den Kindergarten der Frau Herold gegangen waren. Das hatte den alten Herrn über die Maßen gefreut. Sie korrespondierten miteinander und tauschten ihre Gedanken darüber aus, wie sich Kindergarten und Elementarschule besser aufeinander abstimmen ließen. Das Manuskript, das sie bei sich trug, sei ein Versuch, so hatte Fröbel ihr erklärt, die Lernstufen der aufeinander folgenden Lebensalter in ihrer Unterschiedlichkeit wie in ihrem inneren Zusammenhang zu beschreiben … Friederike hatte den Lehrer Köhler durch die Berichte Fröbels als tatkräftigen Mann einzuschätzen gelernt, dem die weitere Verbreitung der Kindergärten am Herzen lag. Darum hatte sie gern die unverhoffte Gelegenheit wahrgenommen, ihn persönlich zu treffen und sich bereitwillig einverstanden erklärt, das Manuskript zu überbringen. Fröbel hatte ihren Besuch angekündigt …

Da stand sie schon vor der Nummer 17, dem Lucas-Granach-Haus. Sie schlug den kunstvoll verzierten Messingring an. Ein Mann in den frühen Dreißigern öffnete ihr. „Sie müssen Fräulein Nachtigal aus Rudolstadt sein“, empfing er sie mit einem freundlichen Lächeln, wobei er das oberste Knopfloch seines Rockes schloss. „Köhler, August Köhler … Wie schön, dass Sie den Weg durch den Nebel gefunden haben.“ Mit einer einladenden Armbewegung bat er sie herein. Sie traten in eine mit Wandgemälden geschmückte Treppenvorhalle. Im hinteren Teil waren Handwerker zu sehen. Er führte sie in ein kleines Kabinett.

„Setzen wir uns hierher. Sie werden sich fragen, warum ich Sie in dieser …“, er zeigte mit der Hand auf die Deckenbemalung, die wertvollen Möbel, die Ölgemälde und die Bücher-Etageren, „… warum ich Sie in dieser herrschaftlichen Umgebung empfange, und nicht in meiner bescheidenen Schule. Der Grund ist einfach – ich wollte ihnen den langen Weg zur Schule ersparen, und da ich ohnehin häufiger hier bin, lag es nahe, Sie hierher zu bitten. Ich habe den Fortschritt einiger Umbauten zu überwachen, die für die Gründung einer Privatschule für Mädchen notwendig sind. Eine Gruppe angesehener Gothaer Bürger und ich sehen für die Gründung eines solchen Instituts ein dringendes Bedürfnis. Frau von Seebach, die Gattin des Staatsministers, hat ihren Einfluss geltend gemacht, und so können wir einige Räume dieses schönen Hauses nutzen. Aber bitte …", er wies auf eine Schale mit Backwerk auf einem Beitisch, „… Sie müssen unbedingt von dem Gebäck probieren, meine Frau hat es mir mitgegeben. ‚Du musst dem Fräulein doch etwas anbieten', hat sie mich gemahnt … Nun aber sagen Sie, wie geht es unserm verehrten Herrn Fröbel?"

„Er ist wohlauf und lässt Sie bestens grüßen. Hier …", Friederike langte in ihre Handtasche und überreichte ihm den Umschlag, „… das Manuskript, das er mir für Sie mitgegeben hat."

Der Lehrer nahm es dankend entgegen. „Ich bin begierig es zu lesen! Wie stehen Sie zu all den Fragen, Fräulein Nachtigal?"

„Ich hab das Manuskript nicht gelesen, aber Herr Fröbel hat mich davon in Kenntnis gesetzt, dass es Gedanken zum Lernen des kleinen Kindes und des Schulkindes enthält."

„Ganz recht … Wenn wir uns nicht damit begnügen wollen, eine nur äußerliche Verbindung zwischen Kindergarten und Schule anzustreben, sondern eine wahrhaft organische Verbindung unser Ziel ist, dann müssen wir ein klares Verständnis davon haben, wie die Gemüts- und Verstandeskräfte des kleinen Kindes und des Schulkindes sich entwickeln. Erst dann können wir unsere Methoden aufeinander abstimmen."

„Wer könnte da anderer Meinung sein … Doch mit Verlaub Herr Köhler, Sie fragten, wie ich darüber denke. Wer soll denn diese, wie Sie sagen, ‚organische Verbindung' ins Werk setzen? Sind es nicht die Kindergärtnerinnen und die Lehrer? Und müssten wir Kindergärtnerinnen aus diesem Grunde nicht viel mehr über die Schule und ihre Methoden wissen, wie auch die Lehrer über die Bildungsarbeit des Kindergartens unterrichtet sein sollten? Die große Kluft zwischen Kindergarten und Schule, die auch den Bildungsgang der Kinder zerreißt … diese Kluft, sollte sie nicht auch durch eine gemeinsame Ausbildung der Kindergärtnerinnen und der Elementarschullehrer geschlossen werden?“

Herr Köhler schaute sie nachdenklich an. „Da haben Sie sicher recht … Aber Ihre Gedanken, wertes Fräulein Nachtigal, eilen der Gegenwart weit voraus. Noch gibt es ja nur sehr wenige Kindergärten, zusammengenommen zwanzig, vielleicht dreißig, in allen deutschen Ländern? Und um die Lehrerbildung ist es gegenwärtig nicht gut gestellt. Sie werden wohl kaum wünschen können, dass die Kindergärtnerinnen in diesen erbärmlichen Lehrerseminaren zusammen mit den Elementarschullehrern ausgebildet werden!“

„Herr Middendorff, er unterrichtet in Marienthal die praktische Kindergärtnerei … Sie haben sicher von ihm gehört …?“

„Ja, ich habe seine Schrift über die Kindergärten gelesen, sie hat mich sehr beeindruckt.“

„Herr Middendorff meint, wenn es zu einer Verbindung von Kindergarten und Schule kommen soll, müssten die Schulen von Grund auf geändert werden, jetzt seien es reine Paukanstalten, mit achtzig und noch mehr Kindern in einer Klasse … Es sei ein Verbrechen an den Kindern, wenn sie nach dem Kindergarten in solch übelriechenden Schulsälen zusammengepfercht würden. Er hat dann gern Pestalozzi zitiert. ‚Freund! Sag‘ mir: kann der Schwertschlag, der durch den Hals geht und den Verbrecher vom Leben zum Tode bringt, auf seinen Leib eine größere Wirkung machen als ein solcher Übergang von der langgenossenen, schönen Naturführung zum erbärmlichsten Schulgang auf die Seele der Kinder?‘“

„Ja, das ist aus ‚Wie Gertrud ihre Kinder lehrt'. Auch wenn es noch keine Kindergärten gab, der Eintritt in die Schule, wie ihn Pestalozzi so drastisch beschreibt, ist für viele Kinder, deren Eltern sich Privatlehrer nicht leisten können, auch heute noch traurige Realität. Wir hier in unserm kleinen Herzogtum haben zwar wenig Grund zur Klage, unser Herzog Ernst hält die Schulen seines Landes, auch die Volksschulen, in gutem Zustand, und die Ausbildung der Lehrer ist solide … Gotha hätte ja auch einen guten Ruf zu verlieren. Aber schauen Sie nur nach Preußen. Dort glaubt man tatsächlich, so musste ich zu meinem Schreck lesen, dass auch die Lehrer an den Aufständen schuldig gewesen seien. Jetzt wird ihre Ausbildung auf das Notwendigste beschränkt. Wie kann man nur so töricht sein, einen um die Lehrerbildung so hoch verdienten Mann wie den Seminardirektor Diesterweg zu entlassen? Begreifen diese Kommissköpfe denn nicht, dass gut ausgebildete Lehrer und eine bessere Bildung für alle wirksamere Mittel gegen Aufstände und Revolutionen sind als ihre Kartätschen und Kanonen? … Ich bewundere Ihre Courage, Fräulein Nachtigal. Freiwillig würde ich nicht ins preußische Erfurt gehen!"

„Ach Herr Köhler, wenn ich die Wahl hätte zwischen Gotha und Erfurt, sicher zöge ich Gotha vor. Aber der Kindergarten, den mir Fröbel vermittelt hat, befindet sich in Erfurt, und Erfurt gehört nun mal zu Preußen. Aber in Sachsen und Bayern, so hört man, sind die Verhältnisse auch nicht günstiger. Überall haben die Reaktionäre und Pietisten die Oberhand gewonnen, und die wenigen Aufrechten müssen sich aus Furcht vor polizeilicher Repression verborgen halten, flüchten nach England oder gar in die nordamerikanischen Freistaaten. Das war ein böser Schock, als wir im Juli in Marienthal davon erfuhren, dass die Preußen den Seminardirektor Diesterweg entlassen haben. Alle waren sehr bestürzt. Herr Fröbel war tagelang niedergeschlagen. Am Tag nach der Nachricht sah er sich nicht in der Lage, Stunden zu halten …"

Es klopfte, und ein Handwerker erschien in der Tür. „Herr Köhler, Sie müssten …“

„Ja, ich komme! Liebes Fräulein Nachtigal, Sie hören, man braucht mich. Doch lassen Sie mich noch sagen, dass es mir fernliegt, Sie entmutigen zu wollen. Richten Sie Ihre Gedanken nur auf eine bessere Zukunft. Sicher wird es bald auch wieder eine Zeit geben, die solche Gedanken braucht …“ Er stand auf und geleitete Friederike zur Eingangstür.

„Vielen Dank Herr Köhler, dass Sie sich Zeit für mich genommen haben, und auch für das Gespräch … Wie gehe ich am besten, um zum Kindergarten von Frau Herold zu kommen?“

„Ich habe zu danken, Fräulein Nachtigal, wie gern hätte ich länger mit Ihnen gesprochen. Wir sollten brieflich in Verbindung bleiben … Ach, Fräulein Nachtigal, wir brauchen noch eine tüchtige Englischlehrerin, wie wär's?“

„Ich bin Kindergärtnerin, Herr Köhler, Kindergärtnerin!“

Herr Köhler lachte. „Natürlich. Wenn Sie zum Kindergarten von Frau Herold wollen, gehen Sie am besten den Weg, den Sie kamen, ein Stück weit zurück, am Rathaus vorbei, rechts Richtung Neumarkt, die erste Gasse links, sie führt zur Gartenstraße, dort halten Sie sich wieder links und fragen am besten noch einmal … Verirren Sie sich nicht in diesem Nebel. Viel Glück in Erfurt! Und richten Sie Frau Herold meine Grüße aus!“

* * *

Friederike war Frau Herold vor zwei Jahren während der großen Lehrerversammlung in Rudolstadt begegnet. Bernhardine Herold stammte aus dem Koburgischen, war verwitwet und hatte an Fröbels Kursen in Dresden und Bad Liebenstein teilgenommen. Den Kindergarten, der 1844 von Christiane Erdmann, auch eine Schülerin Fröbels, gegründet worden war, leitete sie seit zwei Jahren. Friederike fand ihn in einer Seitengasse der Gartenstraße, etwas versteckt in einem Hintergebäude. In einem eingefriedeten Garten waren Blumen- und Gemüsebeete zu sehen. Auf einem größeren Rasenstück übte sich eine Kinderschar bei Gesang in Bewegungsspielen. Ein halbwüchsiges Mädchen überwachte sie. Auch aus dem Haus kamen Kinderstimmen. Friederike blieb bei der Gartenpforte stehen, rief dem Mädchen einen Gruß zu und fragte nach Frau Herold.

„Frau Herold ist im Haus mit den andern Kindern, ich werd' Bescheid geben."

„Sag', das Fräulein Nachtigal komme sie besuchen."

Währenddessen hatte sich aber schon die Tür geöffnet, und eine Frau mittleren Alters mit einer Haube auf dem Kopf trat heraus. „Fräulein Nachtigal! Ich habe Sie gleich wiedererkannt. Dort drüben bei den Kindern ist Alma, meine Kindsmagd. Wie schön, dass Sie uns besuchen. Herzlich willkommen!"

„Hoffentlich komme ich nicht ungelegen … Sie haben mich sicher schon gestern erwartet, wovon Sie nach meiner brieflichen Ankündigung ausgehen konnten. Aber die Morgenpost in Rudolstadt war ausgefallen, und so kam ich erst am frühen Abend hier an. Ich war ganz schön durchgeschüttelt und müde und habe mich gleich im Gasthaus Zum Propheten zur Ruhe begeben."

„Da machen Sie sich keine Sorgen, wir haben uns so etwas schon gedacht. Wann fahren Sie nach Erfurt?"

„Die Post geht um zwölf Uhr."

„Da haben wir ja etwas Zeit zu reden … Alma!", rief sie zu dem Mädchen hinüber. „Wenn ihr das Lied zu Ende gesungen habt, kommt herein. Du musst eine Weile auch auf meine Gruppe aufpassen, damit ich mich mit Fräulein Nachtigal unterhalten kann."

Das Mädchen winkte zur Antwort. Frau Herold hakte sich bei der größeren Friederike unter und führte sie ins Haus. Durch einen engen Flur kamen sie in einen großen Raum, wo etwa dreißig Kinder teils an Tischreihen saßen, teils in kleinen Gruppen umhertollten. Licht kam aus drei hohen Fenstern an der einen Längswand herein, an der anderen standen einige niedrige Schränke. Ein mit Gittern umgebener Ofen mit langem Abzugsrohr spendete Wärme. Der Kinderlärm war ohrenbetäubend und ebbte erst ab, nachdem Frau Herold mehrmals zur Ruhe aufgerufen hatte.

„Kinder, bitte setzt euch alle auf euren Platz! Das ist Fräulein Nachtigal …“ Einige Kinder kicherten. „… aus Rudolstadt. Sie kennt den lieben Herrn Fröbel, von dem ich euch schon so viel erzählt habe.“

„Guten Tag, liebe Kinder“, rief Friederike der Gruppe zu, „ich soll euch von Herrn Fröbel schöne Grüße ausrichten.“

Da stand ein kleiner Junge auf und fragte: „Ist Herr Fröbel tot?“

„Aber Friederich, was fragst du denn da …“, sagte Frau Herold sichtlich irritiert.

„Du hast doch gesagt, dass Herr Fröbel schon alt ist. Mein Opa war auch alt und dann war er tot“, antwortete der Junge.

„Aber nein!“, beruhigte ihn Friederike. „Herr Fröbel lebt und freut sich darüber, dass ihr einen so schönen Kindergarten habt.“

Vom Flur her drangen Kinderstimmen herein, Alma kam mit den anderen Kindern. Nachdem auch sie alle ihren Platz gefunden hatten, verteilte Frau Herold Aufgaben an einzelne Kindergruppen. Die einen sollten mit Bleistiften malen, andere mit den Würfeln arbeiten, die Fröbel entwickelt hatte, wieder andere flechten. „Achte darauf, dass es nicht allzu laut wird“, wandte sie sich an Alma. „Ich gehe mit Fräulein Nachtigal nebenan in die Stube.“

Sie machten es sich bei Konfekt und Kaffee bequem, soweit das in der engen Stube, die neben einem niedrigen, schmalen

Schrank und einem Tisch mit zwei Stühlen wenig Bewegungsraum ließ, möglich war. Durch ein kleines Fenster drang etwas Licht herein. Es war kühler als im Kindersaal. Frau Herold zündete einige Kerzen an, und nach wenigen Minuten wurde es wohlig warm.

„Sie werden also nach Erfurt gehen und den Kindergarten von Auguste Michaelis übernehmen", begann Frau Herold, die Gastgeberin und Ältere, das Gespräch. „Und Fröbel hat Sie dorthin vermittelt, wie ich hörte …"

„Ja, Fräulein Michaelis wird heiraten und weit außerhalb Erfurts wohnen. Sie hat sich um eine Nachfolgerin an Fröbel gewandt, denn die Eltern wünschen, dass der Kindergarten weitergeführt wird. Fröbels Anfrage kam recht unverhofft. Ich zögerte mit der Zusage, da ich sicher sein wollte, keine älteren Rechte zu verletzen. Doch er sagte, dass ich solche Befürchtungen nicht hegen müsse. Gleichwohl bin ich mir des großen Vorzugs bewusst, wo doch so viele von uns erst in Familien Stellung nehmen müssen, weil es noch so wenige Kindergärten gibt."

„Ob es ein Vorzug ist, muss sich erst noch herausstellen", entgegnete Frau Herold nüchtern. „In diesen Zeiten zu den Preußen zu gehen, ist recht gewagt. Und dann auch noch in diese Garnisonsstadt Erfurt, da wimmelt es nur so von Soldaten. Verstehen Sie mich recht, Fräulein Nachtigal, ich gönne Ihnen den Erfurter Kindergarten von Herzen, aber es wird keine leichte Aufgabe. Auguste hatte häufig Scherereien mit den örtlichen Schulbehörden. Die mögen unsere Kindergärten und unsere pädagogischen Auffassungen nicht. Die evangelischen Kleinkinderschulen und die Innere Mission, die sind so recht nach dem Geschmack der Preußen … Aber das weiß Fröbel doch, und Sie hoffentlich auch."

„Ja, wir haben natürlich darüber gesprochen. Und als Auguste uns im Sommer in Marienthal besuchte, habe ich mich lange mit ihr unterhalten, um mir ein Bild von den Verhältnissen zu machen. Sicher wird es nicht leicht, aber ich weiß, worauf ich mich einlasse. Niemand hat mich gedrängt, ich wollte es so. Mit Auguste verstehe ich mich gut, und mit ihrer Hilfe kann ich erste Erfahrungen in der täglichen Kindergartenarbeit sammeln, ohne schon die Last der alleinigen Leitung tragen zu müssen … Aber, Frau Herold, ich mag naiv und unerfahren sein, doch will mir immer noch nicht einleuchten, warum jemand etwas gegen Kindergärten haben sollte. Wir wollen doch nur die Anlagen und Kräfte der jungen Kinder bilden."

„*Das*, Fräulein Nachtigal, haben Sie Nachsicht mit meiner Offenheit, *ist naiv* … Sie sollten doch wissen, dass die weltlichen und kirchlichen Obrigkeiten die Kräfte des Kindes nicht gebildet, sondern gebrochen sehen wollen. *Wir* wollen die Kinder zu Menschen bilden, *die* wollen Untertanen! Warum nur, glauben Sie, stehen uns die evangelischen Kleinkinderschulen und die katholischen Bewahranstalten feindlich gegenüber? Dass wir konfessionslos bleiben und nur das religiöse Gefühl der Kinder pflegen wollen, ist vielen ein Dorn im Auge, wenn nicht Schlimmeres. Es ist gut zu wissen, dass Sie in Ihrer ersten Zeit nicht allein sind und sich eingewöhnen können. Auguste Michaelis ist sehr erfahren und wird Sie mit den dortigen Verhältnissen vertraut machen können. Aber nun erzählen Sie mir doch ein wenig über Marienthal. Ich brenne darauf, von unserer neuen Ausbildungsstätte zu hören. Sie sind ja eine der Glücklichen, die schon in Marienthal lernen durften, während ich ja noch unter behelfsmäßigen Umständen meinen Kurs in Bad Liebenstein absolviert habe."

„Ach, Frau Herold, es ist wunderschön dort. Dem Herzog von Sachsen-Meiningen sei Dank, dass er Fröbel das Jagdhaus überlassen hat. Es ist recht geräumig. Fröbel kann jetzt auch mehr Schülerinnen annehmen – wir waren schon zu sechsen. Stellen

Sie sich nur vor, jetzt gibt es ein richtiges Ausbildungsinstitut für Kindergärtnerinnen, das erste in ganz Deutschland!"

„Das erste in Deutschland? Das werden unsere Freunde von der Hochschule für das weibliche Geschlecht in Hamburg aber nicht gern hören, Fräulein Nachtigal, denken sie auch an Frau Herz, die in Dresden Ausbildungskurse für Kindergärtnerinnen anbietet … Und vergessen Sie das Ausbildungsinstitut in Darmstadt nicht! Sind denn die Kleinkinderschullehrerinnen, die der Fölsing dort ausbildet – und das in völliger Unabhängigkeit von den Fliednerschen Mutterhäusern übrigens –, nicht unsere Schwestern im Geiste? Entfernte Schwestern vielleicht, aber doch einer verwandten Sache zugetan? … Aber gleichwie, es ist wahrlich ein großer Fortschritt. Fänden sich doch auch in anderen deutschen Ländern hochmögende Persönlichkeiten, die unsere Kindergartensache so großzügig förderten, wie der Herzog … Aber sagen Sie doch, wer führt denn die Hauswirtschaft in Marienthal? Wie ich hörte hat Fräulein Levin die Leitung übernommen? Und wie geht es denn unserm verehrten Lehrer, dem guten Fröbel? Er ist ja nicht mehr der Jüngste, siebzig wird er wohl bald …"

„Ja, im April nächsten Jahres, aber es geht ihm gut. Er ist so glücklich, dass er das Jagdschloss Marienthal als Ausbildungsstätte nutzen darf. Er und das Fräulein Levin werden wohl bald heiraten."

„Was! Die könnte doch seine Tochter sein …"

„Ja, fünfundreißig ist sie, aber sie lebten ja schon fast wie Eheleute zusammen."

„Nun, der alte Herr ist ja wirklich noch sehr rüstig. Im Sommer, als er an der Zusammenkunft des deutschen Lehrervereins hier in Gotha teilnahm, hat er mich besucht, er schien mir kaum älter geworden zu sein …" Über ihr Gesicht huschte ein verschmitztes Lächeln. „Haben Sie denn auch alles verstanden, was der gute Mann Sie zu lehren suchte?" Friederike wusste nicht gleich zu antworten, da lachte Frau Herold. „Nehmen Sie meine Frage nicht so ernst. Ihnen ist es sicher nicht besser ergangen als mir und den vielen anderen, die bei Fröbel gelernt haben. Er erklärt so umständlich und spintisiert wohl auch ein wenig, ein rechter Konfusionsrat eben. In unserer Gruppe haben wir Herrn Middendorff aus Jux gefragt, was Fröbel mit diesem oder jenem gemeint haben könnte. Der hat uns dann immer tiefernst angeschaut und geantwortet: ‚Das wird wohl für immer sein Geheimnis bleiben …'"

Auch Friederike lachte, es war ihr, als sei sie in den Kreis der Ehemaligen aufgenommen worden.

Im Verlaufe ihrer Unterhaltung waren die Kinderstimmen aus dem großen Spielzimmer nebenan allmählich lauter geworden. Frau Herold ging hinüber, und Friederike hörte ihre eindringlichen Ermahnungen an die Kinder. Der Lärm ebbte ab, und Frau Herold kam zurück in die Stube.

„Herr Köhler hat mir Grüße für Sie aufgetragen", sagte Friederike.

„Ach, Sie haben ihn wohl besucht?"

„Bevor ich hierher kam, habe ich ihn im Lucas-Cranach-Haus getroffen. Herr Fröbel hatte mir ein Manuskript für ihn mitgegeben. Herr Fröbel war es auch, der mir den Besuch bei Ihnen angeraten hat, um Ihren Kindergarten kennenzulernen. Wie viele Kinder haben Sie hier?"

„Es sind achtundvierzig. Der Kindergarten ist morgens von neun bis zwölf und nachmittags von zwei bis vier Uhr geöffnet. Am Mittwoch und Sonnabend ist nachmittags frei. Auguste Michaelis in Erfurt hält es auch so, aber das wissen Sie wohl. Anstrengend sind vor allem die Vormittage, wenn alle anwesend sind. Alma ist mir eine große Hilfe, sie ist am Vormittag da und hilft mir bei der Wartung und den täglichen Verrichtungen. Ohne sie wäre es kaum möglich, die Kinder, vor allem die jüngeren, gefahrlos zum Abtritt hinter dem Haus zu führen. Auch für die eine oder andere Beschäftigung mit den Kindern kann ich sie schon verwenden. Sie ist sehr tüchtig und hat ein warmes Herz für die Kleinen. Leider kann ich es ihr nur mit wenigen Silbergroschen vergelten. Ich würde sie gern soweit heranbilden, dass sie bei Fröbel einen Kurs absolvieren könnte. Aber woher sollen die hundertzwanzig Taler für die Ausbildung kommen? Ihre Eltern leben in dürftigen Verhältnissen und würden diesen Betrag niemals aufbringen können. Ich würde das Geld schon vorstrecken, aber ich habe es nicht. Mein verstorbener Mann hat mir nicht viel hinterlassen, und die Teuerung frisst an meinen Einkünften … Sie werden lernen müssen, wie ein Kaufmann zu denken, wenn Sie den Kindergarten in Erfurt auf eigene Rechnung betreiben wollen, Fräulein Nachtigall.“

„Ich habe im Kontor meines Vaters ein wenig kaufmännisches Rechnen gelernt, aber Rechnungen für Klavierreparaturen zusammenzustellen ist sicherlich etwas anderes, als einen Kindergarten auch wirtschaftlich zu leiten … Darf ich so frei sein, Sie nach der finanziellen Seite Ihres Kindergartens zu fragen?“

„Bitte fragen Sie nur, wir Kindergärtnerinnen müssen uns austauschen, damit wir unsere Kindergärten unter möglichst einheitlichen Bedingungen führen können.“

„Wie hoch sind die festen Kosten im Monat und wie sieht bei Ihnen die Einnahmeseite aus?“

„Die Kosten betragen monatlich im Mittel siebzehn Taler und vierundzwanzig Silbergroschen. Davon entfallen elf Taler auf mein Gehalt, fünf Taler und fünfzehn Silbergroschen Miete für die Kindergartenräume und meine zwei Stuben im ersten Stock, vierundzwanzig Silbergroschen Brandkohle und Holz, fünfzehn Silbergroschen für Alma. Um diese Kosten zu decken und um noch Rücklagen für Anschaffungen, Reparaturen und Verbrauchsmaterial zu haben, nehme ich für jedes Kind beim Eintritt in den Kindergarten fünf und für den Monat zwölf Silbergroschen. Aber es gibt Eltern, die zahlen säumig, andere können den vollen Monatsbetrag nicht aufbringen, und von einigen Kindern habe ich gar keinen äußeren Gewinn, aber was soll ich tun, wenn den Eltern von heute auf morgen der Verdienst ausgeht. Ich bringe es nicht übers Herz, diese Kinder fortzuschicken. Haben denn nicht alle Kinder ein Recht auf Bildung? Aber mehr als drei solcher Kinder kann ich mir nicht leisten. Was darüber geht, muss ich an die evangelische Kleinkinderschule in der Siebleber Vorstadt verweisen."

„Sind elf Taler Gehalt nicht zu gering bemessen? Auguste in Erfurt berechnet sechzehn Taler …"

„Ja, es ist nicht üppig. So mancher Handwerksgeselle bezieht einen höheren Lohn. Aber wenn ich die Beiträge erhöhe, werden einige Eltern ihr Kind nicht mehr schicken können, und die Gesamtrechnung fällt noch schlechter aus. Auguste muss ein höheres Gehalt einrechnen, weil das Leben in Erfurt teurer ist. Für die Hausmiete muss sie auch mehr aufwenden, sie hat ja, wie Sie wohl wissen, eine schöne, geräumige Wohnung über dem Kindergarten."

Die Kinderstimmen aus dem angrenzenden Spielsaal waren wieder lauter geworden und erschwerten die Unterhaltung. „Länger als eine halbe Stunde lassen sich die Kinder bei einer Beschäftigung nicht halten", sagte Frau Herold, „ich fürchte, wir müssen unsere Unterhaltung für heute beenden, Alma braucht meine Hilfe."

Sie betraten den Saal, und es wurde leiser. Frau Herold wandte sich an die Kinder: „Unser Besuch verlässt uns jetzt. Ich begleite Fräulein Nachtigal noch hinaus. Wenn ich zurückkomme, werde ich euch ein Märchen vorlesen. Welches Kind ist mit seinem Vorschlag an der Reihe?"

„Ich, ich, ich!", riefen einige Kinder.

„Aber ihr wisst doch, es kann immer nur ein Kind einen Vorschlag machen. Heute ist wohl das Paulchen an der Reihe?" Alma nickte bestätigend. Frau Herold ging zu einem Jungen, beugte sich zu ihm hinunter und sagte mit gedämpfter Stimme: „Gell, Paulchen, du überlegst dir, welches Märchen ich heute vorlesen soll."

Paulchen nickte stumm, sein ernstes Gesicht hellte sich für einen Moment auf.

„Und nun sagt unserm Gast auf Wiedersehen", forderte Frau Herold die Kinder auf.

„Auf Wiedersehen, Frollein Nachtigal!", ertönte der vielstimmige Kinderchor.

„Auf Wiedersehen, Kinder!", rief Friederike zurück.

„Paulchen ist ein so schüchternes Kind", erklärte Frau Herold auf dem Weg zum Ausgang. „Seit der Teuerung können seine Eltern den Monatsbeitrag nicht mehr in voller Höhe aufbringen. Hier im Kindergarten ist er richtig aufgeblüht. Es wäre schlimm für ihn, wenn ich ihn ausschließen würde … Mit den Märchen halte ich es so, dass die Kinder der Reihe nach Vorschläge machen können, welches Märchen vorgelesen werden soll, und ab und an lese ich ein neues vor. Durch diese Wiederholungen lernen die Kinder nach und nach viele unsrer Märchen recht innig kennen …"

Auf dem Weg zur Gartenpforte sagte Frau Herold: „Nun sind wir ja bald, obgleich nicht am selben Ort, so etwas wie Nachbarinnen, sollten wir da nicht ‚du' zueinander sagen?"

Friederike stimmte erfreut zu.

Dann fragte Bernhardine: „Fröbel hat dir doch hoffentlich ein Zeugnis ausgestellt? Er ist da häufig etwas säumig. Viele trau'n sich nicht, ihn darum zu bitten. Aber wenn sie dann für die Behörden eins brauchen, müssen sie es umständlich von Fröbel nachfordern. Du wirst in Erfurt sicher danach gefragt werden. Du hast doch eins?"

„Ja, ein Zeugnis hab ich."

„Schreib mir, wenn du dich in Erfurt etwas eingelebt hast! Du wirst doch schreiben? Richte der Auguste meine besten Grüße aus. Ich muss jetzt hinein …" Im Gehen sagte sie noch: „Wenn du einen schönen Blick auf die Stadt haben willst, nimm den Weg über den Schlossberg. Unterhalb liegen der Hauptmarkt und das Rathaus, von dort findest du leicht den Weg zur Poststation. Du kannst es nicht verfehlen, geh nur immer auf das Schloss zu." Sie winkte und verschwand im Haus.

* * *

Friederike folgte Bernhardines Empfehlung und hielt auf das Schloss Friedenstein zu, das weithin sichtbar die Stadt überragte. Der Nebel hatte sich gelichtet und eine milchige Morgensonne war zum Vorschein gekommen, und es könnte ein schöner Herbsttag werden. Die Menschen, die ihrem Tagwerk nachgingen, schauten freundlich.

Das Gespräch mit Bernhardine hatte ihr gut getan. *Als ich hinging war ich ein wenig unsicher. Ich, die Neue, die Jüngere, die Unerfahrene, die erst vor wenigen Monaten den Kurs bei Fröbel abgeschlossen hatte. Mit Vorbehalten hatte ich gerechnet und hätte sie wohl auch verstanden. Aber Bernhardine, diese kluge, bescheidene Frau, hat mich akzeptiert.*

Beschwingt eilte sie die engen Gassen zum Schlossberg hinauf. Nur wenige Male musste sie um Orientierung fragen. Ein leichter Wind kam auf, der den letzten Rest Nebel verwehte und mit dem Herbstlaub spielte. Zugvögel flogen ihre Bahn nach Süden.

Das Residenzschloss Friedenstein kannte sie von Farbstichen. Doch kein Bild konnte seine fürstliche Pracht wiedergeben, die sie schon gestern, von unterhalb der Stadt her, bewundert hatte. Jetzt stand sie davor, eine winzige Gestalt vor der majestätischen Größe.

Hatte Herzog Ernst der Fromme, der Bauherr, nicht als erster deutscher Fürst die allgemeine Schulpflicht für die Kinder seiner Untertanen eingeführt? Da steht es Gotha gut an, wenn hier einer der ersten Kindergärten überhaupt gegründet wurde, ging es ihr durch den Kopf. Sie schmunzelte aber in sich hinein, als sie merkte, wohin der Gedanke führte. Die Phantasie geht mit dir durch, mahnte sie sich. Wer würde schon zu fordern wagen, dass alle Eltern kleiner Kinder dazu verpflichtet würden, ihre Kinder in einen Kindergarten zu schicken? Und doch, wer weiß? Die große Lehrerversammlung in Rudolstadt vor zwei Jahren hatte in einer Petition an die deutschen Regierungen und den Deutschen Reichstag die allgemeine Einführung von Kindergärten gefordert. Sie hatte bei den Verhandlungen zugegen sein dürfen. Und auch der Allgemeine Deutsche Lehrerverein hatte auf seiner Gründungsversammlung in Eisenach zwei Monate später, im September 1848, die Forderung nach einer „einheitlich vom Kindergarten bis zur Hochschule aufwärts gegliederten, deutschen Volksschule" gestellt. Jede Kindergärtnerin konnte diese Forderungen im Schlaf hersagen. Aber das war vor zwei Jahren. Jetzt herrschten Reaktion und Unterdrückung! Wenn überhaupt, dann würde die Verwirklichung der Forderung nach einem Kindergartenbesuch für alle Kinder vielleicht in einer fernen Zukunft erreichbar sein. Aber wie Herr Köhler sagte, wir dürfen nicht verzagen!

Sie wandte dem Schloss den Rücken zu und sah hinunter auf den von hochstrebenden Bürgerhäusern begrenzten Hauptmarkt. Der gesamte Platz bis hinunter zum Rathaus war mit großen unregelmäßigen Steinplatten gepflastert. Schon sammelte sich das warme Licht der höher wandernden Sonne auf der linken Fassadenflucht, während die rechte Seite ihre Schatten bis zur Platzmitte warf. Gebannt schaute sie der Schattenlinie entlang. Von der einen Seite traten Menschen hinaus in den hellen Vorschein des Lebens, auf der anderen verschwanden sie im Schatten der Häuser.

Ein Hund rannte kläffend auf sie zu und riss sie aus ihren Betrachtungen. Langsam ging sie den Berg hinunter, vorbei an bunt gekleideten Landfrauen mit Kiepen auf dem Rücken, Bauchladenhändlern, flanierenden Bürgern mit Zylinder und Stock, Damen mit bunten Hauben, kleinen und großen Pferdefuhrwerken, Kutschen, vereinzelten Reitern, Ständen mit Obst, Gemüse und Backwerk, an Hunden, die sich im Kreise jagten. Alles war hier so friedlich ... Anders als in Erfurt und anderswo hatten hier vor zwei Jahren keine blutigen Aufstände stattgefunden. Gotha mit Bernhardine wäre vielleicht ein leichterer Anfang gewesen, ging es ihr durch den Kopf.

An einem Stand mit Backwaren kaufte sie Linzer Dottern und Französische Kolatschen. Beim Zahlen spürte sie ein leichtes Zupfen an ihrem Ärmel. Ein kleiner Junge von vielleicht vier Jahren schaute zu ihr auf.

„Ich habe Hunger ...“

Friederike wollte ihm von dem Gebäck abgeben, hörte aber die Marktfrau sagen: „Wenn Sie etwas geben wollen, kaufen Sie einen einfachen Wecken, damit ist er zufrieden.“

Friederike tat wie ihr geraten, der Junge nahm den Wecken, sagte leise „danke“ und setzte sich in der Nähe auf einen Stein.

„Erlaubt der Magistrat denn das Betteln auf öffentlichen Marktplätzen?“, wandte sich Friederike an die Marktfrau.

„Das ist freilich streng untersagt. Aber an anderen Orten der Stadt können Sie Kinder finden, die gewerbsmäßig betteln. Sie sind sehr zudringlich, werden von ihren Eltern zum Betteln um Geld auf die Straße geschickt und bestraft, wenn sie nicht genug nach Hause bringen. Aber Karlchen bettelt nicht. Er hat doch nur gesagt, dass er Hunger hat, und das ist sicher wahr. Wohin soll sich das arme Ding denn wenden? Vor einigen Wochen tauchte er hier zum ersten Mal auf. Seine Mutter habe ich nur einmal zu Gesicht bekommen, sie arbeitet von früh bis spät in einer Manufaktur für Hemdenknöpfe, von dem Vater ist nichts bekannt. Wir Marktweiber haben Karlchen in unser Herz geschlossen. Wenn er nur nicht immer so still wäre … Kleine Kinder sollen doch lachen und ein wenig Freude haben am Leben, später wird es ernst genug. Nein, Karlchen bettelt nicht, ich habe ihn auch noch nie um mehr fragen hören."

So auf einfache Weise über den Unterschied zwischen der Bitte eines hungrigen und der zudringlichen Forderung eines bettelnden Kindes unterrichtet, schritt Friederike nachdenklich weiter. Ihr trat eine Frage vor Augen, über welche die Kursantinnen in Marienthal häufiger gesprochen hatten. Was nützten Kindern wie Karlchen fünf oder sechs Stunden Bildungsarbeit im Kindergarten, wenn sie doch den weitaus größeren Teil des Tages dem Einfluss der Straße überlassen waren? Brauchten sie nicht zuvörderst ein beschützendes Heim? Da sind uns die katholischen Bewahranstalten und evangelischen Kleinkinderschulen mit ihren ganztägigen Öffnungszeiten voraus. Aber selbst wenn wir den Verhältnissen der Mütter aus den arbeitenden Klassen durch längere Öffnungszeiten entgegenkommen wollten, welche von ihnen könnte den Kindergartenbeitrag zahlen, den wir doch nehmen müssen, um unseren Lebensunterhalt zu sichern? Und wenn wir zudem bei unserer Forderung blieben, dass *alle* Kinder einen Kindergarten besuchen sollen, dann hauen uns die Konservativen und Konfessionellen den Vorwurf um die Ohren, wir wollten die Kinder ihren Müttern entfremden. Wenn es so bleibt wie es ist, werden wir allenfalls den vierten Teil aller kleinen Kinder erreichen – wenn es hoch kommt …

Auf ihrem Weg zur Poststation kam sie an einer Buchhandlung vorbei, der THINEMANNSCHEN BUCHHANDLUNG gegenüber dem Rathaus. Sie schaute zur Rathausuhr, es blieb noch Zeit für einen kurzen Besuch. Sie trat ein und brauchte eine kleine Weile, bis sich ihre Augen an das Dämmerlicht des Raumes gewöhnt hatten. Ein kleingewachsener Mann mit runder Brille und Schürze näherte sich diensteifrig.

„Das gnädige Fräulein suchen etwas Bestimmtes?“

„Darf ich mich umsehen? Ich bin auf der Durchreise, vielleicht finde ich etwas.“

„Aber bitte, schauen Sie nur.“

Bücher waren in Etageren untergebracht, Zeitschriften und Broschüren auf Tischen ausgebreitet. Auf einem der Tische lag ein älteres Exemplar der „Frauen-Zeitung“. Diese Zeitung erschien wöchentlich und kostete fünfzehn Silbergroschen das Vierteljahr. Friederike wusste es von ihrer Tante Alwine, die sie im Abonnement bezog.

„Rikki, diese Zeitung musst du lesen!“, hatte sie nach der Lektüre der ersten Ausgabe geschwärmt, und ihr die Zeitung gereicht. „Guck nur, das Motto oben auf der Titelseite …“ *„Frauen-Zeitung. Redigiert von Luise Otto. Motto: Dem Reich der Freiheit werb' ich Bürgerinnen!“*, las Friederike.

„Ich bin gespannt, wie lange die Zensur das durchgehen lässt“, hatte Tantchen gemeint.

Das Exemplar, das Friederike in der Hand hielt, war nahezu ein Jahr alt. Sie beschloss, es dennoch zu kaufen, denn es enthielt einen Beitrag von einem Deutschkatholiken. Der Buchhändler rollte die Zeitung zusammen und band einen Faden um die Rolle.

„Was kostet das Einzelexemplar?“

„Vier Kreuzer, das Abonnement kommt günstiger."
„Ja, ich weiß."

Nach dem Kauf eilte Friederike zur Poststation am Neumarkt. Sie ließ sich ihre Reisetasche aushändigen und setzte sich in die Gaststube. Neben dem Stationswirt war sie die einzige Person im Raum.

„Das gnädige Frollein wird wohl der einzige Fahrgast bleiben", sprach sie der Wirt an.

„Ja, ich wunderte mich schon, hier allein zu sein."

„Ach, jedermann fährt jetzt mit der Eisenbahn." Die Stimme des Wirts klang bitter. „Bevor wir hier in Gotha vor drei Jahren einen Bahnhof bekamen, wussten wir uns vor Reisenden kaum zu retten. Wir mussten Sonderfahrten einrichten oder an die Express-Kutschen der Thurn und Taxis verweisen, drüben am Alten Markt …", er wies mit der Hand in eine bestimmte Richtung. Friederike hatte in der Nähe des Rathauses eine Postkutsche gesehen. „Mit der Postkutsche will kaum noch jemand reisen. Zu schmutzig, zu unbequem, sagt man. Jetzt geht nur noch eine Kutsche am Tag nach Erfurt. Die Generalpostdirektion wird wohl auch diese Fahrten einstellen. Wohin das alles noch führen soll … Und warum reisen Sie nicht mit dem Dampfwagen, gnädiges Frollein, wenn ich mir die Frage erlauben darf?"

„Mit der Eisenbahn kann ich noch häufig genug reisen."

Von draußen klangen metallene Geräusche von Pferdehufen und Wagenrädern auf Steinpflaster herein, ein Posthorn ertönte.

„Das ist Christopher, der Schwager!", rief der Wirt, und sein Gesicht hellte sich auf. „Niemand bläst ins Horn wie er!" Kurz darauf kam ein großgewachsener Mann mittleren Alters mit einem Zylinder auf dem Kopf herein: struppiger Bart, gutmütiges Gesicht, aus dem wache Augen schauten. Mit einem knappen Beugen des Kopfes wandte er sich an Friederike: „Ich bin

Schwager Christopher, und Sie, gnädiges Frollein, wohl mein Fahrgast nach Erfurt."

„Ja, und wohl der einzige, wie es aussieht."

Das leichte Reisegepäck war schnell in der zweispännigen Kutsche verstaut. Schwager Christopher hielt ihr die Tür auf, aber Friederike zögerte und sprach ihn an.

„Auf ein Wort, Schwager Christopher, ich habe eine Bitte …"

„Sprechen Sie nur offen heraus, Frollein, was in meiner Macht steht, will ich gern tun."

„Ich möchte während der Fahrt oben auf dem Kutschbock sitzen."

In seiner Zeit als Postillion hatte Christopher schon vieles erlebt, aber dass ein gnädiges Frollein neben ihm auf dem Kutschersitz fahren wollte … Vornehme Fahrgäste suchten nach Möglichkeit Abstand zu ihm zu wahren und hielten sich offen oder verstohlen das Taschentuch vor die Nase.

„Gnädiges Frollein, wenn die Postdirektion davon erfährt, bin ich die längste Zeit Postillion gewesen."

Aber Friederike hatte eine Art Menschen anzusehen, der sich nur wenige entziehen konnten. Zudem war sie der einzige Fahrgast – wie viele Fahrgäste würde er überhaupt noch befördern können, wo doch kaum noch jemand mit der Post reisen wollte? So gab er nach und brummte: „Wenn Sie denn darauf bestehen. Aber nicht hier in der Stadt, draußen auf der Landstraße hinter Siebleben mag's gehen."

Friederike setzte sich auf die rechte Seite in Fahrtrichtung. Am östlichen Stadtausgang ging es auf die Landstraße nach Erfurt, durch welliges Gelände mit Baum- und Strauchgruppen und abgeernteten Feldern, die Farben von feinem Nebel und Tau gedämpft. Der Duft von Fallobst und gepflügter Erde durchströmte den Wagen und verdrängte den Geruch nach Pferdestall, Leder und Räderschmiere. Der Blick durchs Fenster ging nach Süden. Dort verliefen die Höhenzüge des Thüringer Waldes, die jetzt im milchigen Herbstmorgen unsichtbar blieben. Dort lag auch Rudolstadt, wo sie aufgewachsen und von wo aus sie gestern nach Gotha gereist war. Sie lehnte sich zurück und schloss die Augen.

„Nun lasst das Mädchen doch den Kurs bei diesem …, Rikki, wie heißt der Mann doch gleich?"

„Fröbel, Tantchen, Friedrich Fröbel!"

„Ja, den Kurs bei diesem Fröbel machen. Wer den Einfluss hat, dreihundert Pädagogen aus allen Teilen Deutschlands hier in unserem kleinen Rudolstadt zu versammeln, kann kein Scharlatan sein. Und wenn es euch ums Geld geht, hundertzwanzig Taler sind mir meine Nichte allemal wert."

Das gute Tantchen. Friederike schmunzelte. Waren wirklich schon zwei Jahre seitdem vergangen? Während in Deutschland Revolutionen tobten, focht sie einen erbitterten Kampf mit ihren Eltern, ja der gesamten Verwandtschaft aus. Sie hatte Kindergärtnerin werden und eine Ausbildung bei Friedrich Fröbel machen wollen, und die Verwandtschaft hatte mal wieder ein Thema. Was? Kindergärtnerin? Das Recht der Frau auf eigenen Lebensunterhalt, ob es ihr zu Hause denn schlecht gehe? Das elterliche Haus verlassen? Ja, aber nur als Ehefrau an der Seite eines treusorgenden Gatten! Der Ernst wäre doch eine so prima Partie. Und überhaupt – was war das eigentlich, eine Kindergärtnerin, ein Kindergarten? Die Eltern waren strikt dagegen, teils aus Unverständnis, teils aus Besorgnis. Ihr Bruder Phillip und ihre Schwester Magdalena schüttelten nur den Kopf über die seltsamen Wünsche der jüngeren Schwester. Richtige Szenen hatte es gegeben.

Nur ihre Tante Alwine, Vaters jüngste Schwester, stand zu ihr. Richtig fuchtig konnte sie werden, wenn sie mit ansehen musste, wie sich die Verwandtschaft über Friederike hermachte. Wenn etwa der etwas einfältige Onkel Theobald – von der mütterlichen Seite – die Kindergärten wieder einmal mit den Kinderbewahranstalten für – wie er mit herabgezogenen Mundwinkeln sagte – „schmutzige Proletariergören" verwechselte. Die Tante, die mit ihren Zweifeln an den Geisteskräften des Onkels nicht hinterm Berg hielt, war dazwischen gefahren.

„Also Theobald, Rikki hat doch zum wiederholten Mal erklärt, was Kindergärten sind. Es ist nicht deine Schuld, dass du begriffsstutzig bist, aber kannst du nicht einfach den Mund halten?"

Tantes scharfe Zunge und ihr belesener Verstand waren gefürchtet. Ohne Not ließ sich niemand auf einen Disput mit ihr ein. Nur Onkel Wilhelm (von der väterlichen Seite) wurde aus Schaden nicht klug. „Würde man euch Weiber mitregieren lassen …", pflegte er selbstgefällig von sich zu geben, wenn bei Familientreffen die Rede auf Politik kam, „… hätten wir bald eine Weiberherrschaft. Glücklicherweise hat der Herrgott uns Männer dazu bestimmt, die Entscheidungen in Haus, Staat und Kirche zu treffen."

Tante Alwine antwortete dann wohl: „Aber Wilhelm, was redest du denn nur. Eine Weiber*herr*schaft, wie sollte die denn aussehen? Dann müssten wir Weiber uns ja als Herren verkleiden. Und überhaupt, der Gott, von dem du sprichst, kann wohl nicht der Gott aller Menschen sein, wenn man sich die Verhältnisse anschaut, in die uns die Männer geführt haben. Jedenfalls sage ich *meinem* Gott Dank dafür, dass er der Menschheit auch kluge Männer geschenkt hat … Allerdings frage ich mich, warum es nur so wenige sind …"

Der etwas klein geratene und zu Leibesfülle neigende Onkel Wilhelm schaute dann mit hochrotem Gesicht zu der schlanken, hochgewachsenen Tante Alwine auf, wollte wohl auch etwas erwidern, doch Vernünftiges kam dabei nicht heraus.

Friederike bewunderte die Wortgewandtheit und Scharfzüngigkeit der Tante. Die konnte es sich durchaus auch erlauben, ihre Meinung frei heraus zu sagen. Dank des nicht unbeträchtlichen Nachlasses ihres früh verstorbenen Mannes, des Freiherrn von Stuckendorf, war sie finanziell unabhängig. Die Ehe war kinderlos geblieben und so genoss sie, der strengen Rücksichten ehelicher Einbindung ledig, ihre Freiheit, was bösen Zungen Veranlassung war, sie ein Frauenzimmer zu nennen. Und ihre radikalen Ansichten erst … Rechtliche und staatsbürgerliche Gleichstellung der Frau, Freiheit der Presse, öffentliches Bekenntnis zur demokratisch verfassten Staatsform, die Familie ihres verstorbenen Mannes schäumte! Am selben Tag, an dem die Nachricht von der Pariser Februarrevolution das kleine Rudolstadt erreichte, war sie nach Frankfurt gereist, das kommende neue schwarz-rot-goldene Deutschland zu feiern, hatte sie wissen lassen! Es ging auch das Gerücht, sie sei einer Gemeinde der Freiprotestanten beigetreten, den „Lichtfreunden", wie sich diese Abtrünnigen selbst nannten.

Nein, die Frau kannte weder Scham- noch Ehrgefühl! Und wäre das alles nicht schon genug gewesen, kam auch noch der Einfluss hinzu, den die Tante auf Friederike ausübte, und der konnte, das war die allgemein geteilte Meinung in der Verwandtschaft, nur verderblich sein. Erzieherische Strenge wurde den Eltern angeraten. Die wären dem Rat wohl auch gern gefolgt, wäre da nicht der delikate Umstand gewesen, dass die Tante mit einem ansehnlichen und zinsgünstigen Darlehen dem Vater die Erweiterung der Klaviermanufaktur ermöglicht hatte. Trotzdem hatten die Eltern dann wohl versucht, Friederike dem Einfluss der Tante zu entziehen, was aber nicht verhindern konnte, dass zwischen den beiden mit der Zeit eine Art verschworene Gemeinschaft entstanden war.

Friederike las viel, allerdings nicht das, was ihre Eltern gern gesehen hätten, wofür sie, nicht zu Unrecht, Tante Alwine verantwortlich machten. Durch die Tante erschloss sich ihr eine geistige Welt, die sie weit über den Gesichtskreis hinausführte, der für eine Tochter aus gutbürgerlichem Hause als angemessen und schicklich galt.

Ihre Lesegewohnheiten ließen keine erkennbare Richtung, Vorliebe oder gar Ordnung erkennen. Sie las sich durch die Bibliothek der Tante ohne Interesse an der methodischen Erarbeitung eines umrissenen Wissensgebietes. Sie griff nach allem, was der Tante empfehlenswert schien, blätterte das eine nur flüchtig durch, vertiefte sich eine Weile in anderes, um es schließlich beiseitezulegen, bis sie etwas fand, was in ihr eine bislang unbekannte Saite anschlug und ihr eine neue Welt eröffnete.

Bettine von Arnims „Dies Buch gehört dem König" öffnete ihr die Augen für das, was immer häufiger unter Titeln wie „soziale Frage", „Pauperismus" und „Vielkinderei" in den Zeitungen und in gelehrten Schriften behandelt wurde. Schleiermachers Reden „Über die Religion" schärften ihren Blick für konfessionelle Beengtheiten und ließen sie die Tiefen der religiösen Veranlagung des Menschen erahnen. Sie bewunderte Mary Wollstonecraft, die mit ihrer kämpferischen Schrift „A Vindication of the Rights of Woman" mutig für die Gleichberechtigung der Frauen eingetreten war.

Auch die verstörend-schreckliche Geschichte von „Frankenstein" las sie, zu Papier gebracht von Mary Shelley, Tochter der Wollstonecraft und des Philosophen William Godwin. Sie hatte schon einiges über diesen seltsamen Roman „Frankenstein, or The Modern Prometheus" gehört, was ihre Fantasie erregte und das Verlangen weckte, die ganze Geschichte zu lesen. Mehr noch aber als das, was sie über den Inhalt wusste, faszinierte sie der Umstand, dass Mary Shelley 1818, als der Roman erschien, erst zwanzig Jahre alt gewesen war. Da nun aber Miss Dorsley, ihre

Hauslehrerin für Englisch, sich geweigert hatte, ihr ohne Genehmigung der Eltern eine englische Ausgabe zu besorgen – an einer deutschen Übersetzung fehlte es –, wandte sich Friederike an Tante Alwine. Die Tante, des Englischen nur sehr eingeschränkt mächtig, hatte sich sofort bereit erklärt, den Roman auf ihren Namen zu beschaffen, aber Friederike müsse ihr unbedingt in deutscher Übersetzung daraus vorlesen, habe sie selbst doch auch schon immer den Wunsch gehegt, den Roman zu lesen.

So hatten sie viele schaurig-schöne Abende bei der Tante verbracht und das Schicksal des künstlich geschaffenen Monsters mal mit Abscheu, mal mit Mitleid verfolgt, aber auch darüber gerätselt, woher einer so jungen Frau nur die Eingebungen gekommen sein mochten, die ihr eine solche Schreckensgeschichte zu schreiben ermöglicht hatten.

Natürlich fand auch Erheiterndes in Friederike eine aufnahmebereite Seite. Herrliche Stunden hatten sie mit der Lektüre des „Kladderadatsch" verbracht, eines neuen satirischen Wochenblatts. Unvergesslich war ihr die erste Ausgabe – die Tante schwärmte für Erstausgaben. Vor allem die Zeichnungen brachten immer neue Lachstürme hervor. „... sieht dieser Philister nicht wie Onkel Dagobert aus, ha, ha, ha ..., oder diese Matrone wie Tante Hedwig, ha, ha, ha ..."

So nahm die Bildung ihres Geistes und Gemüts eine überaus eigentümliche Richtung.

Neben ihrem regulären Einzelunterricht in den gemeinnützigen Fächern bei einem pensionierten Gymnasiallehrer nahm Friederike gesonderten Unterricht im Zeichnen und im Flötenspiel. Das Flötenspiel beherrschte sie bald so gut, dass für eine weitere Förderung in Rudolstadt die Möglichkeiten fehlten. Zusammen mit einer gleichaltrigen Bekannten, Emilie Stieler, nahm sie Klavierunterricht.

Unverzichtbar waren ihr die Spaziergänge im idyllischen Rudolstadt und in der waldreichen Umgebung. Gelegentlich half sie im Kontor der Klaviermanufaktur des Vaters. Mit ihren Englischkenntnissen war sie eine große Hilfe bei der Abwicklung der kaufmännischen Korrespondenz mit einem Geschäftspartner in London.

Je mehr sich aber ihr geistiger Horizont erweiterte, umso stärker wurde sie sich ihres ereignislosen und vorhersehbaren Lebens im beengten Rudolstadt schmerzlich bewusst. Und dachte sie an die Zukunft, graute es ihr, von einem Gefängnis, welches das Schicksal für sie gewählt hatte, in ein anderes zu wechseln, in das durch Heirat ihr ‚freiwillig' zu gehen erlaubt war – welch eine Wahl …

Sie suchte nach einem Sinn für ihr Leben, nach einer Aufgabe, einer wirklichen Aufgabe. Doch alles schien so unerreichbar fern, jenseits einer Grenze, die zu überschreiten nicht erlaubt war …

„Tantchen, was soll ich nur tun?"

Aber die Tante konnte ihr diese Frage nicht beantworten. „Rikki, du musst selbst herausfinden, was du willst und was für dich gut ist!"

Doch dann kam die große Lehrerversammlung in Rudolstadt, und ihr Leben nahm eine ganz andere Richtung …

Ja, Tante Alwine ist schon eine! Allein hätte ich es nie geschafft … Wie hatte sie den Vater nur dazu bewegen können, mich in die Rechtsmündigkeit zu entlassen und mir zweihundertfünfzig Taler aus meinem Erbteil auszuzahlen? Denn dass die Tante dahintersteckte, daran bestand für sie kein Zweifel. Hatte sie mit ihrem Darlehen Druck auf den Vater ausgeübt? Oder hatte sie ihn überzeugen können, dass der Weg, den seine Tochter gehen wollte, der richtige für sie war? Außer einem spitzbübischen Lächeln war der Tante keine Antwort zu entlocken gewesen.

„Du wirst vielleicht einsam sein, Friederike. Ich hoffe du findest Menschen, die es gut mit dir meinen“, hatte sie in einem der Gespräche gesagt, die sie nach ihrem Entschluss, den Kindergarten in Erfurt zu übernehmen, geführt hatten.

„Ho, ho!“ Die Stimme des Postillions rief sie in die Gegenwart zurück. Die Kutsche wurde langsamer und hielt. Schwager Christopher stieg herunter und öffnete die Tür.

„Wenn Sie denn immer noch darauf bestehen wollen, hier möchte es gehen.“ Damit half er Friederike aus dem Wagen auszusteigen und auf den Kutschbock zu klettern. Mit einem Schnalzlaut brachte er die Pferde in leichten Trab.

Auf dem Kutschbock war es kühler als im Inneren der Kutsche, und Friederike zog ihren Mantel enger. Sie spürte, dass es dem Schwager unbehaglich war. Mit heiterem Ton versuchte sie das Eis zu brechen: „Schwager Christopher, haben Sie Dank dafür, dass Sie sich auf meine Grille, hier oben mitfahren zu wollen, eingelassen haben. Aber es ist heute ein besonderer Tag für mich. Ich fahre nach Erfurt, um dort einen Kindergarten zu leiten. Und da dachte ich mir, ich sollte nicht versteckt in der dunklen Enge der Kutsche, sondern offen und frei, für jedermann sichtbar, den Ort meines zukünftigen Wirkungskreises aufsuchen. Aber Grille bleibt Grille, und wenn es Ihnen lieber wäre, dann kehre ich auch in die Kutsche zurück.“

„Nun, da Sie schon einmal hier oben sind, können wir es auch eine Strecke Wegs so gehen lassen“, antwortete der Schwager. „Ein Kindergarten? Das ist sicherlich eine nützliche Sache. Da sollen die Kinder wohl schon früh lernen, wie gesät und gepflanzt, wie gepflegt und geerntet wird. Viele Stadtkinder wissen kaum noch davon.“

„Da haben Sie sicher recht, Schwager Christopher. Aber in dem Kindergarten, den ich meine, sind die Kinder die Pflanzen, die gepflegt werden sollen, kleine Kinder, die noch nicht zur Schule gehen. Wir wollen ihre jungen Kräfte pflegen und entwickeln."

Der Schwager lachte. „Die Kinder sind die Pflanzen? Kinderpflanzen also ... Und wie pflegt und entwickelt man Kinderpflanzen?"

Friederike überlegte eine Weile. *Wenn ich versuche, ihm Fröbels System zu erklären, wird er mich für eine Närrin halten.* „Wir lassen die Kinder mit verschieden geformten Bauklötzen bauen, mit bunten Stäbchen Formen legen, aus Papier Figuren schneiden und auf Tafeln malen. Mit diesen und verschiedenen anderen Beschäftigungen schulen wir die Sinne der Kinder und stärken ihre Handfertigkeit."

„Eine Schule für Kinderpflanzen ...", bemerkte der Schwager.

Friederike verkniff es sich, den Unterschied zwischen den Kleinkinderschulen, die es schon in vielen Städten und Dörfern gab, und den neuen Kindergärten anzusprechen, sagte dann aber doch: „Ja, aber wir wollen keine Standesschule sein. Die Vernunft sagt uns, dass wir die Verstandes- und Gemütskräfte der Menschen gerade dann bilden sollen, wenn sie noch neugierig und zukunftsoffen sind, noch nicht verdorben durch den Geist der Ungleichheit. Wir möchten, dass die kleinen Kinder – alle kleinen Kinder – im Kindergarten spielerisch ungezwungen die Gleichheit aller Menschen achten lernen."

Christopher warf ihr einen wachen Blick zu.

Eine Weile verlief die Fahrt schweigend, und Friederike genoss die allmählich wärmer werdende Herbstsonne. Um das Gespräch wieder aufzunehmen fragte sie: „Der Wirt der Poststation machte Andeutungen, dass die Strecke nach Erfurt nicht mehr lange Bestand haben könnte. Was wird denn dann aus Ihnen?"

„Ja, ja, da hat er sicher recht! Die Eisenbahn hat uns so mir nichts, dir nichts jeden Bissen Brot, jedes Glas Schnaps vor der Nase weggeschnappt. Der erste Pfiff eines Dampfwagens war der Anfang unseres Sterbeliedes, die erste Schraube zur Lokomotive war ein erster Nagel zu unserem Sarge. Das Geschlecht der Schwager wird wohl bald ausgestorben sein", antwortete er, und die Resignation in seiner Stimme dämpfte Friederikes frohgemute Laune. Dann aber rief Christopher mit kräftiger Stimme und ohne jede Bitterkeit: „Und ich? Freier Lohnkutscher werde ich sein! Bislang hatte ich als Postillion ein gesichertes Einkommen – künftig werde ich auf meine eigene Rechnung kutschieren." Und damit trieb er die Pferde an: „Ho, Ho, meine Pferdchen, lauft nur zu, ho, ho!"

„Damit hätten wir etwas gemeinsam, Schwager Christopher. Auch ich erwerbe meinen Lebensunterhalt auf eigene Rechnung, mit meinem Kindergarten, als freie Bürgerin."

„Erlauben das Ihre Eltern denn, und was sagt die Obrigkeit?", wandte Christopher ein.

„Mit meinen Eltern bin ich im Reinen ..." *Halbwegs jedenfalls.* „Und die Obrigkeit wird sich damit abfinden müssen, warum sollten Frauen kein Recht auf freien Erwerb haben?"

Christopher lachte laut heraus, aber in seinem Lachen war nichts Ungutes: „Sie müssen ein mutiges Frollein sein, sehr, sehr mutig! Und vielleicht auch ein wenig verrückt ... Kinderpflanzen, hat das schon jemand gehört, Kinderpflanzen!"

Sie bemerkten es beide. Vor ihnen, wo Friederike Erfurt vermutete, baute sich eine dunkle Wolke auf, erst als schmaler Streifen am Horizont, dann rasch höher steigend.

„Woher zum ..." Christopher brachte den Satz nicht zu Ende, sondern sagte stattdessen: „Die Preußen heißen uns nicht willkommen. Sie steigen besser wieder in den Wagen zurück. Wer weiß was uns erwartet, wenn wir da hinein geraten!" Er brachte den Wagen zum Stehen und half Friederike umzusteigen.

Die Kutsche nahm wieder Fahrt auf. Friederike fühlte sich in ihrer erwartungsfrohen Laune herabgestimmt. Eine Kaprice der Natur hoffentlich nur … Sie schaute aus dem Fenster. Das Wolkengebilde hatte große Teile des östlich vor ihnen liegenden Himmels erfasst und griff nach der gen Süden aufstrebenden Sonne aus. „Kämpfe Sonne …“, flüsterte sie, doch der Abstand wurde sichtlich kleiner. Da hielt es sie nicht auf ihrem Platz, sie lehnte sich aus dem Wagenfenster. „Kämpfe Sonne!“, schrie sie aus Leibeskräften. „Kämpfe du stolzes Gestirn, kämpfe!“

Währenddessen trieb Schwager Christopher die Pferde auf das Dunkle zu, um vor dem sich abzeichnenden Unwetter den sicheren Boden der Stadt zu erreichen. „Hüah, hüah, ihr Guten, hüah!“ Die Pferde legten sich ins Zeug und jagten mit der Kutsche über Stock und Stein die unebene Landstraße dahin. Friederike warf es von einer Seite auf die andere, erste schwere Tropfen prasselten aufs Dach.

Doch plötzlich, fast schien es, als wiche sie dem heranstürmenden Gefährt aus, änderte die Wolke ihre Richtung, trieb nach Norden und verschwand so plötzlich wie sie gekommen war.

Die Kutsche verlangsamte ihre Fahrt. Friederike hörte Christopher etwas sagen, konnte es aber nicht verstehen. Dann dauerte es nicht mehr lange, und er rief: „Erfurt in Sicht!“

Friederike sah aus dem Fenster. Vor ihr in einem Talkessel lag Erfurt mit seinen vielen Kirchtürmen – *Erfordia turrita.* In der Mitte, sie kannte es von Bildern, das unverwechselbare Nebeneinander von Mariendom und Severikirche, daneben eine mächtige Festungsanlage.

Bald waren erste Häuserreihen zu sehen. „Brühler Vorstadt“, drang Christophers Stimme in den Wagen. An dem kleinen Wächterhaus am Stadttor hielt er an. Dem Uniformierten, der heraustrat, rief er zu: „Eine Person, weiblich, kommt von Gotha.“

Der Uniformierte trat an die Kutsche heran. „Auf der Durchreise?“

„Nein, ich möchte in Erfurt Wohnung nehmen.“

„Name, Adresse?“, wollte der Uniformierte von Friederike wissen.

„Friederike Nachtigal, Eimergasse[1] Nr. 1347“, antwortete sie.

Der Uniformierte winkte sie durch.

Schon tauchten sie ein in die engen Gassenschluchten der alten Stadt an der Gera. Ortskundig und umsichtig lenkte Schwager Christopher seine Pferde durch das winklige Durcheinander. Ihr kamen Verse in den Sinn, die sie aber nicht zuordnen konnte.

Sollt' einmal durch Erfurt fahren,
das ich sonst so oft durchschritten,
Und ich schien, nach vielen Jahren,
Wohlempfangen, wohlgelitten.

Unter den vielen Menschen auf den Gassen und Straßen fielen Friederike die zahlreichen Soldaten auf.

Bald tat sich vor ihnen ein weiträumiger Platz auf, der von mehrgeschossigen Häusern umgeben war und in den einige breite Straßenzüge einmündeten. Durch den regen Verkehr steuerte Christopher auf ein Gebäude zu, vor dem schon mehrere Postkutschen standen.

Nachdem Friederike ausgestiegen war, sagte der Schwager: „Endstation, Frollein, die Poststation am Anger. Wenn Sie Ärger vermeiden wollen, sollten Sie sich noch heute bei den zuständigen Behörden anmelden, die Preußen verstehen da keinen Spaß!“ Er wünschte ihr eine gute Zeit in Erfurt und schickte sich an, auf die große Toröffnung der Station zuzugehen. Doch er wandte sich noch einmal um: „Sollten Sie einmal meine Fahrdienste aus ungewöhnlichem Anlass in Anspruch nehmen wollen, lassen Sie dem Wirt des Gasthauses ‚Zur Linde', und *nur* dem Wirt, eine Botschaft durch eine Person Ihres Vertrauens

1 Die Eimergasse in Erfurt heißt heute Meienbergstraße.

zukommen. Er heißt Moritz Müller. Ich werde zur Stelle sein, so schnell es mir möglich sein wird. Gehen Sie keinesfalls selbst dorthin!" Er lüftete seinen Zylinder und verschwand kurze Zeit später in der Poststation.

II

Friederike war über das Angebot des Schwagers und vor allem über den geheimnisvollen Ton, mit dem er es unterbreitet hatte, nicht wenig erstaunt gewesen. Sie hatte jedoch nicht weiter darüber nachgedacht und sich nach einem Dienstmann umgesehen, der sie mit ihrem Gepäck zum Kindergarten in der Eimergasse 1347 geleiten sollte. Er hatte sie quer über den Platz geführt, an einer Kirche vorbei, deren Zeiger kurz nach ein Uhr anzeigten. Wenig später waren sie links in eine Gasse eingebogen, die ein Schild als Eimergasse auswies.

Bis zum Haus mit der Nummer 1347 war es nicht weit. Friederike entlohnte den Dienstmann. Es war alles so schnell gegangen, dass sie kaum begreifen konnte, vor *ihrem* Kindergarten zu stehen. Das Haus stand mit der Traufseite inmitten einer Reihe gleichartiger Häuser. Die Vorderfront hatte neben dem großen, hölzernen Eingangstor links zwei größere und rechts ein kleineres Fenster. Das Obergeschoss hatte ebenfalls zwei größere und ein kleineres Fenster. In das Tor eingelassen war eine Tür, in deren Mitte sich ein massiver, faustgroßer Messingring befand. Sie wollte schon klopfen, bemerkte aber, dass die Tür nur angelehnt war. Sie drückte sie behutsam auf und trat in das Halbdunkel eines breiten Hausflurs. Ein süß-säuerlicher Geruch kam ihr entgegen. Licht kam an der Eingangsseite durch das kleine Fenster rechts neben der Haustür und an der hinteren Seite durch eine halboffene Tür, die wohl in einen Garten führte. An der rechten Flurseite waren hinten Holzscheite gestapelt und zum Eingang hin standen eine vierrädrige Handkarre, daneben ein Korb mit Äpfeln und zwei große Kannen. Die linke Flurseite wies zwei Türen auf, und dahinter, am Ende des Flurs, führte eine Treppe in das Obergeschoss hinauf.

Sie lauschte, aber es war still. Ihr fiel ein, dass auch Auguste am Mittwoch und Samstag ihren Kindergarten am Nachmittag geschlossen hielt, und heute war Mittwoch. Plötzlich öffnete sich die erste Tür, ein heller Lichtschein fiel in den Flur und eine junge, blondhaarige Frau von robuster Gestalt zeigte sich in der Öffnung. „Frau Wölflin?"

„Nein Auguste, ich bin's, Friederike …"

„Friederike, da bist du ja endlich!" Auguste trat in den Flur hinaus und die beiden jungen Frauen umarmten sich herzlich.

„Bist du mit der Eisenbahn oder mit der Post gekommen?"

„Mit der Post."

„Komm, komm herein!"

Sie betraten ein geräumiges Zimmer, das von der linken Seite durch zwei Fenster erhellt wurde. Auf der rechten Seite in der Mitte befand sich eine Tür, die offen stand. Die rechte Zimmerecke füllte ein großer Kachelofen aus. An der gegenüberliegenden Wand standen zwei Schränke. An der Eingangsseite links der Tür befand sich ein niedriges, offenes Regal mit einigen Büchern. An allen Wänden hingen Bilder. Der Raum war angefüllt mit Tischen, Bänken und Stühlen.

„Das ist das große Spielzimmer", erläuterte Auguste. „Dort durch die Tür geht es in die kleine Spielstube. Das war mal eine Küche. Der Herd steht noch und ist zu gebrauchen. Komm ich zeig sie dir." Doch bevor sie Friederike in die Spielstube führte, sagte sie mit gedämpfter Stimme: „Es ist noch ein Kind da, Henriette, alle rufen sie Jettchen, die Tochter von Maria und Franz

Wölflin, einer Handwerkerfamilie … Es geht ihnen nicht gut. Der Vater soll an den Kämpfen im November vor zwei Jahren beteiligt gewesen sein, nur weil er in der Nähe der Barrikaden gesehen wurde. Ein ganzes Jahr Gefängnis hat er abbüßen müssen. Davon hat er sich bis heute nicht erholt. Niemand will ihm Arbeit geben. Zwar kann er einiges durch Tagelohn verdienen, aber der Lebensunterhalt hängt hauptsächlich von der Mutter ab. Sie näht zu Hause für einen Zwischenmeister. Ich kann es ihr nicht übelnehmen, wenn sie das Kind das eine über das andere Mal verspätet abholt, es geschieht nicht aus Nachlässigkeit. Ich lasse sie zahlen was ihr möglich ist. Die evangelische Kleinkinderschule lehnt es ab, Jettchen aufzunehmen – wegen des Vaters. Vertreter der Polizeibehörde waren hier und haben mich zur Rede gestellt. Was ich mir dabei dächte, die Familie eines Aufrührers zu unterstützen. Jettchen war damals erst wenige Wochen bei uns. Ich habe auf das Kind gezeigt und die Herren gefragt: ‚Welche Gefahr soll denn schon von diesem kleinen Kind ausgehen?‘ Sie räsonierten noch eine Weile und sind dann abgezogen.“

Das Mädchen saß an einem niedrigen Tisch und malte auf einer Schiefertafel. Es schaute auf, hatte aber wohl die Mutter erwartet und malte weiter. Es trug ein abgetragenes, aber sauberes Kattunkleidchen und hatte eine Schleife im Haar. Auguste beugte sich hinunter und sagte tröstend: „Deinc Mutter wird dich sicher gleich holen kommen, Jettchen. Sieh doch nur, wer da ist. Das ist Fräulein Nachtigal, du weißt doch, ich habe euch von ihr erzählt, sie ist eure neue Kindergärtnerin.“

Jettchen blickte nur kurz zu Friederike auf und schaute dann Auguste an: „Gehst du fort?“

„Aber nein, ich bleibe noch ganz lange bei euch!“

Jettchen sagte nichts und wollte sich wieder der Tafel zuwenden, da war vom großen Spielzimmer nebenan die Flurtür zu hören und einen Moment später erschien eine junge Frau in der Stubentür. „Mama, Mama!“, weinend lief Jettchen auf die Mutter zu, klammerte sich mit der linken Hand an ihren Arm und schlug mit dem rechten Fäustchen wild auf sie ein. „Ich hab dich gar nicht mehr lieb, Mama ...“, brach es aus dem schluchzenden Kind heraus, „... du böse Mama, ich hab dich nicht mehr lieb!“

Tief bewegt von dem Ausbruch kindlicher Kümmernis standen Auguste und Friederike hilflos da.

Während die Mutter ihr Kind in den Arm zu nehmen suchte, um es zu beruhigen, wandte sie sich an Auguste: „Ach bitte, seien Sie nicht bös’ mit mir, Frollein Michaelis. Ich kam so schnell ich konnte.“

„Seien Sie unbesorgt, Frau Wölflin, es ist alles gut“, versicherte Auguste der Mutter.

Schließlich hatte sich Jettchen soweit beruhigt, dass die Mutter sie an die Hand nehmen und mit ihr den Kindergarten verlassen konnte.

„Sind die Kinder nicht immer die Leidtragenden“, fragte Auguste, mehr feststellend als fragend, und schaute noch einige Augenblicke gedankenverloren zur Tür. Dann aber gab sie sich einen Ruck und wandte sich an Friederike: „Das also ist unsere kleine Spielstube, das Fenster hat den Blick zum Garten, die zweite Tür dort geht auf den Flur. Aber ich halte sie verschlossen. Den Herd benutze ich selten. Manchmal, am Nachmittag, wenn nicht so viele Kinder da sind, backen wir. Und im Winter, wenn es richtig kalt wird und der Kachelofen im großen Zimmer nicht ausreicht, mache ich Feuer.“ Sie verfolgte Friederikes Blick auf die Unterseite einer Treppe, die vom Fußboden schräg nach oben in die Decke einmündete: „Die Treppe geht vom Flur zur Wohnung. Komm! Ich zeig dir deine Kammer. Dein Bett und deine Koffer kamen vor zwei Tagen, es ist schon alles oben.“

Durch das große Zimmer gingen sie auf den Flur hinaus, Friederike nahm ihre dort abgestellte Reisetasche und folgte Auguste die knarrende Treppe hinauf. Oben, in dem geräumigen Treppenflur, der durch ein schmales Fenster spärlich erhellt wurde, standen ein großer Schrank und ein Kleiderständer. Zwei Türen führten zu den Wohnräumen. Auguste öffnete eine der Türen: „Hier, das ist deine Kammer, sie hat ein kleines Fenster zum Garten und ein wenig Morgensonne. Sie ist nicht groß, aber das schrieb ich dir ja. Mantel und Kleider kannst du zum Ausglätten hier draußen im Schrank unterbringen. Wenn du deine Koffer ausgepackt hast, stell' sie doch einfach hier im Flur ab, in der Kammer nehmen sie dir zu viel Platz. Du wirst sicher eine Weile allein sein wollen, ich bin in der Wohnstube." Sie ging auf die andere Flurtür zu und sagte im Hineingehen noch: „Kommst du rüber, wenn du soweit bist? Wir können uns dann überlegen, was wir mit dem Nachmittag anfangen."

Friederike betrat ihre Kammer und schloss die Tür. An der gegenüberliegenden Wand stand ein Bett mit ihrem Bettzeug. Zwischen dem Fußende und der rechten Wand war gerade noch Platz für einen schmalen Waschtisch mit Spiegel, Waschschüssel und einem Stuhl davor, dem einzigen in der Kammer. Neben dem Kopfende befand sich das Fenster, unter dem ein kleiner Tisch stand. Außer einer niedrigen Kommode an der Türseite gab es keine weiteren Möbel. Auf dem Tisch am Fenster und auf dem Waschtisch standen Kerzen, Schachteln mit Streichhölzern lagen griffbereit daneben. Den Raum zwischen der Kommode und dem Bett füllten ihre beiden großen Koffer, die sie mit dem Bett voraus geschickt hatte. Der Blick aus dem kleinen Fenster zeigte den Garten, in dem drei alte Obstbäume in buntem Herbstkleid zu sehen waren. Einen großen Teil des Gartens nahmen Blumenbeete ein. Jenseits des Gartens bis hin zu einer entfernt verlaufenden Häuserzeile waren zahlreiche weitere Gartenstücke zu erkennen.

Sie setzte sich auf den Stuhl vor der Waschkommode, nahm die Straßenhaube vom Kopf und schüttelte die langen, dunklen Locken, die sich nie so drehen wollten, wie sie der Mode nach sollten, und betrachtete ihr Gegenüber. Das bin ich, Friederike Nachtigal, einundzwanzig Jahre alt. Was sollte sich seit ihrer Abreise aus Rudolstadt geändert haben? Und doch war da etwas anderes, neu und doch nicht fremd. Eine Weile schaute sie so eindringlich in ihr Spiegelbild, dass es ihr bald schien, wirklich eine Fremde vor sich zu haben. Sie schloss die Augen und wusste, wen sie vor sich hatte – einen Backfisch, der nach einer Aufgabe gesucht, und gleichzeitig eine junge Frau, die sie gefunden hatte.

Leichtfüßig stand sie auf und wandte sich ihren Koffern zu. Ihre Kleider hängte sie in den Flurschrank, Wäsche und einige andere Dinge kamen in die Schubladen der Kommode, ein paar Bücher und Schreibutensilien legte sie auf den Tisch unter dem Fenster. Für vieles fehlte in der Kammer der Platz und es musste in den Koffern bleiben, bis sie die Wohnung für sich allein hatte. Es war verabredet, dass sie bis zur Hochzeit Augustens freie Unterkunft haben und sich nur an der täglichen Lebenshaltung hälftig beteiligen sollte. Dafür würde sie in der Kindergartenarbeit unentgeltlich mitwirken. Danach, so war es mit dem Vermieter schon geregelt, würde Friederike das Haus allein bewirtschaften. Die Leitung des Kindergartens sollte Friederike übernehmen, sobald ihr die amtliche Erlaubnis ausgestellt worden war.

Sie wusch sich Gesicht und Hände und blickte zufrieden auf ihr kleines Reich. Mit dem Gebäck, das sie in Gotha gekauft hatte, ging sie hinüber zur zweiten Flurtür. Sie klopfte.

„Nur herein in die gute Stube!“, hörte sie Auguste rufen.

Durch eine kleine, fensterlose Küche, in der ein Herd die Hälfte des Raumes einnahm, gelangte sie in eine geräumige Wohnstube, die von aromatischem Kaffeeduft erfüllt war.

Die gegenüberliegende Seite des Zimmers hatte zwei Fenster zur Gasse, Licht der Nachmittagssonne strömte herein. Die Wände waren mit blassblauer Kalkfarbe getüncht. Eine Standuhr zwischen den Fenstern zeigte zwei Uhr durch. Auf einem kleinen Arbeitstisch unter dem linken Fenster befanden sich Nähkörbchen mit Zwirnrollen, Nähkissen, Schere und Fingerhut. An der Türseite, wohl durch einen gemeinsamen Kamin mit dem Küchenherd verbunden, stand ein hoher Kachelofen. Das weitere Mobiliar bestand aus einem zierlichen Sessel, Sofa, einem runden Tisch mit Stühlen, einem Schreibsekretär und zwei Glasvitrinen, die eine mit Büchern, die andere mit Geschirr. Auf dem Tisch stand eine Vase mit einem prächtigen Strauß Astern. Linker Hand befand sich eine niedrige Tür, die geschlossen war.

„Dort hinter der Tür ist meine Schlafkammer“, erklärte Auguste, „... komm! Setzen wir uns an den Tisch hier.“ Sie füllte zwei Tassen mit Kaffee.

Friederike fragte nach einer Schale für das Gebäck, dann setzte sie sich. Ihr Blick fiel auf eine Reihe von Porträtbildern an der Wand über dem Sofa, wo sie Fröbel, Pestalozzi, Diesterweg und Middendorff erkannte. „Schön, dass du auch ein Bild von Herrn Middendorff aufgehängt hast“, bemerkte sie. „Allzu leicht geht er in der Reihe der Großen unter.“

„Ja, ich mochte seine Unterrichtsweise“, antwortete Auguste, „und auch seine Schrift über die Kindergärten, die er an die Schulkommission der Nationalversammlung in Frankfurt geschickt hatte. Leider hat sie dort nichts bewirkt.“

Friederike kannte die Schrift, eine der ersten, die sie über Kindergärten gelesen hatte, vor zwei Jahren in Rudolstadt, sofort nachdem die große Lehrerversammlung dort stattgefunden hatte.

Nach einer Weile sagte Auguste: „Du errätst nicht, wer mich vor einigen Tagen besucht hat ... die Hermine Diesterweg! Sie war doch mit dir in einem Kurs. Sie lässt dich lieb grüßen. Mit ihrem

Vater besuchte sie Verwandte hier in Erfurt. Auch Herr Diesterweg wollte meinen Kindergarten sehen, leider hielt ihn eine böse Erkältung im Hause fest ... Stell' dir nur vor, dieser berühmte und gelehrte Mann in meinem Kindergarten! Sicherlich hätte ich aus Ehrfurcht und Verlegenheit kein Wort herausgebracht."

„Und diesen berühmten und verdienten Mann haben die Preußen in den vorzeitigen Ruhestand geschickt – ohne Bezüge", bemerkte Friederike.

„Ja, leider. Aber Hermine erzählte, der Vater sei kämpferischer denn je. Jetzt habe er endlich die ständigen Auseinandersetzungen mit dem Ministerium in Berlin vom Hals und könne ohne das Amt des Seminardirektors viel unbefangener auftreten. Er wolle sogar für die Fortschrittspartei in den preußischen Landtag gehen, um von dort aus für die nationale Einheitsschule und für eine bessere Lehrerbildung zu wirken. Sie selbst möchte sich in Berlin für die Gründung von Kindergärten einsetzen. Weißt du, was aus den anderen geworden ist?"

„Von der Marie Zürn weiß ich, dass sie wohl eine Stelle in Göttingen annehmen wird, Henriette Bothmann geht nach Schweinfurt und Emmi Wolfgang wird im Kindergarten in Nordhausen eine Anstellung finden, er soll ja bald eröffnet werden."

Augustes Blick wanderte zum Fenster. „Aber was reden wir denn nur, hier in der Stube. Reden können wir noch genug, heute sollten wir den schönen Tag nutzen, oder bist du zu müd' von dem vielen Fahren?"

„Überhaupt nicht, gern würde ich etwas von der Stadt sehen – wenn deine Zeit nicht anderweitig belegt ist?"

„Ich habe mir den Tag frei gehalten. Unser Dienst beginnt morgen um neun. Wir haben Zeit."

Sie entschieden sich gegen Mäntel und verließen sich auf warme Schultertücher und Straßenhauben. Bevor sie sich am Fuß der

Treppe nach rechts zur Eingangstür zur Gasse begaben, warfen sie noch einen Blick in den Garten. An der Hauswand war ein Haufen Brandkohle gelagert. Der vordere Teil des Gartens war mit Kies bedeckt, daran schlossen sich Blumen- und Gemüsebeete an. Links davon standen drei alte Obstbäume. In den hinteren Begrenzungszaun war eine Pforte eingelassen. „Der Garten ist nicht groß“, sagte Auguste. „Ich lasse zwei oder drei Kinder ein Beet bearbeiten, damit sind alle beschäftigt. Dort, hinter dem Bretterverschlag, haben wir einen Abtritt.“

Sie kehrten in den Flur zurück. Auguste sicherte die Tür mit einem Riegel. Im Vorbeigehen wies Auguste auf die zwei großen Kannen. „Morgens zwischen acht und neun Uhr bringt ein Dienstmann frisches Wasser, die Kinder nennen ihn deshalb den ‚Wassermann‘.“ Sie traten auf die Eimergasse hinaus und Auguste verschloss die Haustür. „Ich hab schon Schlüssel für dich anfertigen lassen, ich geb’ sie dir später.“

Sie wandten sich nach rechts und standen kurze Zeit später auf einem weiträumigen Platz, auf dem reger Verkehr herrschte.

„Das ist der Wenigemarkt“, erklärte Auguste, „dort drüben, durch den Torbogen neben der Ägidienkirche, geht’s zur Krämerbrücke. Sie überbrückt den Breitstrom, einen Nebenzweig der Gera. Und hier …“, sie wies in die entgegengesetzte Richtung, „… geht es zur Futterstrasse. Dort hinten links, siehst du das weiße Gebäude mit den Pfeilern am Eingang? Das ist das Erfurter Theater, früher mal das Ballhaus der Universität, recht kommod, keine fünf Minuten vom Kindergarten. Aber versprich dir nicht zu viel, der Direktor ist zwar bemüht, anspruchsvolles Theater und gute Konzerte anzubieten, aber meistens bleibt es bei Possenstücken. ‚Lumpazivagabundus‘ und so etwas, du verstehst schon, nur damit füllt er Saal und Ränge. Das Haus hat schon bessere Zeiten gesehen. Goethes Weimarer

Hoftheater ist hier häufig aufgetreten, Schillers Dramen sind aufgeführt worden, und Niccolò Paganini, Clara Schumann, auch Franz Liszt haben Konzerte gegeben. Und natürlich die Auftritte der Comédie-Française, damals beim Fürstenkongress 1808, als Napoleon den Zar Alexander I. beeindrucken und ihn auf seine Seite ziehen wollte."

Sie wandten sich zur Krämerbrücke. Friederike hatte schon viel von ihr gehört, eine Brücke, auf beiden Seiten mit Häusern bebaut, war einmalig nördlich der Alpen. Auf der Brücke herrschte reges Treiben, Handwerker und Händler boten ihre Waren feil. Seltsam, hätte sie nicht gewusst, dass unter ihren Füßen ein Fluss verlief, sie hätte sich auf einer ganz normalen Gasse geglaubt.

Am Ende der Brücke öffnete sich ein kleiner Platz. „Der BENEDIKTSPLATZ", sagte Auguste. „Hier links ist das NEUE BACKHAUS, das alte war abgebrannt. Dieses hier steht seit fünf Jahren, wenn du also etwas gebacken haben möchtest, aber den Ofen nicht anheizen willst …"

Langsam gingen sie weiter. Bald tat sich ein weiterer Platz auf, größer und belebter als der Benediktplatz.

„So, und hier der Mittelpunkt Erfurts, der FISCHMARKT", erklärte Auguste.

Friederike bewunderte die prächtigen Renaissancefassaden einiger Patrizierhäuser, die den Platz umgaben. Auf einem Sockel erhob sich eine überlebensgroße Statue. Bei genauerem Hinschauen sah Friederike, dass es sich um die Statue eines Mannes in antiker Rüstung handelte.

Auguste war ihrem Blick gefolgt. „Das ist der RÖMER, einige sagen auch Roland. Herold hab ich auch schon gehört. Aber die richtige Bezeichnung ist wohl Römer, wegen der römischen Rüstung."

„Der blickt aber finster."

Auguste lachte.

Vom Fischmarkt ging es durch die Marktstraße zum Friedrich-Wilhelms-Platz vor dem Dom. Voller Ehrfurcht betrachtete Friederike die erhöht stehenden, mächtigen Gebäude des Doms und der Severikirche, die aneinandergrenzten, und zu denen eine breite Treppenflucht hinaufführte.

„Dort drüben ...", Auguste wies auf Anhöhen in der Nähe der Kirchen, „... das sind die Zitadellen Petersberg und Cyriaksburg, der Hauptteil der Festung Erfurt. Etwa fünftausend Soldaten sind hier stationiert, du hast sicher schon die vielen Soldaten auf den Straßen bemerkt. Auf fünf Erfurter kommt ein Soldat. Aber nicht alle Soldaten sind dort auch untergebracht, es fehlt an Kasernen. Die meisten Soldaten und Offiziere sind in der Stadt bei Privatleuten einquartiert. Bei mir waren sie auch schon, ich hätte doch so viel Platz. Ob sie die Kinder erschrecken und mich in Verruf bringen wollten, habe ich gefragt, damit war die Sache erledigt."

Sie überquerten den Domplatz, passierten dabei einen Obelisken und befanden sich bald in einem Gewirr von Winkeln, Gassen und kleinen Plätzen. Auguste schritt sicher voran, hier und da über schmale Brücken, die über Wasserläufe führten, und immer wieder vorbei an kleineren und größeren Kirchen. Ab und an gab sie kurze Erläuterungen und Friederike staunte über ihr Wissen, gab es aber bald auf, sich Namen zu merken oder die Orientierung behalten zu wollen, und ließ sich einfach nur mitziehen durch diese so mittelalterlich anmutende Welt.

Friederike fragte, ob sie die Gaststätte „Zur Linde" kenne.

„Die Gaststätte ‚Zur Linde'?", fragte Auguste verdutzt. „Was hast du denn mit der ‚Linde' zur schaffen? Da solltest du dich keinesfalls sehen lassen, auch nicht in Begleitung. Vor zwei Jahren, während der Unruhen, war die Gaststätte ein Treffpunkt der Aufständischen. Aber auch danach konnte man immer wieder mal von Razzien der Polizei lesen. Woher weißt *du* denn von der ‚Linde'?"

„Ich muss den Namen irgendwo aufgeschnappt haben …", antwortete Friederike ausweichend.

Auguste fragte nicht weiter nach. „Da vorn …", sie wies nun auf ein langgestrecktes Gebäude mit offenem Säulengang, vor dem ein riesiger Baum stand, „… das ist Vogels Garten. Im Frühjahr hatten wir hier eine amüsante Begegnung. Das war gegen Ende April. Das deutsche Unionsparlament stand kurz vor seiner Auflösung durch den preußischen König. Es hatte einen Monat in der Augustinerkirche getagt. Viel herausgekommen ist dabei nicht, wie du sicher aus den Zeitungen weißt. Ich war mit einigen Damen des Frauenvereins hier, an einem schönen Vorfrühlingstag. Wir kamen mit einem Herrn ins Gespräch, der sich mit mehreren Adelstiteln vorstellte, ich habe mir nur Bismarck merken können. Er erzählte uns, dass er Schriftführer bei den Verhandlungen sei und wie sehr er sich dabei langweile. Und von seinen Spaziergängen im Steigerwald erzählte er uns, dass es dort ordentliche Gaststätten und gutes Bier gebe."

Schließlich erreichten sie die breit angelegte Regierungsstrasse. Sie war links von prächtigen Gebäuden gesäumt, rechts erstreckte sich eine weitläufige, eingefriedete Parkanlage. „Dort …", Auguste zeigte auf ein imposantes Bauwerk, „… ist die Statthalterei, Sitz der königlichen Regierung des preußischen Regierungsbezirks Erfurt. Auch der Regierungspräsident hat seinen Wohnsitz an diesem Ort. Früher, als die Mainzer noch in Erfurt regierten, residierten dort die Mainzer Statthalter. Einer von ihnen hat auch diese schöne Parkanlage anlegen lassen und mit Wild besetzt, daher der Name Hirschgarten. Wild gibt es nicht mehr, dafür dürfen die Erfurter hier lustwandeln."

Von der Regierungsstraße kamen sie zum Anger, der Erfurter Prachtstraße mit ihren repräsentativen Bürger- und Handelshäusern, an der sich weiter unten auch die Poststation befand. Vor einem prächtigen Renaissancebau blieb Auguste stehen. „Das Dacherödensche Haus. Hier hat Wilhelm von Humboldt seine Caroline geheiratet. Auch Schiller, Goethe und andere große Geister gingen hier ein und aus.“

Sie spazierten langsam weiter den belebten Anger hinunter. Kurz nachdem sie das Dacherödensche Haus passiert hatten, blieb Auguste vor einer Buchhandlung stehen. „Die Neumannsche Buchhandlung, hier findest du ein gutes Sortiment“, bemerkte sie. „Und was sie nicht im Vorrat halten, wird schnell besorgt. Solltest du hier keinen Erfolg haben, kannst du es auch in der Villaretschen Buchhandlung versuchen.“ Sie wies den Weg zurück, den sie gerade gekommen waren. „Sie befindet sich dort hinten an der Langen Brücke, einer Gasse, die von der Regierungsstraße abgeht.“

Friederike dachte an Zeitungsmeldungen vor zwei Jahren, in denen von den Unruhen und Barrikadenkämpfen in Erfurt berichtet worden war, und fragte Auguste, wie sie diese Ereignisse erlebt habe.

„Ja, das war im November. Dort drüben vor dem Packhaus haben sie gekämpft, und rechts dahinter in der Auguststrasse sind Barrikaden errichtet worden. Es war schrecklich … Ich war natürlich nicht in der Nähe, aber es ging auch an unserem Kindergarten nicht vorbei. Komm, hier in der Seitengasse ist ein Café, lass uns Kaffee oder Schokolade trinken, da erzählt sich's besser.“

„Und etwas essen!“, ergänzte Friederike, die seit dem Frühstück und dem wenigen Gebäck bei Auguste nichts mehr zu sich genommen hatte.

* * *

Das Café war weiträumig und gut besucht. Die Gäste waren in Gespräche vertieft oder lasen Journale. In der Nähe des Eingangs fanden sie einen freien Tisch und bestellten heiße Schokolade und Mandeltorte.

Auguste erzählte: „Die Unruhen begannen nicht erst im November. Schon im März ging es los. Stell dir nur vor, bei uns in der Eimergasse stürmten aufständische Handwerker das Haus vom Regierungsrat von Ehrenberg. Bis heute weiß niemand so genau, was sie damit erreichen wollten, zumal der Regierungsrat schon länger außer Diensten stand. Ein ganzer Zug der 8. Kompanie ist angerückt, unter einem richtigen Leutnant. Das waren wohl mehr als zwanzig Soldaten, die haben die Ordnung wieder hergestellt, sogar Schüsse sind gefallen."

„Mein Gott, das muss die Kinder in Angst und Schrecken versetzt haben", bemerkte Friederike.

„Die Kinder konnte ich schnell beruhigen. Schüsse sind in Erfurt an der Tagesordnung, wegen der Übungsplätze der Soldaten. Aber die Eltern waren besorgt – einige so sehr, dass sie ihre Kinder tagelang nicht in den Kindergarten schickten. Der Vorfall in der Eimergasse blieb nicht der Einzige. Den gesamten März gab es Unruhen, wohl auch wegen der Ereignisse in Berlin, Dresden und anderswo. Der Garnison wurde befohlen, sich im Belagerungszustand zu halten. Alle öffentlichen Gebäude, Plätze und Hauptstraßen wurden besetzt – zum Schutz vor dem inneren Feind, hieß es. Das gesamte Frühjahr und den Sommer über hat es immer wieder Vorfälle gegeben, vor allem im Juni. Aber dabei ist kaum jemand zu Schaden gekommen …"

Plötzlich unterbrach Auguste ihren Bericht und schaute in Richtung Eingangstür. Sie stand auf und begrüßte zwei gut gekleidete Damen mittleren Alters. Sie winkte Friederike herbei. „Darf ich Ihnen Fräulein Nachtigal aus Rudolstadt vorstellen? Der gute Professor Fröbel hat sie geschickt, ich erzählte Ihnen wohl davon? Sie wird meinen Kindergarten fortführen … Friederike, Frau von Ravenbrück und Frau Dr. Hoffmann, vom Frauenverein."

Die Damen lächelten freundlich.

Frau von Ravenbrück sagte, ohne den Blick von Friederike zu nehmen: „Fräulein Michaelis, Sie werden doch Fräulein Nachtigal zum nächsten Treffen unseres Frauenvereins am Sonntag mitbringen … nicht wahr, Fräulein Nachtigal, Sie werden uns mit Ihrem Besuch erfreuen? Unser Frauenverein nimmt regen Anteil an dem Kindergarten, und wir wünschen uns alle, dass er unter Ihrer Leitung seine Fortsetzung finden möge …"

Friederike war gleichermaßen überrascht wie erfreut über den so schnell in Aussicht gestellten Anschluss an das gesellschaftliche Leben in Erfurt. „Wie die Dinge im Augenblick stehen hängt der Fortbestand des Kindergartens nicht von mir ab. Es bedarf dazu der Genehmigung durch die Ortsschulbehörde, und wohl auch eines Amtes der Bezirksregierung. Mein Aufenthaltsrecht in Erfurt besteht nur vorläufig … Aber wenn es mir möglich sein wird, werde ich Ihrer Einladung gern nachkommen."

Man nickte sich zu und die Kindergärtnerinnen setzten sich wieder.

„Frau von Ravenbrück, Therese von Ravenbrück, ist die Vorsitzende des Frauenvereins", erklärte Auguste. „Sie ist mit dem Schriftsteller Paul von Ravenbrück verheiratet. Er hat Publikationsverbot und muss sich wegen seiner republikanischen Ansichten sehr bedeckt halten. Frau Hoffmann, die Gattin von Dr. Hoffmann, dem Apotheker, verwaltet die Vereinskasse …", sie lachte kurz auf, „… viel ist da aber nicht zu verwalten."

„Du bist wohl Mitglied in dem Frauenverein?"

„Nein, eingeschrieben bin ich nicht. Der Verein besteht noch nicht lange. Ich bin über Frau Maubach mit ihm in Kontakt gekommen. Die Tochter der Maubachs, das Paulinchen, ist bis zu ihrem Schuleintritt in meinen Kindergarten gegangen. Frau Maubach lässt mir immer eine Einladung zu den Sitzungen und Veranstaltungen zukommen, aber mehr als fünfzehn Damen habe ich selten zusammenkommen sehen. Man wollte mich dazu überreden, dem Verein förmlich beizutreten. Ich hab aber gesagt, dass ich bald in Bindersleben wohnen und mit meinem neuen Haushalt beschäftigt sein würde. Das haben sie erst nicht gelten lassen wollen. ‚Bindersleben? Aber Fräulein Michaelis, das liegt doch vor Erfurts Haustür, da sind Sie doch schnell in Erfurt!' … Ich hab mich aber nicht überreden lassen, hab gesagt, wenn mir langweilig würde, könne ich mich immer noch einschreiben."

„Ist es denn weit, von Bindersleben nach Erfurt?", fragte Friederike.

„Weit kann man nicht sagen, aber ich will ohne unnötige Verpflichtungen in die Ehe gehen. Bindersleben ist ein Dorf, es liegt eine knappe Meile[2] westlich von hier, gehört aber von alters her zu Erfurt. Der Vater meines zukünftigen Mannes ist dort landwirtschaftlicher Verwalter bei einer städtischen Domäne. Er hat Wilhelm das Studium an einer höheren landwirtschaftlichen Schule ermöglicht. Wilhelm ist vor einem Jahr zum Leiter einer Versuchsabteilung ernannt worden, die neue Methoden zur Steigerung der landwirtschaftlichen Erträge erproben soll … Ich komme ja auch aus der Landwirtschaft, meine Eltern bewirtschaften einen kleinen Hof bei Saalfeld. Aber *du* könntest doch Mitglied in dem Verein werden. Ich meine, wenn erst die Erlaubnis zur Fortführung des Kindergartens da ist. Man wird dich gern aufnehmen, das hätte auch den Vorteil, dass du abends häufiger ausgehen kannst, weil dann für Begleitung gesorgt ist. Auf keinen Fall darfst du nach Einbruch der Dämmerung allein irgendwo gesehen werden. Die Nachtwächter sind zur Strenge

2 1 preußische Meile = 7,532 km

angehalten, und die Polizei ist nie weit. Abends zehn Uhr ist Polizeistunde, die Stadttore werden um neun geschlossen. Du musst damit rechnen, ständig beobachtet zu werden. Wo gibt es das schließlich, dass junge Frauen selbständig und unabhängig leben und arbeiten. Da geht bei den Männern schnell die Phantasie auf Reisen …"

„Was meinte Frau von Ravenbrück, als sie von der Anteilnahme am Kindergarten sprach?"

„Als bekannt wurde, dass ich den Kindergarten nicht weiterführen würde, gab es die Überlegung, den Kindergarten in Vereinsträgerschaft zu übernehmen. Der Verein hat den Rechtsstatus einer privilegierten Privatgesellschaft. Er hätte also als Rechtsperson auftreten und den Kindergarten übernehmen können, doch jetzt bist du ja da."

„Hätte denn die Übernahme des Kindergartens dem Vereinszweck entsprochen?"

Auguste lachte. „Mit viel Fantasie schon. Der Vereinszweck, wie er in der Satzung steht, ist ziemlich allgemein gehalten, etwas wie ‚Hebung des weiblichen Geschlechts', nein, ‚Förderung der Bestrebungen, welche die Hebung der Bildung des weiblichen Geschlechts zum Ziele haben' – so oder so ähnlich steht's in der Satzung. Einige der Damen, die den Verein mitbegründet haben, wollten wohl auch eine andere Zweckbestimmung, nämlich die Stärkung der Rechte der Frauen und Unterstützung der Bestrebungen zur gänzlichen Aufhebung der Geschlechtsvormundschaft. Aber das hätten die Behörden politisch gedeutet und sicher nicht genehmigt … Einige der Damen, vor allem Frau Schubert – sie ist mit einem Journalisten verheiratet – sind den Auffassungen der freireligiösen Gemeinden zugeneigt. Frau Schubert sähe es wohl gern, wenn der Verein Verbindungen zu Frauenvereinen der freireligiösen Gemeinden unterhielte. Sie weiß natürlich, dass diese Gemeinden die Kindergärten unterstützen oder selbst welche gründen. Sie hat mich einmal darauf angesprochen und mich gefragt, wie ich dazu stünde. Ich habe ihr zu verstehen gegeben, dass nach meiner Meinung eine zu große Nähe zwischen unseren Kindergärten und den freireligiösen Gemeinden über kurz oder lang der Ausbreitung der Kindergärten schaden werde. Das hat sie nicht gern gehört … Bislang ist ihr Einfluss im Verein gering."

„Und welche Haltung nimmt Frau von Ravenbrück in dieser Frage ein?"

„Ich kenne sie nicht gut genug. Wie ich aus gelegentlichen Gesprächen mit anderen Vereinsdamen weiß, hegt sie durchaus Sympathien für das Religionsverständnis der Lichtfreunde und der Deutschkatholiken. Die freireligiösen Gemeinden sind bei den Behörden nicht gut gelitten – in Preußen sind die öffentlichen Versammlungen der Lichtfreunde schon vor fünf Jahren verboten worden. Zudem muss sie davon ausgehen, dass nicht nur ihr Mann unter polizeilicher Beobachtung steht, sondern auch sie selbst, deshalb hält sie es wohl für ratsam, den Verein aus Verwicklungen mit den Freien Gemeinden herauszuhalten. Eine sehr kluge Haltung wie ich finde …" Sie schaute Friederike prüfend an. „Und wie hältst du's mit den Freireligiösen!"

Friederike lachte. „Das ist ja eine richtige Gretchenfrage. Meine Tante Alwine hat mir manches über die Lichtfreunde erzählt. Von den Deutschkatholiken weiß ich wenig. Karl und Johanna Fröbel sollen ihnen wohl beigetreten sein. Ich bin weder mit der einen noch mit der anderen Richtung in nähere Berührung gekommen, hab' sie auch nicht gesucht."

„Daran solltest du festhalten!"

Sie schwiegen eine Weile und sahen sich im Café um. Friederike fiel auf, dass die Menschen modischer und eleganter gekleidet waren als im kleinen Rudolstadt – natürlich mit Ausnahme von Tante Alwine.

Sie bestellten noch Schokolade.

„Wir sind unterbrochen worden“, sagte Friederike.

„Wo war ich stehengeblieben?“

„Du hast von den Unruhen erzählt …“

„Ja, und dann der vierundzwanzigste November achtundvierzig, das war ein Freitag. Es war neune durch, und wir hatten gerade ein Lied gesungen. Viele Eltern waren auch noch da … Da hörten wir Schüsse. Ich wusste sofort, dass etwas Schlimmes im Gange war. Die Schüsse waren viel zu nah, sonst nahm man sie nur undeutlich aus der Ferne wahr. An den Tagen zuvor war bekannt gemacht worden, dass zur Verstärkung der Garnison die Rekruten des Erfurter Landwehr-Bataillons eingekleidet und ausgerüstet werden sollten. Die preußische Militärführung hatte sich zur Demonstration ihrer Macht ausgerechnet den Anger für diese militärische Zeremonie ausgesucht. Und natürlich hatte sie gewusst, dass viele darin eine Provokation sehen würden und die militärische Absicherung der Einkleidung angekündigt. Neun Kompanien, die Infanterie und eine Eskadron des Kürassier-Regiments waren aufgeboten worden … Wenig später hörten wir Lärm auf der Gasse, durch die Fenster sahen wir Leute vorbei rennen, sie riefen und schrien durcheinander. Ich bin sofort raus, die meisten kamen von links, aus Richtung Anger, einige aber kamen von rechts und waren mit Gabeln, Sensen, Äxten und Messern bewaffnet, bei einem sah ich sogar eine Flinte … Dann kam mir die Frau Busse entgegen, sie wohnt einige Häuser weiter, sie rief mir im Vorbeilaufen zu: ‚Gehen Sie schnell ins Haus, Fräulein Michaelis, und sichern Sie die Tür, auf dem Anger wird geschossen!‘ Ich bin sofort zurück und hab die Tür verschlossen. Die Eltern, die noch da waren, wollten ihre Kinder nicht im Kindergarten lassen. Sie sind durch die Gartenpforte raus, auf den Wegen zwischen den Gärten kann man die Futterstraße und die Johannisstraße erreichen, einige Kinder aus ihrer Nachbarschaft haben sie mitgenommen ... Aber was sollte ich mit den anderen machen? Sie waren arg verängstigt, einige Kleinere weinten, andere ließen sich davon anstecken ... Das Schießen wurde immer heftiger, vereinzelt hörte ich jetzt auch Geschützfeuer. Der Lärm auf der Gasse wurde immer lauter, wir waren ja noch im großen Spielzimmer, und die Kinder sahen den Tumult durch die Fenster. Ich wollte zusammen mit ihnen in die kleine Spielstube gehen und die Tür schließen, musste aber damit rechnen, dass einige Eltern kommen würden, die hätten dann vor verschlossener Eingangstür gestanden und nicht gewusst, wo ihre Kinder waren oder ob ihnen gar etwas zugestoßen sein könnte ... Ich hab' die Kinder dann, es waren noch zehn oder elf, in die Spielstube gebracht, die Zwischentür halb offen gelassen und mich im Flur ans Fenster neben der Tür gestellt. Von dort konnte ich die Gasse beobachten und hätte die Eltern schnell einlassen können. Der Tumult ebbte allmählich ab, hin und wieder hab ich kurz zu den Kindern hineingeschaut, ganz verängstigt waren sie, keinen Muckser haben sie von sich gegeben. Es kamen dann auch noch zwei Mütter, ihre Kinder zu holen ... Aber dann ... wenn ich jemals etwas von diesen Ereignissen vergessen sollte, dieses ganz bestimmt nicht ..." Sie strich sich mit der Hand über die Augen, dann schaute sie Friederike an. „Da tauchte plötzlich das Gesicht eines Mannes im Fenster auf, ein oder zwei handbreit von mir entfernt, ich stand ja auch ganz dicht davor. Es war über und über mit Blut verschmiert ... und die Augen, Friederike! Die Augen, niemals zuvor habe ich so viel Angst in den Augen eines Menschen gesehen. Er wollte herein und hämmerte mit seinen blutigen Fäusten gegen die Tür. Aber ich habe sie nicht geöffnet, ich habe einfach zur Seite geschaut. Als ich einen Moment später wieder hinaussah, war das Gesicht verschwunden, aber ein Kürassier ritt vorbei. Er war so nah zum Fenster, dass ich nur den halben Pferdebauch und das gestiefelte Bein im Steigbügel sah … und den unteren Arm mit einem blutigen Säbel in der Hand …“, Auguste wollte ihre Tasse aufnehmen, musste es aber lassen, so sehr zitterten ihr die Hände. Friederike konnte nur ihre Hand auf Augustes Arm legen.

„Die Eltern haben mir viel Dankbarkeit entgegengebracht und mir versichert, richtig gehandelt zu haben. Aber ich frage mich heute immer noch, ob es nicht meine Pflicht gewesen wäre, den Verletzten einzulassen. Ich habe ja nicht wissen können, dass der Mann entkommen konnte. Es wäre nicht verborgen geblieben, wenn der Kürassier ihn erwischt und niedergemacht hätte.“

„Aber Auguste, was hätte geschehen können, *wenn* du ihn eingelassen hättest?“

„Ja, ich weiß, und dennoch …“

„Der Himmel verhüte, dass ich jemals in eine solche Situation gerate“, sagte Friederike, „sollte es aber mal so sein, möchte ich deine Umsicht haben.“

Auguste antwortete nicht, aber es war zu sehen, dass ihr die Worte guttaten.

„Die Zeitungen haben geschrieben, dass es nicht nur Verletzte, sondern auch Tote während der Aufstände gab.“

„Ja, in den folgenden Tagen haben die Zeitungen über die Verluste geschrieben. Fünfzehn Soldaten sind verletzt und sieben getötet worden. Bei der Bevölkerung waren es vierundzwanzig Tote, wie viele verletzt wurden, weiß bis heute niemand … Zweihundertsechzig Bürger wurden in der Festung auf dem Petersberg inhaftiert, einhundertdreißig verurteilt, davon sieben zum Tode. Den Belagerungszustand haben sie noch bis Juli des nächsten Jahres aufrechterhalten …“

* * *

Es war später Nachmittag geworden, und sie machten sich auf den Weg. Unterwegs kauften sie fürs Abendbrot ein. Nach dem Abendessen saßen sie in Augustes Wohnstube, es drangen noch letzte Strahlen der untergehenden Sonne herein.

„Es ist mir, als sei ich schon Wochen von der Familie fort, und bin doch erst gestern gefahren“, sagte Friederike.

„Du bereust doch nicht etwa deinen Entschluss, meinen Kindergarten fortzuführen?“

„Aber nein, das musst du nicht befürchten.“

Auguste stand auf. „Wir sollten deinen ersten Tag in Erfurt mit einem Gläschen Likör beschließen. Hol doch Gläser aus der Vitrine.“ Sie ging in die Küche und kam mit einer dickbauchigen Flasche zurück. „Kirschlikör, hab ich selbst angesetzt, aus Kirschen, gutem Nordhäuser Fruchtbranntwein, dunklem Kandis, Pommeranzenschale, Zimt und Nelken.“

Sie sprachen über ihre gemeinsame Sache – die Kindergärten. Viel war schon geschehen, seit Friedrich Fröbel im Juni 1840 in Bad Blankenburg den „Allgemeinen Deutschen Kindergarten“ ausgerufen hatte. Die Idee, die er damit in die Welt setzte – „kommt lasst uns unsern Kindern leben“ – war von vielen begeistert aufgenommen worden. Hatte nicht alles in eine verheißungsvolle Zukunft gewiesen? Die Zustimmung durch die Lehrervereine, die Unterstützung durch die freireligiösen Gemeinden, die vielen Beiträge in der „Frauen-Zeitung“ von Luise Otto und natürlich auch in den pädagogischen Zeitschriften. Und wer konnte noch die vielen namhaften Personen zählen, die für die Idee des Kindergartens warben, allen voran der wackere Diesterweg? Mittlerweile wurden in Marienthal, Hamburg und Dresden Kindergärtnerinnen ausgebildet. In Nordhausen und Magdeburg stand die Gründung von Kindergärten kurz bevor. Dem stand aber entgegen, dass es bislang nur sehr wenige Kindergärten gab.

„Fröbel sprach von achtzehn Einrichtungen“, bemerkte Friederike, „und das ist wahrlich nicht viel gegenüber den Hunderten von evangelischen Kleinkinderschulen und katholischen Bewahranstalten ...“

„Darum musst du dafür sorgen, dass unser Kindergarten erhalten bleibt, Friederike. Gern will ich das Meinige tun, um dir dabei zu helfen. Hoffen wir auch, dass Ernestine Storch in Nordhausen und Frau Döbbel in Magdeburg bald ihre Kindergärten eröffnen können, obgleich ...“, sie unterbrach sich und machte ein nachdenkliches Gesicht.

„Was meinst du?“, fragte Friederike nach.

„Ja hast du in Marienthal denn nichts davon gehört? Nach außen tritt Ernestine Storch als Gründerin in Erscheinung. Aber dahinter steht doch die freiprotestantische Gemeinde, angeführt von Eduard Baltzer und Rudolf Benfey ... Der Baltzer will doch tatsächlich die Konfirmation abschaffen und durch eine, wie nennt er es noch? ... Ja, durch eine ‚Jugendweihe‘ will er sie ersetzen! Überall, wo jetzt die neuen Gemeinden entstehen, unterstützen sie die Gründung von Kindergärten oder gründen selbst welche. In Breslau haben die Deutschkatholiken zwei Kindergärten ins Leben gerufen, in Quetz hat der Pfarrer der dortigen Freien Gemeinde, der gute Hildenhagen, einen Kindergarten gegründet. Die Frauenvereine, die in Dresden und Schweinfurt Kindergärten errichtet haben, gehören zu den Freien Gemeinden oder stehen ihnen nahe. Wie ich hörte, ist Nanette Demler aus Nürnberg sehr umtriebig. Sie ist dort Vorsitzende des Frauenvereins der Freien Christlichen Gemeinde, der einen Kindergarten unterhält. Fräulein Demler strebt engere Verbindungen zu den Kindergärten der Freien Gemeinden in Breslau, Dresden und Schweinfurt an. Läuft das nicht alles auf einen überörtlichen Verein der Kindergärten der Freien Gemeinden hinaus?“

„Auf Anfrage von Fräulein Demler hat Herr Fröbel ihr Henriette Bothmann vermittelt“, warf Friederike ein.

„Ach ja? Das ist mir entgangen. Ich weiß nur, dass Henriettes Schwester, die Emma, im Kindergarten des Frauenvereins in Schweinfurt Anstellung gefunden hat.“

Nach einer Weile nachdenklichen Schweigens sagte Friederike: „Aber hat sich Frau Herz nicht ausdrücklich dagegen ausgesprochen, dass sich die Kindergärten in den Dienst der Freien Gemeinden stellen? Sie ist doch auch eine Schülerin unseres Herrn Fröbel, und in Marienthal hat man mit großem Respekt von ihr gesprochen.“

„Ja, wenn man doch nur auf sie hörte … Aber wer sollte denn glauben, dass die Auffassung von Frau Herz die Maxime aller Kindergärten sei, jetzt, da Karl und Johanna Fröbel in Hamburg den Deutschkatholiken beigetreten sind? Dabei hätten sie doch wissen müssen, dass einer ihrer Wortführer wegen seiner Beteiligung an den revolutionären Aufständen und wegen seiner Kritik am preußischen König polizeilich verfolgt wurde … Zusammen mit einer von uns, der Bertha Traun, ist er letztes Jahr nach London geflohen. Dort sollen sie einen Kindergarten gegründet haben …“

„Du denkst wohl an Johannes Ronge? Bevor sie nach London flüchteten, haben sie geheiratet …“, ergänzte Friederike, „… und Berthas Schwester Margarethe steht dem kaum nach. Weißt du, dass sie den Karl Schurz geheiratet hat?“

„Karl Schurz? Der den Gottfried Kinkel vor wenigen Monaten aus der Festungshaft befreit hat, *der* Schurz?“

„Ja, eben der! Karl und Margarethe halten sich in der Schweiz verborgen … In Marienthal hörte ich, dass sie in die amerikanischen Freistaaten auswandern wollen, und dass Margarethe dort Kindergärten für die deutschen Auswanderer gründen will …“

Auguste schwieg nachdenklich. Nach einer Weile sagte sie: „Großartige Geschichten, fürwahr … doch fürchte ich, dass sie unserer Sache mehr Schaden als Nutzen bringen. Und jetzt Nordhausen … Die können doch nicht so ahnungslos sein zu glauben, dass die Preußen nicht wüssten, wer hinter der Sache steckt. Die Freien Gemeinden stehen uns mit ihren Auffassungen von Religiosität und freier Menschenbildung sehr nahe, das weiß ich wohl. Ich frage mich aber, ob eine engere Verbindung mit ihnen auf die Dauer gut ist. Die Obrigkeit sieht sie auf der Seite der Umstürzler und Staatsfeinde. Die Nachrichten sind nicht gut …“ Sie ging zum Schreibsekretär und holte einige Briefe hervor. „Hier, lies nur, was Ottilie Schmieder aus Dresden schreibt.“ Sie gab Friederike einen Brief und deutete auf eine Textstelle:

> *… in Dresden ist die Freie Gemeinde bei der Regierung so übel angeschrieben, dass alle, die Kindergärten vorstehen, überhaupt Lehrer, wenn sie nicht ihre eigenen Unternehmungen stören wollen, nicht mit den Freien Gemeinden öffentlich in Zusammenhang treten dürfen …*

„Oder hier …“, Auguste zeigte ihr einen anderen Brief. „Was Emma Bothmann aus Schweinfurt über ihren Kindergarten schreibt, ist auch nicht ermutigend.“

> *… Hier ist man etwas misstrauisch gegen das Unternehmen, denn die meisten der Frauen vom Frauenverein gehören zu der Freien Gemeinde. Die Kinder, die ich habe, auch. Die andern Leute werden schwer zu überzeugen sein, dass man in dem Kindergarten mit diesen Freiheitsgesinnungen nichts zu tun hat. Ein junger Mann namens Scholl ist der Prediger*

dieser Gemeinde und gewissermaßen der Beschützer des Kindergartens.
Ich habe mich mit den Ansichten der Freien Gemeinde bekannt gemacht, mehrere Male den Prediger, welcher ein herrlicher Mann ist, gehört, und es spricht mich sehr an. Ich finde viel Wahrheit darin. Wenn ich es nicht aus Rücksicht für den Kindergarten täte, so würde ich alle Vorträge von Herrn Scholl besuchen; allein das darf ich nicht wegen der Pietisten, die hier wohnen …

Auguste wartete, bis Friederike die Briefstellen gelesen hatte, dann sagte sie: „Und dass uns die ‚Frauen-Zeitung' mit vielen zustimmenden Artikeln unterstützt, ist sicherlich ermutigend – glücklich bin ich darüber jedoch nicht."

Bei der Erwähnung der „Frauen-Zeitung" dachte Friederike an das Exemplar, das sie in Gotha gekauft hatte. War da nicht auch ein Beitrag vom Ronge abgedruckt? „Wart' einen Augenblick, ich bin gleich zurück." Sie stand auf und ging zu ihrer Kammer hinüber. Sie öffnete die Reisetasche – und stutzte. Hatte sie die zusammengerollte Zeitung nicht zu den Handtüchern gelegt? Und hatte der Buchhändler den Faden, den er um die Rolle gewickelt hatte, nicht mit einer Schleife festgebunden? Jetzt aber war der Faden nur locker herum gewickelt, seltsam. Wer konnte sich denn an ihrer Reisetasche zu schaffen gemacht haben? Und wie sollte jemand ins Haus gelangt sein? Auguste hatte doch die Flurtür zum Garten von innen verriegelt und die Haustür zur Gasse abgeschlossen. Sicher täuschte sie ihre Erinnerung … Die Schleife konnte sich während der Fahrt mit der Postkutsche gelockert und gelöst haben. Und wer sollte denn auch ein Interesse daran haben, meine Reisetasche zu durchsuchen? Sicher habe ich mich getäuscht … trotzdem, seltsam. Sie entfernte den Faden und ging in die Wohnstube zurück, Auguste würde sie nichts sagen, natürlich nicht!

„Da hab ich ein Exemplar der ‚Frauen-Zeitung'", sagte sie zu Auguste, „ich fand es in einer Buchhandlung in Gotha. Es ist etwa ein Jahr alt, die Nummer neunundzwanzig vom dritten November neunundvierzig. Hier, auf der ersten Seite, ein Beitrag von Johannes Ronge." Sie reichte Auguste die Zeitung.

> *Sendschreiben[3] von Johannes Ronge an alle deutschen Frauen und Frauenvereine. Geehrte deutsche Schwestern!*

Auguste überflog den Beitrag und sagte dann: „Versteh' mich nur recht, wenn es diese Zeitung nicht gäbe, müsste man sie gründen. Aber ich mache mir Sorgen über die zahlreichen Artikel zum Kindergarten, die darin erscheinen, viele davon aus der Feder führender Köpfe der freiprotestantischen und deutschkatholischen Gemeinden. So muss ja der Eindruck entstehen, dass die Kindergärten Schöpfungen dieser Gemeinden sind …"

Augustes Ausführungen machten Friederike nachdenklich. Sie wusste zwar von der Unterstützung durch die Freien Gemeinden, auch von den vielen Artikeln, die in der „Frauen-Zeitung" zum Kindergarten erschienen waren. Sie hatte darin aber immer nur die Unterstützung gesehen. Augustes Bedenken jedoch zeigten, dass der Beistand auch eine Kehrseite hatte.

Sie sprachen noch über den nächsten Tag. „Du hast dich doch bei den Behörden schon angemeldet?", fragte Auguste.

„Ach, daran habe ich gar nicht mehr gedacht", antwortete Friederike und die Worte des Schwagers fielen ihr ein.

3 Grußworte

„Das musst du gleich morgen früh erledigen“, mahnte Auguste, „die Preußen wissen gern, wer in der Stadt ist. Gerade auf Ausländische[4] haben sie ein waches Auge. Viele, die während der Unruhen verhaftet wurden, waren nicht von hier … Hast du ein Schriftstück zu deiner Rechtsmündigkeit? Auch das Zeugnis von Fröbel wirst du brauchen!“

„Ich hab beides.“

„Ach, ich wollte dir doch die Schlüssel geben …“, Auguste ging in die Küche und kam mit drei Schlüsseln zurück. „Der große ist für die Haustür, der hier für den Kindergarten und der kleinere für die Wohnungstür hier oben. Die Flurtür zum Garten und die beiden Kammern hier oben lassen sich nur von innen verriegeln.“

Bald nachdem die Dämmerung dem Nachtdunkel gewichen war, begaben sich Auguste und Friederike in ihre Schlafkammern. Friederike fiel ins Bett und konnte gerade noch die Kerze löschen, da war sie schon eingeschlafen.

4 Erfurt gehörte damals zur preußischen Provinz Sachsen, während Rudolstadt im Fürstentum Schwarzburg-Rudolstadt lag.

III

Am nächsten Morgen machte sich Friederike gleich nach dem Frühstück auf den Weg zu der Behörde im Magistratsgebäude am Fischmarkt, um sich anzumelden. Das Wetter war in der Nacht umgeschlagen. Der Himmel war mit Wolken verhangen, es war kühl und windig. Hoffentlich regnet es nicht, dachte Friederike, band sich die Bänder ihrer Straßenhaube fest und zog ihren Straßenmantel enger.

Es stellte sich heraus, dass die Behörde in die Regierungsstraße verlegt worden war. Sie fand das Gebäude oberhalb des Angers unweit der Statthalterei, an der sie am Vortag vorbeigekommen waren. In dem mehrstöckigen Haus waren mehrere Behörden untergebracht. Leute gingen ein und aus. Sie musste eine breite, geschwungene Treppe in den ersten Stock hinauf. Von dem geräumigen Flur aus führten Gänge zu den Amtsstuben. Schließlich fand sie den richtigen und sah sich zwei langen Warteschlangen gegenüber, eine für preußische Staatsangehörige und eine für Ausländer. Sie reihte sich bei den Ausländern ein. Nach einer Stunde des Wartens war die Reihe an ihr.

Friederike betrat die schmucklose Amtsstube in der Hoffnung auf schleunige Erledigung dieser lästigen Angelegenheit, um noch rechtzeitig zum Beginn des Kindergartens zurück zu sein. Der Amtsdiener fragte nach Personalien, Herkunft und Ankunft, ob sie einen auskömmlichen Lebensunterhalt nachweisen könne, ob es vertrauenswürdige Personen in Erfurt gebe, ihre Rechtschaffenheit zu bekunden, ob sie ein Gewerbe betreiben wolle … die Fragen wollten kein Ende nehmen. Mit der Miene des Subalternen, dem ein staatstragender Akt zur Ausführung aufgetragen ist, trug er die Angaben Friederikes sorgfältig in einen dicken Folianten ein. Als sie erklärte, eine bei dem bekannten Pädagogen Friedrich Fröbel ausgebildete Kindergärtnerin zu sein, und beantragen wolle, den Kindergarten von Fräulein Auguste Michaelis in der Eimergasse gewerbsmäßig übernehmen zu dürfen, stand er auf und warf Friederike einen prüfenden Blick zu … Er packte den Folianten, wobei er etwas Unverständliches murmelte, eilte zur Nebentür und klopfte. Nachdem eine Stimme Einlass gewährt hatte, verschwand er im Nebenraum. Es dauerte eine Weile, bis die Tür wieder geöffnet wurde und der Amtsdiener erschien. Mit einer Geste bedeutete er ihr einzutreten.

Der Raum war erheblich größer, hatte auf der gegenüberliegenden Seite hohe Fenster mit schweren zur Seite gebundenen Vorhängen und holzgetäfelte Wände. An der rechten Wand reichte eine Etagere bis hoch an die Stuckdecke, die mit Akten und einigen Büchern gefüllt war.

In der linken Zimmerhälfte, diagonal zu den Fenstern, stand ein mächtiger Schreibtisch mit zwei gepolsterten Stühlen davor. Hinter dem Schreibtisch saß ein Beamter, der in einem Folianten blätterte, den Friederike als den des Amtsdieners zu erkennen glaubte. Er machte keine Anstalten, ihre Anwesenheit zur Kenntnis zu nehmen. Hinter ihr fiel die Tür ins Schloss.

Mehrere Minuten vergingen. Es war still. Nur wenn sie ihr Gewicht von einem Fuß auf den anderen verlagerte, knarrte der Parkettfußboden. Sie versuchte, gegen die einschüchternde Wirkung der Situation anzukämpfen … In ihrer Backfischzeit, als sie zu einer Größe aufgeschossen war, die ihr einen guten Überblick über die Köpfe mittelgroßer Männer bot, hatte sie die Angewohnheit ausgebildet, in Anwesenheit von Autoritätspersonen den Oberkörper nach vorn zu neigen, um kleiner zu erscheinen. Was die Eltern als Ausdruck von Respektbezeugung lobten, wurde von Tante Alwine, selbst auch nicht von kleiner Statur, als Ausdruck von Unterwürfigkeit getadelt. „Halt den Kopf aufrecht, Rikki, du musst dich vor keinem Menschen beugen und vor einem Mann erst recht nicht, es sei denn, er verdiente es. Wenn die Männer zu uns Frauen nicht aufschauen wollen, dann müssen sie halt wachsen." Das war zwar eher auf die Geistesgröße von Männern gemünzt, half ihr aber, ihre im Vergleich zu anderen gleichaltrigen Mädchen großgewachsene Gestalt zu akzeptieren. *Du wirst hier nicht einknicken!*, ermutigte sie sich selbst.

Als hätte er es gehört, kam Bewegung in den Beamten. Er nahm seinen Kneifer von der Nase, schob den Folianten mit Daumen und Zeigefinger beider Hände mit langsamer, akkurater Bewegung ein Stück nach vorn und richtete den Oberkörper auf. „Treten Sie doch näher, Mademoiselle Nachtigal", sagte er nach einem längeren prüfenden Blick. Friederike hörte sofort heraus, dass dies keine Einladung, sondern eine Anweisung war.

Der Beamte hatte wohl einen schüchternen Schritt nach vorn erwartet, doch Friederike trat unerschrocken bis nahe an den Schreibtisch heran. Daraus ergab sich die für den Beamten wenig vorteilhafte Situation, dass Friederike auf ihn herabblickte, während er, wollte er nicht des unziemlichen Blicks auf Friederikes Kleid verdächtig sein, zu der großen, eleganten Gestalt der jungen Frau aufschauen musste.

Der szenische Nachteil blieb ihm wohl nicht verborgen, denn er erhob sich und bezog neben dem Schreibtisch Positur – mittelgroße, schlanke Gestalt, dunkler Rock, linke Hand unter dem rechten Revers, auf dem linken Revers ein kreuzförmiger Orden mit Band, die rechte Hand mit gespreizten Fingern auf den Schreibtisch gestützt. Das in den hochstehenden Rockkragen und die weiße Halsbinde gleichsam eingelassene Gesicht zeigte eine hohe Stirn, Koteletten und schmale Lippen. Friederike schätzte ihn mit seinem schütteren, grauen Haar in den Fünfzigern.

Mit einer knappen Handbewegung bot er ihr einen Stuhl an. Er stand nun, mit dem Rücken zur Fensterseite, im Gegenlicht und schaute auf sie herab. Während er den Vorteil auf seiner Seite hatte, Friederikes den Fenstern zugewandtes Gesicht mustern zu können, war von seinem Gesichtsausdruck im Gegenlicht nur wenig zu erkennen.

„Mademoiselle, Sie sprechen mit Regierungsrat von Puttnitz. Kaum sind Sie in Erfurt, haben Sie schon einer Vorschrift zuwider gehandelt. Unsere ‚Preußische Städteordnung' besagt eindeutig, dass Personen, die zu Wohnzwecken in einer Stadt Aufenthalt nehmen wollen, sich *unverzüglich* bei den zuständigen Behörden anzumelden haben. Der Liste der Stadtwache über einpassierte Fremde zufolge kamen Sie gestern Mittag zwölf Uhr fünfzig an, hätten also Zeit genug gehabt, dieser Bestimmung Respekt zu erweisen."

Friederike kannte zwar die Meldepflicht, aber diese nähere Bestimmung war ihr unbekannt. Sie spürte, dass ein Eingeständnis ihrer Unwissenheit eine Entschuldigung nach sich ziehen musste, worauf der Beamte, um ihre Position zu schwächen, wohl auch aus war. Ihr Verstand riet ihr, etwas Entschuldigendes vorzubringen, aber alles in ihr sträubte sich dagegen, darum sagte sie: „Ich hatte gehofft, dass die Bestimmung ‚unverzüglich' den Zeitraum von einem halben Tag toleriert. Bitte seien Sie versichert, dass es nicht in meiner Absicht lag, dem preußischen Recht den schuldigen Respekt zu versagen …"

„Mademoiselle, seit den Tagen des großen Friedrichs ist Preußen bekannt für seine Toleranz. Das aber bedeutet nicht, dass wir die Auslegung unserer Verordnungen und Gesetze Fremden überlassen … Doch lassen wir das, die Fristüberschreitung ist nicht der Grund, warum ich Sie hereinführen ließ. Sie geben an, eine Kindergärtnerin zu sein, und stellen den Antrag, den Kindergarten der Auguste Michaelis in der Eimergasse übernehmen zu dürfen?"

„Gewiss, ich hoffe, dass dem nichts entgegen steht …"

„Das wird sich finden. Nach preußischem Recht ist die Genehmigung Ihres Vorhabens an gewisse Voraussetzungen gebunden, von denen Sie einige zu erfüllen scheinen. Die Höhe des Guthabens, das Sie uns nachgewiesen haben, lässt eine baldige Verarmung nicht erwarten. Auch Ihre Rechtsmündigkeit haben Sie hinreichend dargetan. Die Feststellung der Tüchtigkeit zur Leitung des Kindergartens und zur Unterweisung der Kinder ist Aufgabe der hiesigen Ortsschulbehörde, deren Urteil Sie sich zu unterwerfen haben. Pflicht meines Amtes, hier und jetzt, ist es, mich von der Lauterkeit Ihrer Gesinnungen in religiöser und politischer Hinsicht überzeugen zu lassen. Sie dürfen davon ausgehen, Mademoiselle, dass wir Ihre Angaben überprüfen und weitere Auskünfte einholen werden."

Friederike hatte mit einiger Bürokratie gerechnet, musste jetzt aber feststellen, dass es um mehr und anderes ging, um etwas, dessen Bedeutung sie nur dunkel erahnen konnte. „Womit, Herr Regierungsrat, habe ich mir dieses Misstrauen zugezogen?"

„Dieses Misstrauen, Mademoiselle, ist nicht nur Berichten aus preußischen Regierungsbezirken geschuldet, sondern auch aus Sachsen, Bayern und anderen deutschen Landen haben uns Nachrichten erreicht, die den allgemeinen Verdacht begründen, dass die Kindergärten mit den hochverräterischen Absichten der revolutionären Bewegungen sympathisieren, ja wohl auch in einzelnen Fällen den Aufständischen aktive Unterstützung gewährt haben."

Jetzt fehlt noch, dass Kindergartenkinder, bewaffnet mit Messern und Beilen, auf den Barrikaden gesichtet worden sein sollen! Doch Friederike hütete sich, diesen Gedanken auszusprechen. Um aber die Anschuldigungen nicht unwidersprochen zu lassen, entgegnete sie: „Träfe dies auch nur entfernt zu, der Begründer der Kindergärten, unser verehrter Lehrer Herr Professor Fröbel, würde es auf das Schärfste verwerfen, dessen dürfen Sie versichert sein."

„Ob Herr Professor Fröbel, wie Sie ihn zu titulieren belieben, die gefährlichen Verstrickungen, von denen wir sichere Kenntnis haben, verwirft oder billigt, ist nicht Gegenstand dieser Unterredung. Es geht um *Sie*, Mademoiselle Nachtigal, und um *Ihr* Vorhaben, ob *Sie* es billigen, dass die Kindergärten in den Dienst des Umsturzes der rechtmäßigen Ordnung gestellt werden. Es ist an *Ihnen* mich davon zu überzeugen, dass der hiesige Kindergarten keine Brutstätte wird für Demagogen, Umstürzler und freireligiöse Eiferer, und dass Sie politisch so unauffällig bleiben, wie wir es bei Mademoiselle Michaelis bislang beobachten konnten."

„Ich habe keine Veranlassung, Ihre Fragen zu fürchten, falls nicht vorgefasste Zweifel an der Lauterkeit meiner Gesinnungen das Ergebnis Ihrer Prüfung schon festgelegt haben."

Der Beamte ging zu einem Schrank und entnahm eine Akte. „Sie haben ein Institut besucht, in dem Sie auf Ihre Tätigkeit als Lehrerin kleiner Kinder vorbereitet wurden?", begann der Beamte, ohne sich durch den Zweifel an seiner amtlichen Integrität beeindruckt zu zeigen.

„Wir nennen uns Kindergärtnerinnen, mein Herr, und gewiss habe ich ein solches Institut besucht."

„Den preußischen Behörden sind drei Orte bekannt, wo Institute zur Ausbildung von Kindergärtnerinnen eingerichtet wurden – im thüringischen Marienthal bei Bad Liebenstein, in Hamburg und in Dresden. Welches davon haben Sie besucht?"

„Das Fröbelsche Institut in Marienthal."

„Sie haben ein Zeugnis?"

Friederike legte ihr Zeugnis vor. Der Beamte schien nicht daran interessiert zu sein, *was* es bescheinigte, sondern schaute nur kurz auf Ort, Datum und Unterschrift. „Marienthal, 22. August 1850, Friedrich Fröbel." Er reichte ihr das Schriftstück zurück. „Unterhalten Sie Kontakte zu den anderen Instituten?"

„Nein!"

Der Beamte schaute in die Akte. „Sie kennen also weder den Herrn Karl Fröbel, Begründer des Instituts in Hamburg, das auch ‚Hochschule für das weibliche Geschlecht' genannt wird, noch Madame Herz, die Leiterin des Kindergartens in Dresden?"

„Nein, aber selbstverständlich weiß ich von ihnen. Herr Karl Fröbel ist ja ein Verwandter des Professors und Frau Herz eine ehemalige Schülerin. Persönlich bekannt bin ich nur mit Fräulein Amalie Krüger, die seit kurzem am Hamburger Institut tätig ist."

„Sie wissen, dass der Gemahl der Herz, Dr. Heinrich Herz, wegen seiner demagogischen Umtriebe und seiner Teilnahme an den Aufständen in Dresden eine Haftstrafe verbüßt?"

Schon nach den ersten Fragen war Friederike klar geworden, dass der Beamte bestens Bescheid wusste. Mit ausweichenden Antworten konnte sie hier kaum bestehen. „Das ist mir bekannt. Bekannt ist mir aber auch, dass Frau Herz entschieden dagegen ist, die Kindergärten als Pflanzschulen für politische Parteiungen und für die freireligiösen Gemeinden zu missbrauchen …"

„Gleichwohl wird davon auszugehen sein, dass die politischen Ansichten der Herz sich nicht grundsätzlich von denen ihres Gatten unterscheiden, finden Sie nicht auch, Mademoiselle?"

Was hätte sie darauf antworten können?

Der Beamte ging zur Etagere und kam mit einem schmalen Buchexemplar zurück.

„Der besagte Karl Fröbel hat – zusammen mit seiner Frau Johanna, einer geborenen Küstner – eine Schrift verfasst mit dem Titel ‚Hochschulen für Mädchen und Kindergärten als Glieder einer vollständigen Bildungsanstalt, welche Erziehung der Familie und Unterricht der Schule verbindet' …" Er reichte ihr den Band. „Haben Sie diese Schrift, sie wurde vor einem Jahr veröffentlicht, gelesen?"

Friederike schaute nur kurz auf Einband und Titelseite und gab ihm die Broschüre zurück. „Jede Kindergärtnerin kennt diese Schrift."

„Und, Sie teilen die darin zum Ausdruck gebrachten sozialistischen Gesinnungen?"

„Nein! Und auch Professor Fröbel verwirft die Auffassungen seines Neffen …"

„Welcher Art ist Ihre Verbindung zu den neuen freireligiösen Gemeinden?", wollte der Beamte des Weiteren wissen.

„Ich unterhalte keine Verbindung zu diesen Gemeinden."

„Aber gewiss haben Sie doch Kenntnis davon, dass diese Gemeinden als eifrige Förderer der Kindergärten auftreten, ja wohl selbst auch solche Institute ins Leben rufen? Ist Ihnen bekannt, dass eine gewisse …", er blätterte in der Akte, „… dass eine gewisse Nanette Demler, Vorsitzende des Frauenvereins der Freien Christlichen Gemeinde zu Nürnberg, vor einigen Monaten bei Herrn Fröbel um die Vermittlung einer Kindergärtnerin für den dort im Entstehen begriffenen Kindergarten nachgesucht hat?"

Mein Gott, woher weiß er davon? Das war im August, im letzten Monat meines Kurses. Sicherlich weiß er auch, dass Fröbel ihr Henriette Bothmann vermittelt hat …

„Ja, ich weiß davon. Herr Fröbel vermittelt viele Kindergärtnerinnen. Und wir alle sind ihm dankbar dafür, dass er für Anstellungen sorgt. Auch mich hat er hierher nach Erfurt vermittelt, aber das wird wohl nicht neu für Sie sein."

„Uns ist zur Kenntnis gelangt, dass ein gewisser Eduard Baltzer aus Nordhausen, Prediger daselbst und einer der Wortführer der sogenannten Lichtfreunde in Deutschland, mit Herrn Fröbel korrespondiert. Uns ist auch nicht verborgen geblieben, dass Herr Fröbel in Halle mit Vertretern der Lichtfreunde zusammenkam, namentlich auch mit Gustav Adolf Wislicenus, der sich einer Anklage wegen Gotteslästerung durch die Flucht in die nordamerikanischen Freistaaten entzogen hat … Und ist nicht besagter Karl Fröbel, zusammen mit seiner Gattin, in Hamburg zu den Deutschkatholiken übergetreten? … Spricht das nicht alles für die geistige Verwandtschaft zwischen den Lehren der Freien Gemeinden und dem pädagogischen System Ihres Professors?"

„Ich bin mit den Lehren der Freien Gemeinden zu wenig vertraut, um darüber urteilen zu können …" *Wie recht Auguste doch mit ihren Bedenken gegen die freireligiösen Gemeinden hat!*

„Ach ja? Nun, lassen wir das. Aber Sie werden sich doch eine Meinung zu einer Forderung gebildet haben, die von den Wortführern der Kindergärten, zusammen mit den Lehrervereinen, erhoben wird – die Forderung, dass die Kinder aller Stände gemeinsam in einem Einheitsschulsystem erzogen werden sollen. Dieses System soll alle öffentlichen Bildungsanstalten umfassen und vom Kindergarten bis zur Universität reichen … Sollen nun die Söhne der Tagelöhner die höheren und höchsten Ämter in Staat, Kirche und Gesellschaft einnehmen?"

„Wenn sie sich die nötigen Kenntnisse und Fähigkeiten für solche Ämter erworben haben, was stünde dem entgegen?" *Und warum nicht auch die Töchter?*

Der Beamte schaute eine Weile schweigend auf sie herab, dann sagte er: „Sie hängen offenbar der verhängnisvollen Lehre an, dass alle Menschen von Natur aus gleich seien, einer Lehre, die schon so viel Unglück über die Völker gebracht hat, und die auch in Deutschland viele Menschen im Namen von Demokratie oder gar Sozialismus dazu verleitet hat, gegen die rechtmäßige Ordnung aufzubegehren … Eine gottgewollte Ordnung, welche die einen zur Dienerschaft verpflichtet und andere zur Herrschaft berechtigt, gibt es wohl nicht für Sie, Mademoiselle Nachtigal?"

„Dienen und Herrschen liegen nicht so weit auseinander, wenn denn der Satz des großen Friedrichs, dass der Fürst der erste Diener seines Staates sei, noch seine Berechtigung hat … Und die Lehre von der Gleichheit aller Menschen kann sich nur auf die Gleichheit vor dem Gesetz beziehen! Für mich sind die Menschen keineswegs von Natur aus gleich. Jeder Mensch ist von Geburt an einzigartig. Wie arm wäre doch das Menschengeschlecht, wenn alle Menschen gleich wären …"

Täuschte sich Friederike, oder huschte ein Lächeln über das Gesicht des Beamten? Seine weiteren Fragen ließen nicht erkennen, ob er amüsiert war.

„Eine gewisse Luise Otto redigiert eine Zeitung, die sie ‚Frauen-Zeitung' nennt. Sicher kennen Sie diese Zeitung und lesen sie wohl auch?"

„Gewiss lese ich diese Zeitung. Sie ist die einzige in Deutschland, die den Belangen der Frauen eine Stimme gibt …"

„Sie treten für die Freiheit der Presse ein?"

„Ein Staat, der sich dem Ideal der Toleranz verpflichtet wüsste, sollte die Freiheit des Wortes nicht fürchten müssen."

„Seit ihrem ersten Erscheinen wird diese Zeitung von unseren Behörden aufmerksam gelesen. In vielen Beiträgen wurden die Kindergärten hoch gelobt und ihre weitere Verbreitung gefordert. In einem dieser Beiträge werden die Kindergärten …", er schaute in seine Unterlagen, „… als ‚notwendige, erste Stufe einer vernunftgemäßen, sozialdemokratischen Erziehung' bezeichnet. Ob Sie, Mademoiselle, die Freundlichkeit hätten, uns diese Bezeichnung näher zu erläutern?"

„Da müssen Sie mit meiner Deutung vorliebnehmen. Ich kann nicht für die Verfasserin sprechen, es war wohl Johanna Fröbel?"

„Ganz recht …"

„Wenn ich mich recht erinnere, fügte Johanna Fröbel an dieser Stelle aber auch hinzu, dass eine solche Erziehung uns sicherer als Revolutionen zu einem besseren Zustand der Gesellschaft verhelfen wird. Ich für meinen Teil halte es mit Rousseau, Pestalozzi und vielen anderen, die versucht haben, das Wesen des Kindes zu ergründen … Die Kinder in unseren Kindergärten befinden sich noch im Zustand der Natur, und wir sollten sie nicht vor der Zeit diesem Naturzustand entreißen wollen, nur um ihnen zur Unzeit den Stempel der Gesellschaft aufzudrücken, denn die Natur des Menschen kennt weder Stände noch Klassen. Die Kinder bilden, ganz ohne unser Zutun, eine Gemeinschaft, eine Gemeinschaft der Gleichen unter Gleichen, mit gleichen Rechten und Pflichten. Man mag dies ‚sozialdemokratisch' nennen, ich aber glaube, dass die Bezeichnung ‚natürliche Erziehung' die Sache besser trifft, auch hat sie die älteren Rechte …" Sie wollte noch etwas hinzufügen, doch der Beamte unterbrach sie mit einer Handbewegung.

Nach einer Weile sagte er: „Wir erteilen Ihnen bis auf weiteres die Erlaubnis zum Aufenthalt in Erfurt. Der Amtsdiener wird Ihnen eine darauf lautende Bescheinigung ausstellen. Über Ihren Antrag, den Kindergarten in der Eimergasse in eigener Verantwortung zu betreiben, wird das Amt für Geistliche, Unterrichts- und Medizinalangelegenheiten zu gegebener Zeit entscheiden, wozu auch das Urteil und Zeugnis der Ortsschulbehörde noch hinzuzuziehen sein wird. Sie halten sich für eine Prüfung in den Räumen des Kindergartens in der Eimergasse zur Verfügung, die Ortsschulbehörde wird von Ihrem Antrag in Kenntnis gesetzt." Er betätigte eine kleine Tischglocke, worauf sich die Tür hinter Friederike öffnete und der Amtsdiener erschien. „Die Antragstellerin erhält eine Bescheinigung über ein vorläufiges Aufenthaltsrecht", wies der Beamte ihn an.

Friederike glaubte sich entlassen und wandte sich der Tür zu, da hielt die Stimme des Beamten sie zurück.

„Lassen Sie sich von der Michaelis darüber unterrichten, wie sich unverheiratete Weibspersonen in der Öffentlichkeit zu verhalten haben. Und halten Sie sich von der Politik fern, nach preußischem Recht ist Frauenspersonen die Mitwirkung in politischen Vereinen untersagt. Guten Tag, Mademoiselle Nachtigal."

Friederike folgte dem Amtsdiener.

„Ganz wie die Tante."

Wie die Tante? Hatte sie richtig gehört? Sie schaute sich um, aber der Beamte war bereits über seinen Schreibtisch gebeugt.

* * *

Mit einer Mischung aus Zorn, Niedergeschlagenheit und Enttäuschung eilte Friederike aus dem Gebäude. Noch völlig durcheinander lief sie in die falsche Richtung. Orientierungslos musste sie sich den Weg zum Kindergarten erfragen. Dort kam sie, reichlich erschöpft, zur Mittagszeit an. Die meisten der Kinder waren schon abgeholt worden. Auguste war noch mit einigen Eltern im Gespräch. Sie sah Friederike wohl an, dass etwas nicht stimmte, und unternahm gar nicht erst den Versuch, sie mit den Eltern bekannt zu machen. Friederike dankte es ihr mit einem schwachen Lächeln und deutete an, dass sie nach oben ginge. Im Wohnzimmer stellte sie sich ans Fenster und schaute mutlos in den grauen Herbsttag.

Auguste kam wenig später. In der Küche machte sie Kaffee und belegte Brote. Von dort rief sie ins Wohnzimmer: „Die

Müllers denken, ihr Wolfgang sei ein kleiner Newton. Eine solche Affenliebe habe ich noch nicht erlebt. Sie haben ihm Lesen beigebracht, und er liest wirklich ganz leidlich. Ich sollte ihnen sagen, dass er ein ganz normaler Junge ist. Aber ich will sie mir auch nicht vergrätzen, darum sagte ich, dass er ein helles Köpfchen sei und noch viel von ihm zu erwarten wäre."

Sie setzten sich an den Tisch, und Auguste bot Kaffee und Brote an. Friederike nahm nur Kaffee und machte ein niedergeschlagenes Gesicht.

„Nun sag mal, was ist dir denn nur widerfahren?", fragte Auguste.

Friederike erzählte, wobei sie Ärger und Enttäuschung nicht verbarg. Zum Schluss sagte sie noch, und war dabei den Tränen nahe: „Ich fürchte, dass mir die Erlaubnis zur Leitung des Kindergartens verweigert wird …"

Auguste antwortete nicht gleich, schließlich sagte sie: „Ich hab' damit gerechnet, dass es nicht so einfach werden würde wie bei mir. Aber diese Schärfe habe ich nicht erwartet. Und dass sich jetzt auch Behörden der preußischen Bezirksregierung einschalten, wenn es um den Wechsel in der Leitung eines Kindergartens geht, das ist wahrlich neu. Die Aufsicht über Erziehungseinrichtungen soll doch Angelegenheit der Selbstverwaltung der Städte und Gemeinden sein. Will Berlin jetzt alles wieder an sich reißen? Da werden es Neueröffnungen wohl noch schwerer haben. Hoffentlich gibt es in Nordhausen keine Schwierigkeiten!"

„Als sei ich eines Verbrechens verdächtig, so habe ich mich gefühlt", sagte Friederike leise.

„Das musst du dir nicht so zu Herzen nehmen. Nach den revolutionären Unruhen ist für die Preußen jeder verdächtig. Es wird sicher nicht so schlimm kommen, wie du fürchtest. Hoffentlich bist du nicht zu forsch aufgetreten. Das Wichtigste ist jetzt aber, dass uns die Ortsschulbehörde nicht entgegensteht. Wenn die dich ablehnt, dann meint sie nicht nur dich, sondern den gesamten Kindergarten. Wir müssen vorsichtig und geschickt sein und vielleicht auch ein wenig schwindeln."

„Du willst, dass ich lüge?"

„Schwindeln, Friederike, nur ein wenig schwindeln. Komm, ich zeig dir was …" Auguste stand auf und ging voran, hinunter zu den Kindergartenräumen. Einem der Schränke im großen Spielzimmer entnahm sie einen flachen, hölzernen Kasten, stellte ihn auf einen der Tische und öffnete ihn. Er enthielt Bausteine verschiedener Größe und Formung. „Du kennst diesen Baukasten?"

„Das ist der Baukasten, den der Lehrer Fölsing aus Darmstadt für seine Kleinkinderschulen in Darmstadt entwickelt hat."

„Ja, und ich hab drei davon. Als mit den Unruhen die duldende Haltung der Regierungen gegenüber den freiheitlichen Erziehungsbestrebungen in Feindseligkeit umschlug, und als für mich absehbar war, dass bald auch die Kindergärten betroffen sein würden, hab ich sie mir zugelegt und lasse die Kinder hin und wieder damit arbeiten. Was weißt du von Fölsing?"

„Was wohl alle wissen, dass er kein Parteigänger der christlichen Kleinkinderschulen vom Pfarrer Fliedner ist, dass er einen eigenen Weg verfolgt und vor allem auch, darin stimmt er mit uns und den fortschrittlichen Lehrervereinen überein, dass er Kleinkinderschulen als unterste Stufe des gesamten öffentlichen Bildungsorganismus fordert. Die erste Kindergärtnerin, die Fröbel ausgebildet hat, die Ida Seele, hat er dem Fölsing für dessen Kleinkinderschule in Darmstadt vermittelt. Aber die Herren haben sich sehr entfremdet – aus anfänglicher Freundschaft ist herzliche Feindschaft geworden."

„Ja, weiß Gott! Der Fölsing lässt keine Gelegenheit aus, die Bezeichnung ‚Kindergarten' schlecht zu machen und ‚Kleinkinderschule' als einzig richtig anzupreisen … Aber der Baukasten dieses Herrn hat mir schon gute Dienste geleistet. Du musst wissen, der Vorsteher der hiesigen evangelischen Kleinkinderschule in der Augustinerstraße, der Pfarrer Schwartz, ist Mitglied der Kommission, welche die Ortsschulbehörde zur Kontrolle des Kindergartens bestimmt hat – ein unangenehmer Mensch. Unser Fröbel ist für ihn ein Demagoge und Staatsfeind, und die Kindergärten hält er für Teufelswerk. Er hält es mit Fliedner und der Inneren Mission Wicherns. Einer seiner Lieblingssprüche ist: ‚Den Kindern muss das Bibelwort gepredigt werden'."

„Aber Auguste, worauf willst du nur hinaus?"

„Immer, wenn sich die Herren zur Kontrolle anmelden, teile ich neben den Fröbelschen Spielgaben auch die Fölsingschen Baukästen aus, verstehst du jetzt?"

Auf Friederikes Gesicht machte sich ein verstehendes Schmunzeln breit. „Du willst doch nicht sagen …"

„Doch, das will ich sagen! Ich habe die Herrn ganz beiläufig wissen lassen, dass ich die Materialien aus dem Fölsingschen Baukasten für ebenso gut geeignet halte, wie die Fröbelschen Spielgaben, und dass ich Fröbel zwar schätze, in der Beurteilung der pädagogischen Systeme mir aber meine Freiheit bewahre. Dass ich mir als Frau ein freies Urteil erlaube, geht den Herren und besonders dem Schwartz natürlich quer. Aber der Schwartz frisst Kröten, wenn es nur gegen Fröbel geht. Wenn er dann noch das ‚Liederbuch' vom Pfarrer Fliedner hier liegen sieht, und ich die Kinder daraus ein Lied singen lasse, habe ich ihn ruhig gestellt. Du kennst das ‚Liederbuch'?"

„Es steht in der Bibliothek in Marienthal, ich hab es wohl auch mal in der Hand gehabt, aber nicht gründlich gelesen."

Auguste ging zum Regal und entnahm ein kleines Buch. „Hier, du solltest dich möglichst schnell damit vertraut machen!"

Friederike nahm das Buch und schlug es auf:

Lieder-Buch für Kleinkinder-Schulen
und die
untern Klassen der Elementar-Schulen,
mit Melodien, Gebeten, Bibelsprüchen, Denkversen, Spielen,
der Methode der Erziehung und des Unterrichts
in der Kleinkinder-Schule,
einer Anleitung, solche Schulen zu errichten,
und Selbstprüfungs-Fragen für Kleinkinder-Lehrerinnen,
von Theodor Fliedner,
Kaiserswerth, Diakonissen-Anstalt, 1842

„Wir müssen erreichen, dass der Schwartz dir nicht feindlich wird. Ich kann den Einfluss nicht einschätzen, den er auf die anderen Herren der Kommission hat. Friederike, du bist in deiner pädagogischen Ausrichtung natürlich völlig frei, aber die Herren sollten den Eindruck gewinnen, dass deine Erziehungsgrundsätze auf meiner Linie liegen und sich nichts ändert. Vor allem musst du bei ihnen den Eindruck hinterlassen, dass du keine eingeschworene Fröbelianerin bist, dann haben wir schon viel gewonnen. Du musst nicht fürchten, dass Fröbel es dir übelnähme. Er weiß von meiner kleinen Täuschung und hat gelacht, als ich ihm davon erzählte. ‚Die Welt will betrogen sein', hatte er gesagt."

„Ich will mich verstellen, soviel ich vermag", antwortete Friederike, deren Stimmung sich nach den niederdrückenden Ereignissen des Vormittags sichtlich gehoben hatte. Man muss sich nur zu wehren wissen, dachte sie und verstand nun Bernhardine besser, als sie von ihrer Beruhigung darüber gesprochen hatte, dass sie in ihrer ersten Zeit in Erfurt Auguste zur Seite habe.

„Dann solltest du den heutigen Nachmittag zur Vorbereitung nutzen, sicher werden die Herren nicht lange auf sich warten lassen. Unser Vorteil ist, dass wir von ihrem Besuch vorher wissen."

„Dann wird der Besuch wohl angekündigt?"

„Anfangs war das so. Aber seitdem die Preußen die freiheitlichen Erziehungsbewegungen, und dazu zählen sie auch unsere Kindergärten, mit den Unruhen in Verbindung bringen, kommen die Herren unangemeldet und häufiger. Aber sie können mich nicht mehr überraschen, ich habe jemanden, der mir vorher eine Nachricht zukommen lässt."

„Auguste, du bist ja eine ganz Durchtriebene", sagte Friederike vergnügt. „Wer ist es denn?"

„Du wirst ihn sicher bald kennenlernen. Hier, nimm den Baukasten und das ‚Liederbuch', und such' dir im Regal auch noch die Schrift über die Kleinkinderschulen vom Fölsing heraus."

Als Friederike sich den kleinen Buchbestand ansah und die von Auguste empfohlenen Bücher heraussuchte, entdeckte sie auch ein Exemplar des „Struwwelpeter".

„Was fängst Du denn mit dem Struwwelpeter an?", wollte sie Auguste fragen, doch die war schon nach nebenan in die kleine Spielstube gegangen, um einiges für die Nachmittagsstunden vorzubereiten. So nahm sie ihn mit hinauf in die Wohnung. Am Wohnzimmertisch begann sie, sich mit dem Baukasten und den Büchern vertraut zu machen. Das meiste davon kannte sie zwar, aber Auguste hatte recht, es konnte nicht schaden, wenn sie ihre Kenntnisse für den Besuch der Kommission auffrischte.

* * *

Die Uhr hatte gerade die halbe Stunde nach vier geschlagen, als Auguste heraufkam.

„Heute sind mehr Kinder gekommen, als sonst am Nachmittag üblich. Ich glaube, sie und vielleicht mehr noch die Eltern wollen dich möglichst bald kennenlernen. Viele haben gefragt, wo denn das neue Fräulein sei. Ich habe ihnen gesagt, dass du noch einige Besorgungen zu machen hättest, dich aber auf morgen früh freutest, wenn alle da wären."

„Ich freue mich, aber ich habe auch Lampenfieber", bekannte Friederike.

„Da musst du durch!"

„Wie war es denn bei dir?"

„Bei mir war es anders. Ich fing ja ganz von vorn an. Auf meine erste Annonce im ‚Allgemeinen Anzeiger' hatten sich nur drei Familien gemeldet, nach und nach wurden es dann mehr. Wäre ich sofort vor so vielen Eltern und Kindern gestanden, ich hätte sicher auch Lampenfieber gehabt. Aber du musst daran denken, dass die Eltern und die Kinder dir für die Fortführung des Kindergartens dankbar sind … Konntest du deine Kenntnisse über die Kleinkinderschulen auffrischen?"

„Ja! Der Fölsing ist mit vielen seiner Ansichten gar nicht so weit von uns entfernt. In manchem scheint er mir sogar praktischer zu denken. Aber seine Forderung nach unterschiedlichen Kleinkinderschulen für die niederen und die höheren Stände könnten wir niemals akzeptieren – wir verlören unsere Seele. Und mit den christlichen Kleinkinderschulen vom Fliedner haben wir nur wenig gemein. Schau nur, hier, sein Stundenplan, immer nur Beten, viermal am Tag, dazu noch biblische Geschichte und moralische Erzählungen … die Kinder dürfen wohl nur spielen, um sich für das nächste Gebet zu stärken."

Auguste lachte. „Es ist doch nur für den Besuch der Kommission. Such' dir aus dem ‚Liederbuch' ein hübsches Liedchen aus, und üb' es mit den Kindern in den nächsten Tagen ein. Die Lieder, die sie schon kennen, sind gekennzeichnet."

Friederikes Blick fiel auf den „Struwwelpeter". „Findest du es richtig, den Kindern den Struwwelpeter zu geben?"

„Nein! Aber für den Pfarrer Schwartz ist es das richtige Buch für kleine Kinder. Er meint, wenn sie die schlimmen Folgen des Ungehorsams sähen, würden sie daraus Gehorsam lernen. Aber jetzt lass uns noch die ökonomische Seite des Kindergartens besprechen. Die Herren von der Kommission werden wissen wollen, ob du ihn auch wirtschaftlich leiten kannst, darauf musst du vorbereitet sein." Dem Schreibsekretär entnahm sie eine Kladde. „Mit dem meisten bist du ja vertraut. Das Mobiliar gehört zum Haus. Nur der Schreibsekretär, die Haushaltsgegenstände, die Bücher und einige kleine Sachen gehören mir, die Bilder hier an den Wänden und unten im Kindergarten auch. Ohne mein Gehalt betragen die laufenden Kosten im Monat sechzehn Taler und sechzehn Silbergroschen.[5] Davon entfallen auf die Hausmiete elf Taler und zwanzig Silbergroschen, auf Holz und Brandkohle ein Taler und zehn Silbergroschen, dann noch einundzwanzig Silbergroschen für den Wassermann, fünfundzwanzig Silbergroschen für das Putzen und Fegen der Kindergartenräume durch die Dienstmagd, zwei Taler als Rücklage … Als Gehalt habe ich mir sechzehn Taler festgelegt. Damit lassen sich hier in Erfurt keine großen Sprünge machen, aber es lebt sich auskömmlich. Insgesamt belaufen sich die monatlichen Kosten auf zweiunddreißig Taler und sechzehn Silbergroschen. Um diese Summe durch Beiträge zu decken, zahlen die Eltern einen Taler und sieben Silbergroschen. Dieser Beitrag ist auf sechsundzwanzig Kinder berechnet. Nun sind aber nur noch neunzehn Kinder da, weil ich nicht wusste, wie es mit dem Kindergarten weitergeht und ich darum keine neuen Kinder annehmen wollte. Würde ich

5 1 Taler = 30 Silbergroschen. 1 Silbergroschen = 12 Pfennig. 1848 kostete ein Pfund Weißbrot ca. 22 Pfennig. Eine Wohnung (zwei Stuben, zwei Kammern, Küche) in der Schlösserstraße zwischen Fischmarkt und Anger kostete 1852 jährlich 50 Taler Miete. 1844 war eine „Landfuß-Botenpost" eingerichtet worden, die zweimal wöchentlich die Dörfer Erfurts bediente; das Porto für die Beförderung eines Briefes betrug 1 Silbergroschen. 1850 verdiente ein junger Schlossergeselle 2 Taler und 22½ Silbergroschen wöchentlich. Ein Volksschullehrer an einer einklassigen Volksschule mit 80 fünf-, sechs-, sieben- und achtjährigen Kindern erhielt in Dachwig (einem Dorf nordwestlich von Erfurt) 1859 jährlich 120 Taler Gehalt (bei freier Wohnung, Scheune und Stall); er hatte neben dem Unterricht noch kirchliche Nebenämter zu verwalten. Ein Polizeisergeant bezog 1866 ein jährliches Gehalt von 225 Talern. 70 Prozent der Familien in Preußen hatten einer amtlichen Statistik zufolge um 1850 weniger als 100 Taler im Jahr zur Verfügung; damit lebten sie an der Armutsgrenze oder darunter.

die monatlichen Kosten auf neunzehn Kinder auslegen, müsste ich einen Taler und einundzwanzig Silbergroschen fordern. Dann würden aber einige Eltern ihr Kind abmelden, und es wäre nichts gewonnen. So habe ich einen Verlust von rund acht Talern zu tragen, das bedeutet, ich muss an die Rücklagen gehen und Café- und Theaterbesuche einschränken. Du bist natürlich frei, die Beiträge anders zu bemessen, wenn du den Kindergarten übernimmst. Doch wird es wohl das klügste sein, wenn du die jetzigen Regelungen beibehältst und um weitere Kinder wirbst."

„Ob es sinnvoll ist, jetzt schon zu annoncieren? Was könnten wir interessierten Eltern denn sagen? Dass das Fräulein Michaelis die Leitung bald an Fräulein Nachtigal abgeben werde, das Fräulein Nachtigal aber die behördliche Erlaubnis zur Fortführung des Kindergartens noch gar nicht erhalten habe?"

„Die Erlaubnis müssen wir natürlich abwarten", stimmte Auguste zu.

„Bis dahin komme ich mit den Regelungen gut zurecht. Ich verfüge über genügend Mittel, um ohne Not eine Weile zu überbrücken. Bei deinem Besuch im Sommer in Marienthal hast du angedeutet, dass ich die Spiel- und Bastelmaterialien und alles andere zu einem günstigen Preis übernehmen kann?"

„Dabei bleibt es selbstverständlich. Siebenundzwanzig Taler, zwölf Silbergroschen decken die Kosten, die ich hatte."

„Den Schreibsekretär wirst du wohl in deinen neuen Hausstand einbringen wollen?"

„Wenn du ihn haben möchtest, lasse ich ihn dir gern für zwölf Taler. Er passt nicht zur neuen Wohnstube, und Wilhelm hat ihn nie gemocht. Aber das Tintenfass möchte ich gern behalten, es ist aus Sèvres-Porzellan."

„Bernhardine Herold in Gotha hat eine junge Gehilfin. Hast du nicht auch daran gedacht, eine Gehilfin einzustellen? Ich meine, dann kann man die Kinder in Gruppen aufteilen und mit unterschiedlichen Aufgaben beschäftigen?“

„Gedacht habe ich daran. Aber dann habe ich Wilhelm kennengelernt und den Gedanken aufgegeben …“

Bei Gesprächen und praktischen Verrichtungen, die auch der Vorbereitung des nächsten Tages galten, verliefen Nachmittag und Abend in gelöster Atmosphäre. Mehr und mehr verblassten die Schatten des Vormittags. Friederike schien es, als gehörten sie einer anderen Wirklichkeit an. Frohsinn kam auf, als sie aus ihrer Kammer eine Schachtel holte und Auguste den Inhalt zeigte. „Schau her, ich habe für jedes Kind ein Geschenk …“

Auguste erkannte zunächst nur ein vielfarbiges Durcheinander, einer bunten Ansammlung kleiner Tücher nicht unähnlich.

„Das sind Luftballons“, erklärte Friederike, „aus Gummi gemacht. Man muss sie aufblasen.“

„Luftballons?“, staunte Auguste. „Darüber habe ich schon gelesen, aber gesehen habe ich noch keinen.“

„Sie kommen aus England. Mein Vater hat geschäftliche Beziehungen zu einem Klavierhändler dort. Der hat sie mir besorgt.“ Sie zupfte eine Ballonhülle aus dem Haufen, steckte ein Stück davon in den Mund und blies hinein. Schnell blähte sich ein rundliches Gebilde auf.

Auf Augustes Gesicht machte sich ungläubiges Staunen breit. „Herrgott von Bentheim!“

„Man kann die Luft auch wieder rauslassen oder das Mundstück mit einem Band verschließen, siehst du, so …“ Sie gab dem Ballon einen leichten Stoß. Der rasche Schwung, mit dem er in die Höhe flog, erlahmte schnell, und wie ein Blatt vom Baum schwebte der federleichte Ball dem Boden zu. „Man darf ihn nur nicht mit einem spitzen Gegenstand berühren, sonst ist es mit der Pracht schnell vorbei.“

Auch Auguste blies einen Ballon auf. Wie Kinder erfreuten sich die beiden jungen Frauen an dem bunten Zeitvertreib. Zur Einführung Friederikes wollten sie morgen eine große Ballontraube mit den Kindern anfertigen.

Und doch dämpften zwei Fragen die zukunftsfrohe Stimmung – würde Friederike der Kommission der Ortsschulbehörde ein zusagendes Urteil abringen können, und wie würde der endgültige Bescheid der preußischen Regierungsbehörde ausfallen?

Als Friederike sich anschickte, hinüber zu ihrer Kammer zu gehen, stand Auguste auf und umarmte sie. „Es wird sicher alles gut werden, du wirst sehen …"

Friederike lag noch eine Weile wach. Wie gut, dass es die Auguste gab, und die Bernhardine, und all die anderen Kindergärtnerinnen … Erfüllt von dem glücklichen Gefühl, zu einer Gemeinschaft zu gehören, schlief sie ein. Wir Kindergärtnerinnen …

* * *

Am nächsten Morgen gingen sie zeitig hinunter. Im großen Spielzimmer stellten sie die Tische zu einer Kreisform zusammen. Kurz nach neun Uhr waren alle Kinder versammelt und saßen an ihren Tischen, die Eltern standen hinter ihnen.

„Sonst finden sich nur wenige Väter ein", flüsterte Auguste, „heute sind es mehr. Ich werde dich jetzt vorstellen und berichten, wie es mit den Behörden steht." Sie trat in den Kreis und begrüßte Eltern und Kinder. Mit einer leichten Handbewegung wies sie auf Friederike und stellte sie als Fräulein Friederike Nachtigal vor. Dann berichtete sie, dass eine Komplikation eingetreten sei. Die Bezirksregierung habe sich eingeschaltet und so werde sich der Bescheid, dass das Fräulein Nachtigal den Kindergarten fortführen dürfe, noch hinauszögern. Sie und Fräulein Nachtigal glaubten aber fest, dass es nur geringfügige Verzögerungen geben werde, und dass der Kindergarten, was ja die Hauptsache sei, erhalten bliebe.

Während Augustes Ansprache ließ Friederike ihren Blick durch die Runde wandern. Sie sah Frau Wölflin, vor ihr saß Jettchen. Als sich ihre Blicke trafen, erhellte ein schüchternes Lächeln das ernste Gesicht des Kindes. Alle Aufgeregtheit fiel von Friederike ab. Es war ihr, als sehe sie unter lauter wildfremden Menschen ein vertrautes Gesicht. Für einen kurzen Moment war sie mit Jettchen allein. Auguste rief sie in den Kreis der größeren Gesellschaft zurück.

„Nicht wahr, Friederike? … Friederike!“

Friederike trat neben Auguste in den Kreis und bestätigte deren Zuversicht. Sie begrüßte Eltern und Kinder, dankte den Eltern für das ihr entgegengebrachte Vertrauen und versicherte ihnen, an den Konditionen werde sich nichts ändern. Dem pädagogischen Geist, mit dem Auguste den Kindergarten geführt habe, sei auch sie verpflichtet. Sie machte eine Pause und schaute die Eltern der Reihe nach an, so als wollte sie sich die Gesichter einprägen. Einige Eltern, welche die Pause wohl als Zeichen deuteten, dass nichts mehr folgen würde, was ihre Anwesenheit erforderlich machte, wollten schon gehen, um ihren Tagespflichten nachzukommen. Doch eine Frage, mit der sich Friederike an die Kinder wandte, hielt sie zurück: „Liebe Kinder, wer von euch weiß, was ein Luftballon ist?“

Die Kinder blickten sie ratlos an. Schließlich sagte ein Vater: „Luftballons gibt es nur in England. Dort ist vor wenigen Jahren ein Stoff erfunden worden, der Gummi genannt wird, daraus werden sie gemacht.“

„Sie haben ganz recht, mein Herr“, antwortete Friederike, „aber wir müssen nicht erst nach England reisen …“ Sie ließ sich von Auguste die Schachtel mit den Ballonhüllen reichen, entnahm eine davon und blies sie auf. Aufgeregtes Durcheinanderreden bei

Eltern und Kindern. Und als sie mit einem Faden das Mundstück verschloss und den bunten Ball in die Luft warf, erfüllten Rufe des Staunens und der Begeisterung den Raum. Friederike zeigte die Elastizität des Ballons, erläuterte aber auch seine Empfindlichkeit. Zur Demonstration stach sie mit einer Schere hinein, mit lautem Knall zerplatzte der Ballon … Schreckstarre bei Eltern und Kindern. Doch Friederike lachte und blies schnell eine neue Ballonhülle auf. Dann sagte sie: „Kinder, ihr wollt doch sicher auch einen Luftballon aufblasen?"

Vielen der Eltern, die nun gehen mussten, war anzusehen, dass sie lieber noch geblieben wären, ja wohl selbst gern mit den exotischen Dingern hantiert hätten. Auguste vertröstete sie auf den Mittag, wenn sie ihre Kinder holten und das Werk ihrer Kleinen bewundern könnten.

Nachdem die Eltern gegangen waren, bekam jedes Kind eine Ballonhülle. Es dauerte eine Weile, bis sie aufgeblasen und mit Fäden verschlossen waren, wobei die Kindergärtnerinnen helfen mussten. Vor allem die kleineren Kinder brauchten Hilfe, und hätten es doch so gern allein gekonnt. Schließlich aber war es soweit, alle Kinder hielten stolz einen aufgeblasenen Luftballon in ihren Händen. Friederike ermahnte sie, nicht mit den Fingern oder einem spitzen Gegenstand hineinzubohren. Keinem der Kinder platzte der Ballon.

Als die Kindergärtnerinnen nun daran gehen wollten, aus den Ballons eine große Traube zu binden, zeigten sich viele Kinder betrübt und wollten ihren Ballon behalten. Doch als ihnen versichert wurde, dass sie ihn zurückbekämen, ja am Mittag auch mit nach Hause nehmen dürften, gaben sie ihn bereitwillig her. Zuvor aber gingen Auguste und Friederike reihum und schrieben mit Pinsel und Tinte den Namen eines jeden Kindes auf dessen Ballon. Die fertige Ballontraube befestigten sie am Oberlicht eines der zur Gasse gehenden Fenster.

Das Spiel mit den Ballons hatte zwar die erfreuliche Wirkung, die Kinder für Friederike einzunehmen, für geordnete Beschäftigungen und Spiele aber waren sie den Vormittag über kaum zu gebrauchen. Immer wieder wanderte ihr Blick zu der Ballontraube am Fenster, und einzelne Kinder konnten nicht widerstehen hinzugehen, um *ihren* Ballon herauszufinden.

Auch die Eltern, als sie am Mittag ihre Kinder holen kamen, konnten sich der Anziehungskraft des bunten Gebildes am Fenster nicht entziehen. Und als die Kindergärtnerinnen es zu entflechten begannen und Friederike erklärte, jedes Kind dürfe seinen Ballon mit nach Hause nehmen, da hatte sie auch die Herzen der Eltern gewonnen. Sie gab ihnen noch den Hinweis auf den Weg, dass die Ballons mit der Zeit Luft verlören und nur neu aufzublasen wären.

So endeten für Friederike die ersten Stunden als Kindergärtnerin. Auf dem Weg hinauf in die Wohnung sagte Auguste mit gespieltem Ernst: „Mit deinen Ballonkünsten machst du mir die Kinder ganz abwendig."

„Das kannst du nicht glauben. Immer wenn ich von den Kindern etwas verlangte, schauten sie erst in deine Richtung."

* * *

Am Samstagnachmittag besorgten die beiden Frauen ihren Haushalt, dann saßen sie in der Wohnstube. Auguste war mit Näharbeiten beschäftigt, Friederike saß am Tisch und las ein Buch. Plötzlich sagte Auguste: „Die Kinder mögen dich, du hast so eine besondere Art auf sie einzugehen. Du hast früher wohl häufig Umgang mit Kindern gehabt?"

„Nein, bevor ich zur Kindergärtnerei kam, hatte ich nur wenig mit Kindern zu tun, es fehlte ja auch an Gelegenheiten. Aber ich hatte einmal ein Erlebnis, es war eigentlich nur eine kleine

Begebenheit, doch danach sah ich Kinder mit anderen Augen … Es war an einem Tag, als die Schützen- und Turnvereine von Rudolstadt und Umgebung mit Musikzügen, Reitern und Wagen durch die Stadt zogen. Wie viele andere stand ich an der Straße und sah dem Umzug zu. Auf der anderen Straßenseite stand ein junges Paar mit einem kleinen Knaben, wohl der Sohn. Er hatte ein Steckenpferd. Ich beobachtete, dass sie die Straße überqueren wollten und auf eine Lücke im Zug warteten. Der Junge war ganz begierig darauf, mit seinem Steckenpferd loszustürmen, und wartete ungeduldig auf ein Zeichen des Vaters. Doch als sich dann eine Lücke auftat, groß genug auch für den Jungen, die Straße sicher zu überqueren, nahm der Vater ihn mitsamt seinem Steckenpferd und trug ihn über die Straße. Sie kamen direkt auf mich zu, der Kopf des Knaben voran … Weißt du, ich hatte bis dahin nicht darüber nachgedacht, ob man die Würde eines Kindes verletzen kann. Doch als ich den Ausdruck im Gesicht des Jungen sah, da hatte ich das sichere Gefühl, dass ein kleiner Mensch um seine Würde gebracht worden war."

„Und wie viele Eltern werden ihr Leben lang nicht begreifen, dass Kinder Würde haben und Rechte, wie Erwachsene auch", stimmte Auguste zu. „Man sollte Vereine für die Menschenrechte der Kinder gründen. Für alle möglichen Angelegenheiten werden jetzt Vereine gegründet – von einem Verein für Kinderrechte habe ich noch nichts gehört. Aber dieses Erlebnis hat dich wohl zur Kindergärtnerei gebracht?"

„Ach, da wusste ich doch noch kaum etwas über Kindergärten und habe sie wohl, wie die meisten heute noch, für Bewahranstalten gehalten. Nein, mein Wunsch, Kindergärtnerin zu werden, entstand etwas später, während der großen Lehrerversammlung in Rudolstadt vor zwei Jahren. Dabei verdanke ich meine Teilnahme an der Versammlung einem seltsamen Zufall …"

„Wie, du hast an der Versammlung teilgenommen? Davon weiß ich ja gar nichts. Ach, hätte ich doch auch dabei sein können! Aber der Kindergarten hier bestand noch nicht lange und hielt mich fest. Aber nun erzähl doch, ich kenne alles nur aus zweiter Hand und aus der Zeitung!"

Und Friederike erzählte, wie im August 1848, als so viele Pädagogen in Rudolstadt versammelt und die örtlichen Beherbergungsmöglichkeiten so völlig überlastet gewesen waren, dass der Magistrat bei den Familien der Stadt um die Bereitstellung weiterer Betten für die Teilnehmer der dreitägigen Tagung nachgefragt hatte, und dass auch die Nachtigals bereit gewesen waren, eine Person aufzunehmen, und der Zufall es gefügt habe, dass ihnen eine der an der Tagung teilnehmenden Kindergärtnerinnen zugewiesen worden war – Fräulein Amalie Krüger.

„Die Amalie!?"

„Ja, sie ist jetzt in Hamburg bei Karl Fröbel an der ‚Hochschule für das weibliche Geschlecht'." Friederike erzählte weiter, wie sie Fräulein Amalie am zweiten Versammlungstag aus Neugier begleitet hatte.

„Es soll ja hoch hergegangen sein …"

„Oh ja! Es war schrecklich aufregend für mich und auch verwirrend. Die Veranstaltungen begannen am Freitagvormittag, draußen auf dem Rudolstädter Festanger. Herr Fröbel wollte dort seine Spielmethode demonstrieren. Die Kinder waren mit einem bekränzten Wagen gekommen. Aber sie wollten nicht so recht mitmachen, sie waren ja auch so aufgeregt, wegen der vielen Menschen … und je mehr der alte Herr sich mühte, die Kinder zur Beschäftigung mit den Würfeln, Quadern und Zylindern zu bewegen, umso aufgeregter und konfuser wurden sie. Auch mit den Bewegungsspielen klappte es nicht so recht. Das nahm dann schnell eine Wendung ins Lächerliche. Aus dem Publikum kamen allerlei spöttische Bemerkungen und Gelächter. Jedenfalls hatte sich Herr Fröbel die Darbietung wohl anders vorgestellt. Henriette meinte sogar, sie sei ihm gründlich missraten."

„Henriette …?"

„Henriette Breymann, seine Nichte. Sie hat ihn dann auch überreden können, die Vorstellung abzubrechen. Alle sind zum Festsaal des Gasthauses Zum Ritter gezogen, wo die Reden gehalten werden sollten. Vor dem Saal hielten Rudolstädter Bürger Ehrenwache. Wir betraten den Saal und befanden uns plötzlich in einem Gewirr unzähliger Mundarten, die Delegierten waren ja aus allen Teilen Deutschlands gekommen. Die Tribüne für den Tagungspräsidenten und die Protokollführer war mit Blumen und Kränzen geschmückt. Unten im Saal saßen vor allem Lehrer, die Logen und Galerien waren von neugierigem Publikum besetzt. Der Saal war bis auf den letzten Platz gefüllt, viele mussten sogar stehen. Fräulein Amalie und ich standen mit einigen Kindergärtnerinnen zusammen. Ich fühlte mich arg fremd und überlegte zu gehen, aber Fräulein Amalie bestand darauf, mich den anderen vorzustellen: Luise Levin, Christiane Erdmann, Auguste Steiner, Ida Weiler, Bernhardine Herold. Sie waren alle so freundlich, ja herzlich zu mir. Ich musste fürchten, eine Unhöflichkeit zu begehen, wenn ich ginge, so blieb ich. Wir hatten Tee bestellt und freuten uns auf ein wenig Ruhe. Doch gesellten sich bald mehrere Herren und Damen zu uns, und schnell fanden wir uns in ernste Debatten über Fröbel und seine Sache verstrickt. Ich habe mich an der Unterhaltung natürlich nicht beteiligt, wie sollte ich auch, ich verstand ja nur wenig von dem, was geredet wurde. Aber als ich so zuhörte, wie die anderen – Fräulein Breymann kam auch noch hinzu –, wie sie Fröbels Sache verteidigten, und mit welcher Überzeugung und mit welchem Stolz sie auftraten, da entstand in mir der Wunsch, ich möge dazu gehören … Dann erklärte der Tagungspräsident Doktor Kell die Versammlung für eröffnet, und ich fieberte bei den Vorträgen und hitzigen Aussprachen mit, als sei ich eine von ihnen – eine Kindergärtnerin … Ich war ebenso empört wie die anderen, als ein junger, vom sächsischen Ministerium in Dresden entsandter Lehrer das pädagogische System Fröbels als vollendetes philosophisches Chaos angriff und mit scharfen Worten geißelte, dass Fröbel die praktische Umsetzung seiner Ideen in die Hände von uns Frauen gelegt habe. ‚Mir graut vor philosophischen Weibern' hat er gesagt. Wie stolz war ich, obgleich es doch gar nicht mein Verdienst war, als daraufhin eine junge Dame aufstand, ums Wort bat, den Lehrer mit ruhigen, wohlgesetzten Worten zurechtwies und erklärte, dass Frauen zur Wissenschaft ebenso berufen seien, wie die Männer … Erst im Nachhinein erfuhr ich, dass die Rednerin Fräulein Küstner gewesen war."

„Karl Fröbels jetzige Gattin?"

„Ja, sie haben kürzlich in Zürich geheiratet. Ach, hättest du sie nur gesehen, diese zierliche kleine Person, wie sie ganz unaufgeregt vor mehr als dreihundert Leuten dem Lehrer das Recht absprach, sich abfällig über Ideen zu äußern, deren Tiefsinn längst schon von namhaften Persönlichkeiten anerkannt worden seien, von Persönlichkeiten mit größeren Geistesgaben, als er sein eigen zu nennen sich schmeicheln dürfe … Ich glaube, diese Begebenheit hat mich zu dem Entschluss gebracht, Kindergärtnerin zu werden, ich wusste es damals nur noch nicht. Während einer der kurzen Pausen traf ich Emilie wieder. Sie kommt auch aus Rudolstadt und wir hatten dieselbe Klavierlehrerin. Sie war mächtig aufgekratzt und erzählte ununterbrochen, dass sie Kindergärtnerin werden wolle, und dass Fröbel demnächst in Dresden einen Kurs anbieten werde, und dass er sie schon zur Teilnahme eingeladen habe, und dass sie ganz aufgeregt sei, und, und, und …"

„Das war wohl die Emilie Stieler?"

„Ja, ein Jahr später hat sie in Rudolstadt einen Kindergarten gegründet. Jetzt ist sie aber in Hamburg im Kindergarten von Jeannette und Wilhelm Beit. Den Kindergarten in Rudolstadt leitet jetzt Emma Habicht."

„Ach wirklich? Das ist mir neu! Wir Kindergärtnerinnen sind aber auch ein unstetes Völkchen. Die Briefe mit den neuesten Nachrichten können gar nicht so schnell geschrieben werden, wie wir unsere Stellungen wechseln", sagte Auguste, die ihren Nähtisch am Fenster wegen des nachlassenden Tageslichts schon längst verlassen und sich zu Friederike an den Tisch gesetzt hatte. Eine Öllampe verbreitete warmes Licht. „Aber ich unterbrach dich ..."

„Am Abend im elterlichen Hause nahm mich Fräulein Amalie zur Seite. ‚Fräulein Nachtigal, ich habe Sie beobachtet', sagte sie und fragte mich geradeheraus: ‚Wollen Sie nicht auch Kindergärtnerin werden? Wenn Sie es wünschen, werde ich ein Gespräch mit Herrn Fröbel vermitteln.' Ich war so verdutzt, dass ich zunächst kein Wort herausbrachte. Ich bat um Bedenkzeit, obgleich ich irgendwie fühlte, dass die Entscheidung schon gefallen war. Über die gesamte Nacht konnte ich kaum ein Auge zu tun, es war alles so plötzlich gekommen, eine Entscheidung lag vor mir, vielleicht die wichtigste in meinem Leben ... Am Morgen wusste ich, dass mir der Zufall eine Gelegenheit zugespielt hatte, auf die ich so lange gewartet, auf die ich so gehofft hatte – eine Gelegenheit, meine Zukunft zu verändern. Kaum konnte ich es erwarten, mit Herrn Fröbel zu sprechen. Der alte Herr hat sich tatsächlich einige Minuten Zeit für mich genommen, obgleich er wegen der Beschlussfassung über eine Petition an die Regierungen sehr angespannt war. Er stellte einige Fragen und sagte zu, wenn Einvernehmen mit meinen Eltern bestehe, könne er mich in seinen Kurs in Dresden noch aufnehmen. Leider hat sich ein Einvernehmen mit meinen Eltern nicht so schnell herstellen lassen, sie waren erst strikt dagegen. Aber meine Tante Alwine hat es verstanden, sie umzustimmen, ich weiß bis heute nicht wie. Ohne ihr Intervenieren säße ich wohl nicht hier. Doch die Wartezeit war nicht vergebens – ich hatte viel Zeit, unsere großen Pädagogen zu lesen. Eine richtige kleine Bibliothek hab ich mir zusammengekauft. Das eine oder andere Büchlein hätte mein Vater wohl anstandslos gezahlt, aber es wurden ja immer mehr, – für ihn schlecht angelegtes Geld. Aber er wusste, wenn er mir die Bücherwünsche verweigerte, hätte Tantchen nur zu gern geholfen, und so wollte er ihr wohl keinen Anlass geben, ihn einen Rabenvater zu schimpfen. … Aber was rede ich nur so viel, erzähl doch mal, wie bist du denn zur Kindergärtnerei gekommen?"

„Das ist schnell erzählt. Du weißt, ich stamme von einem Bauernhof. Mein Vater hat den Hof geerbt, meine Mutter ist die Tochter eines Pfarrers. Wir waren fünf Kinder, ich bin das zweitälteste. Es gibt noch zwei Brüder und zwei Schwestern. Auf die Dauer hätte der Hof nicht alle ernähren können. Wenn es denn nur Buben gewesen wären … aber drei Mädchen? Welche Zukunft hätte mich erwartet? Heiraten – einen Hofbauern, einen Großknecht? Oder mich gar in den Dienst fremder Leute stellen? Um alles in der Welt wollte ich aus der Landwirtschaft raus. Aber welche Möglichkeiten hatte ich schon? Dann erfuhr ich aus einer Zeitung von den Kindergärten und von den Ausbildungskursen bei Fröbel, die hielt er 1846 noch in Keilhau ab. Ich war Feuer und Flamme, hab mir ein Herz gefasst und Fröbel einen Brief geschrieben, ob er mich als Schülerin annehmen würde. Seine Antwort kam rasch und war sehr ernüchternd, ich müsste wegen des täglichen Unterrichts in Keilhau wohnen und hundertzwanzig Taler im Voraus zahlen, und wie es mit meiner Bildung bestellt sei, hat er wissen wollen. Mein Vater hatte nur den Kopf geschüttelt als ich ihn bat, mir die Pension in Keilhau und das Kursgeld zu zahlen. Erst als ich ihm sagte, dass ich als Kindergärtnerin auf meinen eigenen Beinen stehen würde und er dann weiterer Verpflichtungen mir gegenüber ledig sei, wurde er nachgiebig. Auch meine Mutter, die ein ängstliches Gemüt hat, willigte schließlich schweren Herzens ein. So schien alles geregelt, wäre da nicht die Frage meiner Vorbildung gewesen. Ich hatte Fröbel geantwortet, dass ich sechs Jahre in einer einklassigen Dorfschule gewesen war. Er riet mir daraufhin, Privatunterricht zu nehmen. Zunächst war mir der Zeitverlust, den ein solcher Unterricht mit sich bringen würde, gar nicht recht. Ich war neunzehn, und sollte noch mal Schülerin sein? Und dann die Kosten! Ich fürchtete schon, die Sache aufgeben zu müssen, da half mein Großvater, der alte Pfarrer, mir aus der Not. Er erklärte sich bereit, mir Unterricht zu erteilen. Aber was sollte ich eigentlich lernen? Der Großvater wusste das natürlich auch nicht. Doch dann ging alles wie von selbst, und der Unterricht stellte sich als lehrreiche Angelegenheit heraus, wenn man denn überhaupt von Unterricht sprechen konnte. Der Großvater erteilte mir nämlich keinen Unterricht im schulischen Sinne, sondern führte längere Gespräche mit mir. Dreimal in der Woche verbrachten wir einen ganzen Vormittag miteinander. Zu Beginn fragte er mich immer, worüber ich sprechen wollte. Ich weiß nicht, wie er es angestellt hat, aber nach unseren Gesprächen war ich irgendwie klüger. Es war nicht einfach nur, dass ich über bestimmte Dinge mehr wusste als vorher, vielmehr hat er mich mit seinen Fragen und Antworten dazu gebracht, die Dinge anders zu sehen, von mehreren Seiten aus zu betrachten und in größere Zusammenhänge zu stellen. Hin und wieder gab er mir Bücher mit, die zu unsern Gesprächen passten. Und ich musste über unsere Gespräche Berichte schreiben. Das war anfangs sehr beschwerlich. Ich war das Schreiben ja nicht gewohnt, hin und wieder mal einen kurzen Brief, aber über die Gespräche schreiben …? Doch Großvater meinte, nur was jemand gedanklich durchgearbeitet und in eigene Worte gefasst habe, könne zum geistigen Besitz werden. Wir haben Teile aus Fröbels ‚Menschenerziehung' gelesen, auch darüber musste ich schreiben. Großvater war sehr geduldig und hat mir viel erklärt. Ohne seine Hilfe hätte ich nur wenig verstanden. Er meinte, Fröbel habe sich mit großer philosophischer Tiefe in die Natur des kleinen Kindes eingefühlt, auch dass viel wahre Religiosität in dem Werk enthalten sei. Ich hatte bis dahin gar nicht gewusst, welch freier Geist in meinem Opa steckt … ganz anders als der Pfarrer Schwartz hier, du wirst ihn ja noch kennenlernen. Nun, kurz und gut, nach zehn Monaten hat Großvater mir ein Zeugnis geschrieben, in dem er alle Themen aufführte, über die wir gesprochen hatten. Das hab ich an Fröbel geschickt und der hat mich dann zu seinem Winterkurs von sechsundvierzig auf siebenundvierzig nach Keilhau eingeladen."

Sie unterhielten sich noch bis tief in den Abend hinein. Erst als die Öllampe zur Neige ging, suchten sie ihre Schlafkammern auf. Im Einschlafen ging es Friederike durch den Kopf, dass bei aller Unterschiedlichkeit ihrer Lebenswege auch Gemeinsamkeiten bestanden – Gemeinsamkeiten, die sie zur Kindergärtnerei geführt hatten.

* * *

An den folgenden Tagen arbeitete sich Friederike in die alltägliche Kindergartenarbeit ein, lernte die Kinder mit ihren Namen zu unterscheiden und mit ihren Eigenarten umzugehen. Und als sie auch mit den Eltern bekannter wurde, ging ihr bisweilen die Redensart vom Apfel durch den Kopf, der nicht weit vom Stamm fiel. Dankbar nahm sie jeden Hinweis und Rat von Auguste an. Die Art des Einsatzes der Spielgaben und Beschäftigungen, der Einfluss des Wetters auf die Stimmung der Kinder, die Berücksichtigung ihrer Geburtstage oder aktueller Ereignisse in ihrem häuslichen Leben waren nicht aus Büchern zu lernen. Auch die Einübung des Liedes, das sie aus dem Fliednerschen „Liederbuch" ausgesucht hatte, machte erst gute Fortschritte als sie Augustes Rat folgte, und nur mit den älteren Kindern übte.

Sie bemerkte, dass sie sich von einigen Kindern stärker angezogen fühlte als von anderen und machte sich Vorwürfe. Doch Auguste, der sie sich deswegen anvertraute, meinte, es läge in der menschlichen Natur, dass sich Sympathien ungleich verteilten, sie müsse nur vermeiden, diese Kinder zu bevorzugen, damit andere Kinder sich nicht zurückgesetzt oder gar ungerecht behandelt fühlten. Dieser Rat war nun bei Jettchen nicht leicht zu befolgen, denn das Kind suchte ersichtlich ihre Nähe und Zuwendung, und Friederike wollte es nicht zurückweisen, nur um dem Grundsatz der Gleichbehandlung zu folgen.

Jettchens Stellung in der Kinderschar spiegelte die Sonderstellung wieder, die Frau Wölflin unter den Eltern einnahm. Nur die Wölflins gehörten zum Arbeiterstand, die meisten anderen Familien lebten in bürgerlichen Verhältnissen, wenn auch nur wenige wohlsituiert. Zwar hatten sich diese, wie Auguste ihre erzählt hatte, nicht dagegen ausgesprochen, dass Jettchen den Kindergarten besuchte, auch bemühten sie sich, die meisten jedenfalls, Jettchen und Frau Wölflin den Standesunterschied nicht spüren zu lassen. Doch wie sollte Taktgefühl – selbst jenes, das nicht nur den formellen Regeln des Anstands gehorchte, sondern auch der Stimme menschlicher Verbundenheit folgte – die äußeren Zeichen unsichtbar machen, die eine andere gesellschaftliche Stellung anzeigten? Unterschiede in Sprache, Kleidung, Verhalten und vielen anderen kleinen Dingen errichteten Barrieren, die kein Taktgefühl verschwinden machen konnte. Friederike spürte, dass sich Jettchen unter den anderen Kindern fremd fühlte. So nahm sie jede sich bietende Gelegenheit wahr, ihm Beachtung zu schenken, immer bemüht, bei den anderen Kindern den Eindruck zu vermeiden, dass Jettchen ihnen vorgezogen würde.

Schon am zweiten Samstag nach ihrer Ankunft war Friederike mit den Kindern über den gesamten Vormittag allein. Auguste war zu ihren künftigen Schwiegereltern nach Bindersleben gefahren und würde erst am nächsten Tag zurück sein.

Friederike war überrascht, sie hatte nicht damit gerechnet, schon so bald alleinige Verantwortung für die Kinderschar übernehmen zu müssen und brachte ihre Besorgnis zum Ausdruck.

„Aber du bist doch schon so gut mit den Kindern und der Kindergartenarbeit vertraut, und es sind doch nur die drei Stunden am Vormittag“, hatte Auguste sie beruhigt.

Auguste fuhr früh mit der ersten Kutsche. Bevor sie das Haus verließ, sagte sie noch: „Morgen Nachmittag trifft sich der Frauenverein. Nachdem Frau von Ravenbrück dich so freundlich eingeladen hat, könnten wir doch zusammen hingehen. Überleg's dir.“

Friederike sah den Eltern und ihren Kindern mit gemischten Gefühlen entgegen. Doch ihre Befürchtung, man werde ihr weniger Respekt bezeigen, als Auguste entgegengebracht wurde, erwies sich als unbegründet. Die Mütter waren froh, dass der Kindergarten nicht ausfiel und ihre Kinder einige Stunden gut aufgehoben waren. Zwar fragten einige Kinder nach dem Fräulein Michaelis, ob es denn wohl wiederkommen werde. Friederike beruhigte sie und sagte ihnen, dass das Fräulein Michaelis über das Wochenende einen Besuch machen müsse.

Friederike ließ die Kinder wählen, ob sie mit dem mehrfach geteilten Würfel bauen oder auf der Schiefertafel malen wollten. Sie blieb im Hintergrund und schaute aufmerksam zu.

Zutiefst bewegt von dem kindlichen Ernst, mit dem die Kleinen bei der Sache sein konnten, glaubte sie zu sehen, wie die Bildungskräfte des ungezwungenen Tätigkeitstriebes ihre Wirkung entfalteten. Der Bildungszusammenhang zwischen dem selbsttätigen Spiel und dem sich entwickelnden Geist der Kinder war so sinnfällig, dass sie nicht verstehen konnte, warum viele nur das Äußerliche, nur bloße Spielerei sehen wollten und sich gegenüber dem tieferen Bildungssinn wenig aufgeschlossen zeigten.

Fritz fiel ihr auf. Wie immer wenn er malte, war er dicht über die Tafel gebeugt, die Zungenspitze zwischen den Lippen. Und wie immer schien er alles um sich herum vergessen zu haben.

Friederike wusste, wie unglücklich er darüber war, dass seine Versuche Kreise zu malen in unbeholfenen Kringeln endeten und die anderen Kinder ihn verlachten. *Das sollen Kreise sein, ha, ha, ha …*

Als Friederikes Blick zu ihm wanderte, nahm sie eine Veränderung an ihm wahr. Eben noch über die Tafel gebeugt, richtete er sich plötzlich auf. Sein Gesicht strahlte eine tiefe Zufriedenheit aus. Sie ging zu ihm hinüber und verstand den Grund: Während sich oben auf der Tafel noch einige seiner gewohnten Kringel befanden, änderte sich bei den nächsten Gebilden mehr und mehr ihre Form und nahmen die Gestalt von Spiralen an, erst noch unbeholfen und mit wenigen Windungen, dann immer umfangreicher und regelmäßiger.

„Aber Fritzchen, du kannst ja wunderschöne Spiralen malen", lobte Friederike. „Kinder, Kinder! Schaut doch nur, das Fritzchen kann Spiralen malen!"

Plötzlich wollten alle Kinder Spiralen malen. Da aber die Tafeln nicht für alle Kinder reichten, gab Friederike Papier und Bleistifte aus.

Zu Fritzchen sagte sie: „Das Fräulein Michaelis wird deine schönen Spiralen sicher auch sehen wollen. Bis dahin verwahren wir die Tafel dort drüben im Schrank auf. Wenn du weiter malen möchtest, gebe ich dir Papier und Bleistift."

Fritzchen gab die Tafel bereitwillig her. Aber er wollte nun nicht mehr malen, sondern mit den mehrfach geteilten Würfeln bauen.

Selten hatte Friederike ein so zufriedenes, ja glückliches Kind gesehen.

Nicht ohne Stolz übergab sie am Mittag die Kinder ihren Eltern.

Den Nachmittag und den Sonntagvormittag verbrachte sie mit Spaziergängen und mit Briefeschreiben. Sie schrieb an ihre Eltern, Bernhardine und Herrn Köhler. Doch scheute sie sich, auch schon Herrn Fröbel oder den anderen Kindergärtnerinnen zu schreiben, deren Adressen sie von Auguste erhalten hatte. Was sollte sie auch schreiben? Dass sie im Begriff war, die Leitung des Erfurter Kindergartens zu übernehmen, aber die Erlaubnis dazu noch nicht erhalten hatte? Und sie schrieb natürlich an ihre Tante Alwine. Darin fragte sie, ob der Tante ein gewisser Regierungsrat von Puttnitz bekannt war.

Auguste kam am frühen Sonntagnachmittag zurück. Sie brachte Obst, Schinken, Käse und einige Stücke Sandkuchen mit.

Friederike machte Kaffee. „Verstehst du dich gut mit deinen zukünftigen Schwiegereltern?"

„Schon. Aber sie wollen so hoch hinaus. Sie haben mir die vorläufige Liste der Gäste gezeigt, die eingeladen werden sollen, das sind schon jetzt weit mehr als hundert, meine Leute sind weniger als zwanzig. Meine Eltern hätten niemals die Mittel aufbringen können, eine solche Hochzeit auszurichten. So hat man sich schon früh darauf verständigt, das Fest in Bindersleben stattfinden zu lassen … Und, wie ist es dir mit den Kindern ergangen? War deine Besorgnis berechtigt?", erkundigte sich Auguste.

„Nein, nichts ist passiert", antwortete Friederike, etwas verlegen. Nachträglich hatte sie sich über die Unsicherheit geärgert, mit der sie den wenigen Stunden alleiniger Verantwortung für die Kinder entgegengesehen und Auguste gegenüber zum Ausdruck gebracht hatte.

Auguste bemerkte die Verlegenheit. „Es ist besser, Schritt für Schritt vorzugehen und sich den Aufgaben mit Vorsicht zu stellen, als sich ungeübt alles zuzutrauen."

Friederike war Auguste dankbar. „Stell dir nur vor, Fritzchen malt jetzt prächtige Spiralen. Erst machte er wieder seine einfachen Kringel, doch dann plötzlich, wie durch eine Eingebung, malte er Spiralen."

„Fritzchen, dem bislang kein Kreis gelang? Wie, und jetzt malt er Spiralen, richtige Spiralen?"

„Ja, schau selbst …" Friederike holte die Tafel, die sie gestern mit nach oben in die Wohnung genommen hatte.

„Das ist ja merkwürdig", wunderte sich Auguste, „das sind ja wirklich schöne Spiralen, dabei ist es doch schwerer, eine Spirale zu malen, als einen einfachen Kreis."

„Vielleicht ist es ja nicht immer richtig, dass sich das Komplexe aus dem Einfachen entwickelt", bemerkte Friederike.

Ihr Gespräch über die Rätsel und Merkwürdigkeiten des sich entwickelnden kindlichen Geistes wurde unten durch den Türklopfer unterbrochen. Auguste schaute auf die Uhr.

„Mein Gott, schon bald drei, das werden Frau Maubach und Fräulein Gruber sein, wir gehen immer zusammen zum Treffen des Frauenvereins. Hast du's dir überlegt?"

„Ja, ich begleite dich. Ist es weit?"

„Fünfzehn Minuten."

Fräulein Gruber erzählte Friederike unterwegs, dass sie in der Nähe des Benediktplatzes wohne, gleich hinter der Krämerbrücke. Frau Maubach, die ihre Schwägerin sei, wohne nur einige Häuser weiter. Ihr Weg zu dem Gasthaus, wo gewöhnlich die Treffen des Frauenvereins abgehalten würden, führe sie durch die Eimergasse. Der Papa sei Schreiber bei der Bezirksregierung. Sie sei die einzige Tochter und heiße Ida …

Das Treffen fand im geräumigen Hinterzimmer des Gasthauses statt, das sich in der Nähe der Wigbertikirche am unteren Anger befand. Die Sitzung wurde von Frau von Ravenbrück von einem Rednerpult aus geleitet.

Die Teilnehmerinnen saßen in kleinen Gruppen an Einzeltischen. In der Nähe des Eingangs stand ein Tisch, an dem nur zwei Damen saßen. Sie setzten sich zu ihnen. Eine der Damen erklärte mit gedämpfter Stimme, es gehe um einen Antrag, der die Anmietung von Räumlichkeiten für ein Vereinsbüro verlange, dass dem Verein dafür aber das Geld fehle, wie die Frau Vorsitzende gerade darlegte.

„Zudem habe ich die Vereinsgeschäfte bislang bequem von meinem häuslichen Schreibtisch aus leiten können!“, schloss Frau von Ravenbrück ihre Gegenrede ab.

Friederike folgte den Besprechungen nur mit halbem Ohr. Zu vielfältig waren die Eindrücke, denen sie während der wenigen Tage in Erfurt ausgesetzt gewesen war.

Die Sitzung zog sich noch über einige Tagesordnungspunkte hin. Friederike war froh, als die Antrags- und Rednerinnenlisten zu einem Ende kamen. Frau von Ravenbrück, die zu ihrem Tisch kam und ihr die Vereinsmitgliedschaft antrug, gab sie zu verstehen, ganz bestimmt darüber nachzudenken, wenn sie denn erst Klarheit über ihre Zukunft in Erfurt habe, wozu sie aber die behördliche Erlaubnis zur Fortführung des Kindergartens abwarten müsse. Um sich aber ein Bild von den Zielen des Vereins zu machen, wäre sie für die Zuleitung der Vereinsstatuten dankbar. Die Vorsitzende versprach, dafür zu sorgen.

* * *

Nach und nach lernte Friederike die Bewohner der Eimergasse kennen und den Häusern zuzuordnen, mit einigen gab es auch die eine oder andere Plauderei.

Das Haus vom Regierungsrat von Ehrenberg, das während der revolutionären Unruhen vor zwei Jahren von Aufständischen gestürmt worden war, lernte sie unter gewissen merkwürdigen Umständen kennen. Friederike hatte die von Ehrenbergs zwar schon häufiger in der Gasse gesehen, aber die Gelegenheit einer förmlichen Vorstellung hatte sich bis dahin noch nicht ergeben. Es war bei der Rückkehr von einem Spaziergang, als Auguste und Friederike der Frau Regierungsrat in Begleitung einer jungen Bediensteten begegneten. Die Frau Rätin, die in Eile war, weil sie, wie sie erklärte, auf dem Markt noch frisches Gemüse vorzufinden hoffte, lud die Kindergärtnerinnen kurzerhand für den Nachmittag zum Tee ein.

„Frau von Ehrenberg ist eine gutmütige und warmherzige Person, aber auch etwas leutselig und neugierig“, sagte Auguste auf dem Weg zum Haus der von Ehrenbergs, einige Häuser weiter zum Wenigemarkt hin. Die Luft war frisch und durch die Gasse strich ein unangenehmer Wind. Sie zogen ihre Schultertücher zusammen.

Die Dienstmagd, die sie am Mittag zusammen mit der Frau Rätin gesehen hatten, ließ sie ein und führte sie in die Wohnstube. Friederike bemerkte, dass sich die von Ehrenbergs den Luxus von Tapeten leisten konnten. Das Zimmer war gediegen, aber nicht überladen eingerichtet. Herr und Frau von Ehrenberg saßen an einem ovalen Tisch. Eine junge Frau spielte an einem

Pianino, ein junger Mann stand daneben und hatte eine Hand auf ihre Schulter gelegt. Als die Kindergärtnerinnen eintraten, unterbrach sie ihr Spiel.

Nach förmlicher Vorstellung und Begrüßung saßen alle am ovalen Tisch, Tee wurde serviert und zwei Schalen mit verschiedenem Backwerk aufgestellt. Der junge Mann war als Herr Assessor von Ehrenberg, Sohn der von Ehrenbergs, vorgestellt worden, die junge Frau als dessen Gattin. Auguste schien sie zu kennen.

Herr von Ehrenberg, nahezu kahlköpfig und mit grauem Backenbart, wies auf eine der Schalen. „Mesdemoiselles, in ganz Erfurt werden Sie keinen besseren Gewürzkuchen finden. Meine Bertha hütet die Rezeptur wie ihren Augapfel, selbst mir will sie ihr Geheimnis nicht verraten, aber ich glaube, es liegt an den Zimtblüten … ist es nicht so, meine Liebe?“, er tätschelte die Hand seiner Gattin.

„Schmeichler“, lachte die Rätin und entzog ihm die Hand. Sie wandte sich Friederike zu: „Sie weilen zu Besuch in unserm schönen Erfurt?“

Friederike suchte nach einer passendenden Antwort, Auguste sprang ein. „Fräulein Nachtigal ist meine Nachfolgerin in der Leitung des Kindergartens.“

„Hat man Ihnen denn schon die behördliche Erlaubnis zugestellt?“, fragte der Assessor und warf dem Regierungsrat einen schnellen Blick zu.

Friederike bemerkte einen Wandel im Gesichtsausdruck des Regierungsrats – eben noch ein geselliger älterer Herr, zu Scherzen geneigt, glaubte sie sich plötzlich einem preußischen Beamten gegenüber, der sie mit prüfendem Blick musterte.

„Von welcher Behörde sprechen Sie, Herr Assessor? Von der Ortsschulbehörde oder einer Regierungsbehörde?“

Nur für einen Moment schaute der Assessor erstaunt. „Ja gewiss, die Ortsschulbehörde …“ Weiter ging er auf das Thema nicht ein. Er wechselte noch einen Blick mit dem Regierungsrat und wandte sich dann seiner Gemahlin zu. „Wenn wir unsere Besorgungen erledigen wollen, sollten wir aufbrechen … Mutter, begleitest du uns noch hinaus?" Er nickte den Kindergärtnerinnen zu.

Die Frau Rätin, die wohl andere Vorstellungen von einer kurzweiligen Teestunde haben mochte, erhob sich zögernd. „Ach, ihr jungen Leute, immer in Eile … Dolores, Schenk unserm Besuch noch Tee nach!" Sie geleitete das Paar hinaus.

Auch Herr von Ehrenberg erhob sich. Nach einem Wort der Entschuldigung verließ er den Raum.

Die Kindergärtnerinnen schauten sich verdutzt an. Sie erhoben sich und warteten auf Frau von Ehrenberg, um sich ebenfalls zu verabschieden. Die Rätin betrat den Raum und blieb überrascht stehen.

„Ach, Sie wollen uns auch schon verlassen? Wo ist denn mein Gemahl abgeblieben? Aber Sie haben Ihren Tee noch gar nicht ausgetrunken, so viel Zeit muss sein!" Sie drängte die Kindergärtnerinnen, noch zu bleiben, und versuchte sich in leichter Konversation. „Nun sagen Sie doch, Fräulein Nachtigal, hatten Sie denn schon Gelegenheit, etwas von unserm schönen Erfurt kennenzulernen?"

Auguste und Friederike standen noch zu sehr unter dem Eindruck des rätselhaften Betragens des Assessors und des Regierungsrates. So blieb das Gespräch einsilbig, und nachdem sie ihren Tee getrunken hatten, verabschiedeten sie sich von der Rätin, die es sich allerdings nicht nehmen ließ, ihnen eine gehörige Portion von ihrem Gewürzkuchen mit auf den Weg zu geben.

Sie eilten zurück zum Kindergarten.

„Der Gewürzkuchen der Frau Rätin ist wirklich hervorragend", lobte Auguste. Sie saßen in der Wohnstube am Tisch.

„Was hat der junge Herr von Ehrenberg denn wohl gemeint?", fragte Friederike.

Auguste schüttelte den Kopf. „Da kann man nur raten, aber mein Eindruck war, dass er irgendetwas weiß. Er ist Jurist und hat eine Anstellung als Assessor in der Justizverwaltung des Regierungsbezirks Erfurt, ich weiß aber nicht bei welchem Amt. Bis zu seinem Ruhestand hat auch der alte von Ehrenberg dort als Untersektionsleiter in Diensten gestanden. Vielleicht ist der Herr Assessor irgendwie mit deinem Antrag auf Fortführung des Kindergartens befasst. Wenn man nur wüsste, welches Amt eigentlich federführend ist ..."

Die Frau Rätin hatte, einmal mit Friederike bekannt gemacht, ein gewisses mütterliches Interesse für sie entwickelt. Wenn sie sich begegneten, war es schwer, sich einem Schwatz mit ihr zu entziehen. Mit der unbekümmerten Zudringlichkeit, mit der ältere Menschen nicht selten jüngeren begegnen, die vom Alter ihre Kinder hätten sein können, hatte sie sich nach Friederikes persönlichsten Verhältnissen erkundigt. Friederike spürte, dass nicht niedere Neugier das Verhalten der Rätin bestimmte, und ertrug ihre Fragen mit Geduld und Nachsicht.

Auguste hatte in ihrer lebensklugen Art gemeint, die Frau Rätin habe den heiratsbedingten Auszug ihres letzten noch im Hause verbliebenen Kindes, ihrer kürzlich nach Schmalkalden verheirateten Tochter Gertrud, noch nicht verwunden, und suche wohl jemanden, dem sie ihre nun brachliegende mütterliche Fürsorge entgegenbringen könne.

Der Regierungsrat verhielt sich bei Begegnungen höflich, aber kühl.

Für kleinere Spaziergänge hatte Friederike die Gartenwege zwischen der Eimergasse und der Futterstraße entdeckt. Von der Gartenpforte hinter ihrem Haus führte ein Pfad auf einen breiteren Hauptweg zu, der geradeaus in die Futterstraße und rechts in die Johannisstraße mündete. Er war schlecht und recht mit Feldsteinplatten gesichert, aber breit genug, leichteren Fuhrwerken Durchfahrt zu gewähren. Vom Hauptweg zweigten zahlreiche schmale Seitenwege zu den Gartenparzellen ab. Die meisten endeten vor Gartenpforten, einige aber schlängelten sich durch die unregelmäßig geschnittenen Gartenstücke hindurch und mündeten in Hinterhöfe oder in eine der das Gesamtgebiet umschließenden Straßen. Es hatte einiger Spaziergänge bedurft, bis sich Friederike in dem Labyrinth zurechtfand und die Sackgassen von den Durchgangswegen zu unterscheiden wusste. Manchmal begegnete sie Spaziergängern oder einfach Leuten, die es eilig hatten und die Gartenwege als Abkürzungen in die eine oder andere Richtung nutzten.

Einige Tage nachdem sie ihrer Tante geschrieben und gefragt hatte, ob sie Herrn von Puttnitz kenne, kam die Antwort.

Liebe Rikki,

... warum fragst du nach dem von Puttnitz? Ja, ich kenne die von Puttnitzens. Im Kleinadel kennt jeder jeden, irgendwie. Ich glaube, ich bin dem Herrn von Puttnitz bei irgendeiner Gelegenheit schon mal begegnet, wir sind wohl auch einander vorgestellt worden und haben kurz geplaudert. Ist er nicht Regierungsrat in Erfurt? Aber er kommt nicht aus dem Thüringischen. Er ist Preuße und stammt aus einer alten preußischen Beamtenfamilie ...

Friederike schmunzelte. Wenn Tantchen ihm von ihren Ansichten erzählt hatte, mit denen sie gewöhnlich nicht hinterm Berg hielt, wird der alte Preuße wohl schnell das Weite gesucht haben.

IV

Mehr als drei Wochen waren vergangen. Die nasskalte Jahreszeit hatte Einzug gehalten – plötzlich und mit rauen Winden. Weder von der Ortsschulbehörde noch von der Bezirksregierung war Nachricht gekommen.

Friederike spürte Augustes Unruhe. Wilhelms Eltern hätten es gern gesehen, wenn Wilhelm und Auguste als vermähltes Paar das Weihnachtsfest und den Übergang ins neue Jahr feiern könnten. Auguste wollte sich zwar nicht festlegen lassen, weil sie erst das weitere Schicksal ihres Kindergartens entschieden wissen wollte, konnte aber die Entscheidung auch nicht mehr allzu lange hinauszögern.

Doch in der letzten Oktoberwoche, an einem Mittwoch, bekamen sie mittags Besuch. Die letzten Kinder waren gerade abgeholt worden, da klopfte es ans Gassenfenster. Der Kopf eines Mannes erschien hinter der Scheibe. Auguste winkte ihn herein. Wenige Augenblicke später wurde die Tür zum Spielzimmer geöffnet und Friederike sah einen großgewachsenen, jungen Mann eintreten, dessen frische Gesichtsfarbe und blonde Haare in einem seltsamen Kontrast zu seinem schmucklosen, dunklen Rock standen. Er hatte wohl erwartet, das Fräulein Michaelis allein anzutreffen, schien er doch verwirrt, sich den beiden Frauen gegenüberzusehen.

„Ach, Fräulein Michaelis, haben Sie Nachsicht. Wie ich sehe, haben Sie noch Elternbesuch. Ich werde draußen warten."

„Aber nein, Herr Reinfeld, kommen Sie nur, Sie stören nicht. Das ist unsere neue Kindergärtnerin. Friederike, darf ich dir Herrn Albert Reinfeld vorstellen. Herr Reinfeld ist Lehrer an der Volksschule in der Paulstraße. Herr Reinfeld, das ist Fräulein Nachtigal aus Rudolstadt."

Der junge Mann verbeugte sich stumm.

An Friederike gewandt sagte Auguste: „Herr Reinfeld ist am pädagogischen System unsres Herrn Fröbel interessiert. Leider ist es mir noch nicht gelungen, ihn von den Vorteilen unserer Kindergärten gegenüber den christlichen Kleinkinderschulen zu überzeugen, vielleicht hast du ja mehr Überzeugungskraft."

Friederike war überrascht, hatte Auguste doch bislang mit keinem Wort einen Lehrer Reinfeld mit Interesse für Fröbels Pädagogik erwähnt. Vielleicht war es die Überraschung, die ihre Antwort kühler ausfallen ließ, als die Situation rechtfertigte: „Wenn die Unterstützung, die unsere Kindergärten von den vielen Lehrervereinen und selbst von so hervorragenden Persönlichkeiten wie dem Seminardirektor Diesterweg erfahren, nicht für sich selbst spricht, wie sollte ich hoffen dürfen, mehr Erfolg zu haben."

Der junge Mann suchte nach einer Antwort. Doch bevor er etwas erwidern konnte, verabschiedete sich Friederike, um ihm Gelegenheit zu geben, dem Anlass seines Besuches nachzukommen.

Sie ging hinauf in die Wohnung und brühte Tee auf. Auguste folgte wenig später nach.

„Die Herren besuchen uns am Samstag", sagte sie vergnügt.

„Welche Herren?"

„Die Herren von der Ortschulkommission."

„Und woher weißt du das?"

„Nun, von Herrn Reinfeld, er gehört der Kommission an."

„Herr Reinfeld gehört der Kommission an? Aber warum hast du mir das denn nicht gesagt?"

Auguste machte eine entschuldigende Handbewegung. „Ich hab Herrn Reinfeld Vertraulichkeit zugesichert."

„Ist es nicht ungewöhnlich, dass ein so junger Lehrer einer solchen Kommission angehört?"

„Ja, er ist noch jung, nicht viel älter als du. Als Volksschullehrer soll er sein Urteil darüber abgeben, ob sich der Unterricht in den Kindergärten und in den Kleinkinderschulen nachteilig oder förderlich für den nachfolgenden Schulunterricht auswirkt und welche dieser Einrichtungen geeigneter sei, der Schule vorzuarbeiten, ohne ihr vorzugreifen. Er nimmt seine Sache sehr ernst und hat uns schon häufiger besucht. Die Ortsschulbehörde hat ihm zu verstehen gegeben, dass sie eine Bevorzugung der Kleinkinderschulen erwarte. Ich vermute, dass sie ihn überhaupt nur deswegen in die Kommission geschickt hat. Aber der junge Mann hat seinen eigenen Kopf, bislang hat er sich weder für die eine noch die andere Seite ausgesprochen, er müsse erst die Arbeit der Kindergärten aus eigener Anschauung kennenlernen. Die evangelischen Kleinkinderschulen kennt er durch einige Stunden Unterricht, die er während seiner Zeit als Seminarist einmal in der Woche in einer solchen Schule gehalten hatte. Er hat der Behörde auch gesagt, für ein Urteil, das er vertreten könne, fehle ihm die Möglichkeit des Vergleichs. Er habe zwar in seiner Klasse Kinder, die vorher in einer Kleinkinderschule gewesen waren, aber keine aus einem Kindergarten. Bei seinen ersten Besuchen war ich misstrauisch, merkte aber bald, dass er ohne Vorbehalte und aus echtem Interesse kam. Gewöhnlich kommt er zur Kindergartenzeit, heute wollte er mir nur mitteilen, dass sich die Mitglieder der Kommission am Samstag um elf Uhr hier einfinden wollen. Seine Haltung gefällt der Ortsschulbehörde natürlich nicht, und schon gar nicht dem Schwartz. Ich frage mich, warum die Behörde ihn noch nicht abberufen hat."

„Und wer gehört der Kommission noch an?"

„Zwei Herren von der Bürgerschule. Sie denken zwar recht fortschrittlich, verhehlen aber nicht, dass die Beschäftigung mit Kleinkinderschulen und Kindergärten unter ihrer Würde liege. Ihre Hauptbeschäftigung beim Besuch hat bislang darin bestanden, wichtig auszusehen. Immerhin ist von ihnen kein Widerstand zu erwarten. Ich sagte dir ja schon, es kommt auf den Pfarrer Schwartz an, und natürlich auf unsern jungen Freund. Wenn der bei seiner Haltung bleibt, könnte es gut für uns ausgehen."

Friederike dachte eine Weile nach. „Und warum benachrichtigt er dich über den Besuch der Kommission?"

Auguste lachte. „Ich weiß es nicht so recht. Vielleicht hält er es für ausgleichende Gerechtigkeit. Er weiß, dass die Ortsschulbehörde meinen Kindergarten und mich mit Argwohn betrachtet. Er sagt, er hasse vorgefasste Meinungen. Weißt du, wie die meisten Volksschullehrer kommt er aus kleinen Verhältnissen, er hat ein feines Gefühl für Ungerechtigkeit. Die drei anderen Herren schauen ein wenig auf ihn herab. Als Volksschullehrer ist er ja ohne höhere Bildung und hat kein akademisches Studium absolviert. Er hat die Volksschule durchlaufen, zwei Jahre Präparanden-Anstalt, dann Lehrerseminar. Seine pädagogische Bildung ist leider dürftig, aber was will man schon von jemandem erwarten, der in diesen Zeiten von einem preußischen Lehrerseminar kommt. Er erzählte mir, dass während der Ausbildung streng vorgeschrieben wurde, was gelesen werden durfte. Diesterwegs Schriften waren verboten, auch die Privatlektüre sei inspiziert worden. Gottlob ist er nicht von dem rückschrittlichen Geist besessen, der in den preußischen Lehrerseminaren Einzug gehalten hat. Er ist sehr wissbegierig, und sein Interesse für Fröbels Pädagogik ist echt."

Friederike schüttelte ungläubig den Kopf und dachte an das Gespräch mit Herrn Köhler in Gotha.

„Und ihr Salär erlaubt ihnen kaum den Luxus, Bücher oder pädagogische Zeitschriften für die Selbstbildung zu kaufen“, fuhr Auguste fort. „Kann man sich vorstellen, hundert oder noch mehr Kinder in einer Klasse zu unterrichten? Und ist es nicht eine Schande, dass der Verdienst so mancher Handwerksgesellen höher ausfällt als der eines Volksschullehrers?“

„Was denkst du, wie wird es ablaufen?“

„Die Mitglieder der Kommission treffen sich hier am Samstag um elf Uhr. Sie wissen, dass der Kindergarten um zwölf schließt. Diese Stunde sollten wir vorbereiten. Danach werden sie noch einige Fragen haben.“

Sie berieten eine Weile und beschlossen dann, dass Auguste die Gruppe der Jüngsten in der Spielstube beschäftigen und ruhig halten würde. Friederike sollte mit den anderen Kindern im großen Spielzimmer verbleiben und als erstes das Lied aus dem Fliednerschen „Liederbuch“ vortragen lassen, das sie mit den Kindern eingeübt hatte, und mit der Flöte die Begleitung spielen. Dann sollte sie die Kinderschar in drei Gruppen aufteilen, eine Gruppe zu Beschäftigungen mit dem Fölsingschen Baukasten und zwei Gruppen zur Arbeit mit den Fröbelschen Spielmaterialien. Nach etwa einer halben Stunde würden sie wieder zusammen kommen und Wolfgang, der Knabe, der schon leidlich lesen konnte, sollte etwas aus dem „Struwwelpeter“ vorlesen. Hier waren sie sich zunächst unschlüssig. Sie mussten den Eindruck vermeiden, dass den Kindern im Kindergarten das Lesen beigebracht und so der Schule vorgegriffen würde. Schließlich kamen sie überein, dass Friederike Wolfgang fragen sollte, wo er das Lesen gelernt habe, dann würde sich schnell herausstellen, dass die Eltern dafür verantwortlich waren. Zum Schluss sollte ein Gebet gesprochen werden. Das anschließende

Gespräch mit der Ortsschulkommission könnte in der Spielstube stattfinden. Auguste würde mit den kleineren Kindern ins Spielzimmer wechseln, wo sie auch zugegen sein würde, wenn die Eltern ihre Kinder holen kämen. Im Falle, dass das Gespräch länger dauere, wollte sie sich noch dazu gesellen.

Friederike gefiel der Plan und fragte frohgelaunt: „Kattun oder Brokat?"

Auguste schaute sie fragend an, dann verstand sie und lachte. „Du sollst die Herren überzeugen, nicht umgarnen!"

* * *

Es war ein Uhr durch, die Herren erhoben sich. Auch Auguste stand auf, um sie zur Tür zu geleiten. Den größeren Teil der Unterredung war sie zugegen gewesen. Der ältere der Bürgerschullehrer, der den Vorsitz führte, hatte ihr zu verstehen gegeben, dass gegen ihre Anwesenheit nichts einzuwenden war, sofern sie das Gespräch nicht beeinflussen würde.

Auguste schaute sich nun nach Friederike um, die schüttelte aber nur den Kopf und machte keine Anstalten, sich zu erheben. Ihr Gesicht war leicht gerötet. Das Gespräch hatte sich über eine Stunde hingezogen. Der Pfarrer, ein fülliger Mann fortgeschrittenen Alters, der zu Atemnot neigte, hatte versucht, ihre pädagogische Tüchtigkeit durch Anzweiflung ihrer religiösen Rechtgläubigkeit in Frage zu stellen. Sie wollte nur noch nach oben in die Wohnung und wartete auf Auguste.

Die Bürgerschullehrer hatten sich an der Unterredung wenig beteiligt, und der junge Volksschullehrer war damit beschäftigt gewesen, das Protokoll zu führen. Das Gespräch, wenn man den Wortwechsel zwischen Friederike und dem Pfarrer Schwartz ein Gespräch nennen konnte, hatte nur einen Gegenstand – Friederikes pädagogische Tüchtigkeit. Die vorangegangene Spielstunde und wirtschaftliche Fragen waren nicht zur Sprache gekommen.

Pädagogische Tüchtigkeit, daran ließ der Pfarrer keinen Zweifel, erwachse aus dem richtigen Glauben, und der sei in Preußen evangelisch. Gerade in dem zarten Alter, in dem sich die Kinder des Kindergartens befänden, müssten die Grundlagen der evangelischen Glaubenslehre gelegt werden. In Fröbels pädagogischem System aber sei der evangelischen Glaubenslehre, überhaupt der konfessionellen Erziehung, kein Raum gewährt. Stattdessen rede dieser Herr einer krausen Naturreligion das Wort. Da könne man ja gleich zu den Wilden gehen. Doch er wolle dem Fräulein keine Schuld zuweisen, sie habe sicher nur gutgläubig die Ansichten ihres verehrten Lehrers aufgenommen und seine Irrlehre nicht erkannt.

Friederike hatte bemerkt, dass Auguste unruhig auf ihrem Stuhl saß und ihr einen warnenden Blick zuwarf. Doch falls der Blick ihr hätte sagen wollen, sie sollte sich nicht provozieren lassen und sich zurückhalten, er wäre vergebens gewesen. Des Pfarrers offensichtlicher Versuch, sie als dummes Gänschen hinzustellen, hatte sie so verärgert, dass auch die besten Vernunftgründe sie kaum von einer Antwort abzuhalten vermocht hätten. Über Fröbels System mochte er ja denken, was er wollte, das stand für sich selbst und bedurfte ihrer Verteidigung nicht, aber ihr ein eigenes Urteil abzusprechen, war beleidigend und niederträchtig.

Ob denn in den preußischen und kirchlichen Amtsstuben in Vergessenheit geraten sei, wofür der große Preußenkönig Friedrich einst gerühmt wurde – alle Religionen zu tolerieren und *jeden nach seiner Fasson selig* werden zu lassen? Und ob ihm, als evangelischem Pfarrer, denn unbekannt sei, was der bekannte Philosoph und Theologe Schleiermacher über Religion und Religiosität gesagt habe – dass sie *weit außerhalb des Lehrens und Anbildens* lägen, ja, dass auf diesem Gebiet *Unterricht ein abgeschmacktes und sinnleeres Wort* sei? Kinder, Herr Pfarrer, kommen mit der göttlichen Gabe der Religiosität zur Welt, nicht mit der Anlage zu einer bestimmten Konfession. Er möge, wenn er das für richtig halte, in seiner christlichen Kleinkinderschule diese göttliche Gabe mit konfessioneller Orthodoxie ersticken, in den Kindergärten aber würde diese Gabe gepflegt. Zuvörderst die Pflege der natürlichen Religiosität, dann erst die konfessionelle Erziehung, und über die, Herr Pfarrer, haben die Eltern zu entscheiden …

Die Bürgerschullehrer hatten in sich hinein geschmunzelt. Dem Pfarrer war nicht verborgen geblieben, dass Friederikes Worte eine Wirkung hinterließen, die ihm nicht schmeichelte, was er jedoch nicht als Veranlassung nahm, das Gespräch in ruhigere Bahnen zu lenken, sondern als Ansporn, Friederikes religiöse Gesinnung in Frage zu stellen und das gesamte Fröbelsche System in Bausch und Bogen zu verdammen. Was?! Pflege der Religiosität? Ob sie denn nicht wisse, dass der Mensch mit der Erbsünde zur Welt komme? Ach ja? Mit Spiel und Selbsttätigkeit gegen die Erbsünde? Das habe dieser Herr Fröbel sie gelehrt? Hah! Warum nicht gleich dem Beelzebub die Erziehung überlassen. Nein, nein, mein Fräulein, den Kindern muss das Bibelwort gepredigt werden! Und beten müssen sie lernen, je früher, desto besser, damit wäre der Pflege der Religiosität am besten Genüge getan. Und wie die Redensart richtig sage: *Der Wille des Kindes muss zeitig gebrochen werden, sonst bricht es als Jüngling den Eltern das Herz und als Mann die Bande der bürgerlichen Gesellschaft.*

Hätte die Atemnot ihn nicht genötigt, seine Hasstiraden gegen Fröbel und die Kindergärten zu unterbrechen, um keuchend Luft zu holen, Friederike hätte wohl keine Gelegenheit gefunden, eine Antwort zu Ende zu bringen. Was denn falsch daran sei, den Willen des Kindes bilden und nicht brechen zu wollen, gab sie zu bedenken. Ob er, der Herr Pfarrer, denn nicht auch wolle, dass die Kinder schon früh lernten, aus eigenem Antrieb und aus freiem Willen das Gute zu tun, und nicht aus Angst vor Strafe?

Papperlapapp! Der Wille des Kindes sei durch die Erbsünde verdorben, und der Wille Gottes müsse sein Handeln bestimmen. Und was die abwegige Forderung der selbsternannten Erneuerer von Schule und Erziehung angehe, die Erziehung müsse natürlich sein, da hätten kluge und gottesfürchtige Männer der oberen Schulbehörde in Berlin endlich gehandelt und den Diesterweg, der die natürliche Erziehung zum Götzen aufgeblasen habe, aus dem Amt des Direktors des Berliner Lehrerseminars entfernt. Und sie glaube doch wohl nicht, dass man die natürliche Erziehung aus der Schulstube verbannt habe, um sie jetzt in der Kinderstube Einzug halten zu lassen.

So hatte der Wortwechsel sich hingezogen, bis der Vorsitzende mit einem Schmunzeln meinte, man habe sich ein hinreichendes Bild von der pädagogischen Tüchtigkeit des Fräulein Nachtigal machen können. Außerdem sei Mittagszeit, und der Herr Pfarrer sei doch sicherlich erschöpft und hungrig, nachdem er das Fräulein so gründlich examiniert habe. Der Pfarrer hatte ihm einen unfreundlichen Blick zugeworfen.

Friederike schaute durch das kleine Fenster der Spielstube in den Garten. Vereinzelt fielen gelbe Blätter von den Obstbäumen, der obere Teil der Kronen war schon nahezu kahl. Sie hörte Schritte und wollte aufstehen, um Auguste entgegenzugehen. Doch es war der Pfarrer, der noch einmal zurückgekommen war und in der Tür stand.

„Unverzeihlich ist es, dass Ihr Vater seinen Segen zu Ihrem Treiben gibt. So sei es denn von mir gesagt: Es ist gegen die göttliche Ordnung und die herrschende Sitte, wenn es Jungfrauen gestattet wird, Kindergärten zu gründen und zu leiten. Vielfältig sind die sittlichen Gefahren, denen sie sich aussetzen.

Es kann kein Zweifel sein, dass nicht viele dieser jungen Damen ihrer Vergnügungssucht zu widerstehen vermögen und damit ihr Seelenheil aufs Spiel setzen. Nur unter männlicher Aufsicht und Kontrolle, wie bei unseren christlichen Kleinkinderschulen, kann die weibliche Mitwirkung segensreich sein", sagte er, drehte sich ohne eine Antwort abzuwarten um und folgte den anderen nach.

Würde er eine Antwort erwartet haben, er hätte sie nicht bekommen. Wie Tante Alwine zu sagen pflegte, „... solche Menschen wollen keine Antwort, sie wollen Unterwerfung!"

Wenige Augenblicke später hörte Friederike, wie die Haustür geschlossen wurde. Auguste kam zurück.

„Was wollte der Pfarrer denn noch?"

„Er sagte, wir Kindergärtnerinnen handelten gegen die göttliche Ordnung, und es lauerten sittliche Gefahren auf uns, denen wir nicht gewachsen wären."

Auguste lachte. „Sittliche Gefahren? Ja, Gefahren, die von Männern ausgehen, an die soll sich dieser Pharisäer halten!"

Friederike lächelte nur schwach. „Wenn die Ortsschulbehörde seinem Urteil folgt, wird sie mir wohl ein Zeugnis, das mir die Fortführung des Kindergartens erlauben würde, verweigern."

„Das ist noch nicht ausgemacht ... aber lass uns oben weiterreden, ich brauche jetzt einen Kaffee!"

Der aromatische Duft, der von der Küche in die Wohnstube zog, hellte Friederikes Stimmung auf. Sie stellte Tassen auf den Tisch, Auguste kam mit der Kaffeekanne. Sie setzten sich.

„Vielleicht hätte ich mich anders verhalten sollen?", fragte Friederike.

„Vielleicht ... aber der Pfarrer war heute anders, in seinem gesamten Gebaren. Du hättest ihm in allem recht geben können und er hätte weiter versucht, dich vor den andern ins Unrecht zu setzen. Als ich geprüft wurde, damals, mein Gott, wann war denn das … im Dezember siebenundvierzig, war er schon dabei, aber es waren andere Lehrer. Da hat er auch seine Bedenken gegen Fröbel und die Kindergärten geäußert, aber er war nicht so verbissen wie heute. Der Gründung des Kindergartens hatte er sich jedenfalls nicht entgegengestellt. Vielleicht hat auch eine Rolle gespielt, dass mein Großvater ein Pfarrer ist, wovon er wusste. Aber es waren eben auch andere Zeiten – die Revolution stand noch bevor, die Innere Mission der evangelischen Kirche war noch nicht gegründet …" Auguste schwieg eine Weile nachdenklich und sagte dann: „Weißt du, ich hatte den Eindruck, dass der Pfarrer mit einer bestimmten Absicht kam, dass er vielleicht sogar von irgendwoher Direktiven bekommen hat, möglicherweise von seinen kirchlichen Vorgesetzten, oder von der Ortsschulbehörde. Und wenn ich an deine Vernehmung durch diesen Regierungsrat denke, käme auch die Bezirksregierung in Frage."

„Dann wäre die Ablehnung meines Antrags wohl schon längst beschlossene Sache? Aber warum hat mir der Regierungsrat denn nicht klipp und klar gesagt, dass mein Antrag keine Aussicht auf Erfolg haben würde, dann hätte ich gewusst, woran ich bin."

„Es mag sein, dass die Bezirksregierung pro forma die Ortsschulbehörde entscheiden lassen will, um den Schein der städtischen Selbstverwaltung aufrecht zu erhalten."

„Wir müssen den Eltern sagen, dass der Kindergarten geschlossen wird", sagte Friederike mutlos.

„Aber Friederike, es ist doch nur eine Vermutung, dass ein Amt oder eine Behörde hinter dem Pfarrer steckt. Er kann auch aus eigenem Antrieb gehandelt haben. Vielleicht glaubt er, damit der Inneren Mission zu dienen. Jetzt wird die Kommission erst einmal einen Bericht erstellen und der Ortsschulbehörde zuleiten. Mir schien, dass die Bürgerschullehrer den Schwartz nicht ganz ernst genommen haben, und auch den Herrn Reinfeld hat er wohl nicht auf seine Seite ziehen können. Aber selbst wenn der Bericht nach dem Willen des Pfarrers ausfallen sollte, die Behörde kann auch anders entscheiden. Wir können jetzt nur abwarten, noch ist nichts verloren."

* * *

Schon nach wenigen Tagen erhielten sie eine erste Nachricht über die Entscheidung der Kommission. Es war Mittwochnachmittag der folgenden Woche. Sie hatten den Kindergarten aufgeräumt, einige Putzarbeiten in der Wohnung erledigt und saßen in der Wohnstube bei Kuchen und Kaffee, da hörten sie den Türklopfer. Auguste öffnete ein Fenster und schaute hinunter. „Es ist Herr Reinfeld", sagte sie über die Schulter.

„Bitte ihn doch herauf, vielleicht hat er Neuigkeiten", schlug Friederike vor.

Auguste zögerte einen Moment, dann rief sie hinunter: „Herr Reinfeld! Kommen Sie doch herauf, die Tür ist offen!"

Friederike hörte eine Männerstimme etwas sagen, dann ging die Tür und wenig später waren Schritte auf der Treppe zu hören.

„Er war noch nie hier oben in der Wohnung, aber jetzt, bei deiner Anwesenheit, ist dem Anstand wohl Genüge getan", sagte Auguste und wandte sich zur Tür, um Herrn Reinfeld aufzutun.

„Kommen Sie, bitte kommen Sie nur, Herr Reinfeld", sagte Auguste, die dem Lehrer durch die Küche vorangegangen war und nun die Wohnstube betrat. Herr Reinfeld erschien in der Türöffnung, die gerade so hoch war, dass er aufrecht darin stehen konnte.

„Aber nun zieren Sie sich doch nicht so oder fürchten Sie sich etwa vor zwei schwachen Frauen?"

Herr Reinfeld verharrte weiter in der Türöffnung, als scheute er sich, über die Schwelle zu treten. „Bitte, ich möchte Sie nicht stören. Es ist nicht viel, was ich zu berichten habe."

Friederike spürte die Situation ins Komische gleiten, erhob sich und sagte, indem sie dem Lehrer die Hand entgegenhielt: „Herr Reinfeld, wie artig von Ihnen, uns Ihre Aufwartung zu machen. Aber wollen Sie mich denn nicht begrüßen?"

Hätte ein Befehl nachdrücklicher sein können? Zögerlich ging Herr Reinfeld auf Friederike zu und reichte ihr mit einer Verbeugung die Hand.

Auguste kam mit einer dritten Tasse und goss Kaffee ein. „Bitte Herr Reinfeld! Zucker?"

Friederike, die während des Besuchs der Kommission durch den Wortwechsel mit dem Pfarrer so vereinnahmt gewesen war, dass sie den Lehrer kaum wahrgenommen hatte, betrachtete ihn – sein jugendliches Gesicht, das blonde, schulterlange Haar und den dunklen, abgeschabten Rock, das vergraute Weiß von Hemd und Kragen, die ordentlich gebundene, aber unmodische Schleife, seine Unbeholfenheit im Umgang mit der Porzellantasse, die schlanken, kräftigen Hände, die sauberen, aber pflegebedürftigen Fingernägel ... Wie alt mochte er sein? Dreiundzwanzig, vierundzwanzig? Keinesfalls viel älter als sie ...

Auguste fragte: „Bringen Sie uns Nachrichten, Herr Reinfeld?"

„Ich dachte, Sie würden vom Ausgang der Beratung der Ortsschulkommission hören wollen. Es gibt noch nichts Entscheidendes, nur damit sie auf dem Laufenden sind."

„Ob wir vom Ausgang der Beratung hören wollen? Aber natürlich wollen wir das ... nicht wahr Friederike?"

„Wenn Herr Reinfeld es mit seiner Pflicht zur Verschwiegenheit vereinbaren kann ..."

„Die Kommission hat sich zu einer einstimmigen Beurteilung nicht durchringen können. Das heißt, ohne den Herrn Pfarrer Schwartz schon, denn die Herren von der Bürgerschule und auch ich haben nichts finden können, was einer Übernahme der Leitung des Kindergartens durch Fräulein Nachtigal entgegenstünde. Aber der Herr Pfarrer Schwartz hat sich unsrer Beurteilung nicht anschließen wollen. Seine Meinung hat er der Ortsschulbehörde gesondert zugeleitet."

„Erlaubt Ihre Pflicht zu amtlicher Verschwiegenheit uns einen Hinweis auf die Gründe zu geben, die den Herrn Pfarrer zu seiner abweichenden Beurteilung kommen ließen?", fragte Auguste. „Unserer Vertraulichkeit dürfen Sie versichert sein, lieber Herr Reinfeld. Hat dem Herrn Pfarrer die Spielstunde missfallen, die Fröbelschen Beschäftigungen vielleicht?" Sie hielt kurz inne und schaute Friederike an. „Warum aber sollte er bei dir ungnädig verwerfen, was er bei mir, und sei es auch mit Widerstreben, zu tolerieren bereit gewesen war?"

„Nicht das war es, worüber der Herr Pfarrer Schwartz sein Missfallen zum Ausdruck brachte. Bedenken, tiefste Bedenken, hat er gesagt, seien gegenüber der religiösen Gesinnung des Fräuleins Nachtigal angebracht. Aus dem Fräulein spräche …", über sein Gesicht huschte ein jungenhaft unsicheres Lächeln, „… er gebrauchte ein Wort, das mir unbekannt war. Die Bürgerschullehrer haben's mir erklärt." Er zog einen Zettel aus der Rocktasche und las den Begriff ab. „… aus dem Fräulein spräche die ‚pantheistische Irrlehre', die ihr der Herr Fröbel eingetrichtert habe. Kinder aber dürften nur solchen Lehrpersonen anvertraut werden, die fest und unerschütterlich im evangelischen Glauben stünden."

Auguste lachte laut auf. „Ginge es nach ihm, würde er das Eichsfeld mit der Inneren Mission überziehen und alle Römisch-Katholischen ins Loch werfen, falls sie sich weigerten, zu den Evangelischen zu wechseln."

„Der Herr Pfarrer Schwartz hat uns außerdem wissen lassen, dass er die Behörde auf staatliche Bestimmungen hingewiesen habe, die eine Erlaubniserteilung verböten. Er hat sie uns aus der amtlichen ‚Gesetzes-Sammlung' vorgelesen. Der Pfarrer meint,

Kindergärten seien nichts anderes als ‚Warteschulen' und fielen deshalb … warten Sie, ich hab's mir aufgeschrieben …", Herr Reinfeld schaute wieder auf seinen Zettel, „… und fielen deshalb unter die Bestimmung einer ‚Staatsministerial-Instruktion' von 1830, in der es heißt: ‚Die Anlegung solcher Warteschulen ist nur verheirateten Personen oder ehrbaren Witwen zu gestatten'"

„Dann hätte ich den Kindergarten doch auch nicht leiten dürfen", bemerkte Auguste.

Der Lehrer nickte. „Einer der Bürgerschullehrer hat ihm das zu bedenken gegeben, aber der Herr Pfarrer hat nur gesagt, man habe dem Fräulein Michaelis die Erlaubnis gar nicht erteilen dürfen. Bei der Gründung des Kindergartens durch das Fräulein sei die Bestimmung der Instruktion aus Gründen, die ihm unbekannt seien, nicht berücksichtigt worden. Aber der Pfarrer hat uns nicht den gesamten Wortlaut mitgeteilt. Der Rektor unserer Schule hält die ‚Gesetzes-Sammlung' in seiner Amtsstube, ich hab dort nachgelesen. In der Instruktion steht nämlich auch, dass die ‚Wohnungen' der Personen, die Warteschulen anlegen wollen, ‚gesund und hinlänglich geräumig' sein müssen", las der Lehrer von seinem Zettel. „Das heißt aber doch wohl, dass es sich bei ‚Warteschulen' um Schulen handelt, die in Wohnungen abgehalten werden. Vielleicht hat sich die Ortsschulbehörde damals von diesem Zusatz leiten lassen und gemeint, dass Kindergärten nicht unter die Bestimmungen für Warteschulen fielen, da sie ja räumlich getrennt von den Wohnungen der Kindergärtnerinnen eingerichtet werden, und es deshalb auch unverheirateten Personen erlaubt werden dürfe, Kindergärten zu gründen und zu leiten."

Auch wenn die Nachricht so ausgefallen war, wie sie befürchten mussten, waren die Kindergärtnerinnen von den Ausführungen des Lehrers sichtlich angetan, besagten sie doch auch, dass er auf ihrer Seite stand und ihm am Fortbestand des Kindergartens gelegen war.

„Lieber Herr Reinfeld“, sagte Friederike, „wie können wir Ihnen für Ihre Bemühungen nur danken?“

Ein Lächeln huschte über das Gesicht des jungen Mannes. „Ich kann mich nicht bereitfinden, mich auf die Seite des Herrn Schwartz zu stellen. Seine Ablehnung der Kindergärten hat Gründe, die wenig mit der Pädagogik der Kindergärten zu tun haben.“

„Seien Sie unseres Dankes dennoch gewiss“, sagte Auguste.

„Nicht viel war es, was ich tun konnte“, antwortete der Lehrer. „Ist es wahr, dass sich die Bezirksregierung ein abschließendes Urteil vorbehält?“

„Ja, und nach meinem Gespräch mit einem Beamten der Bezirksregierung muss ich davon ausgehen, dass die preußische Bezirksregierung den Kindergärten nicht sehr freundlich gegenübersteht“, antwortete Friederike.

„So stimmt es, was mein Rektor aus der Ortsschulbehörde erfahren hat“, sagte der Lehrer und stand auf. Auch die Kindergärtnerinnen erhoben sich. Er ging auf die Tür zu, wandte sich aber noch einmal Friederike zu.

„Gestatten Sie mir noch eine Frage, Fräulein Nachtigal … Hat er recht, der Pfarrer Schwartz, wollen Sie den Kindern die Einführung in die christliche Glaubenslehre vorenthalten?“

„Da spreche ich nicht für mich allein. Wir wollen den Kindern die christliche Glaubenslehre – sei sie nun römisch-katholisch oder evangelisch, was die Eltern zu entscheiden haben – nicht vorenthalten, sondern sie durch Pflege ihrer Religiosität darauf vorbereiten. Religiosität gehört zur Natur des Menschen, Christentum und Konfession nicht, das hat Professor Schleiermacher in seinen ‚Reden über die Religion‘ für jeden nachvollziehbar dargetan. Wir sind der Auffassung, Herr Reinfeld, dass wir im

Kindergarten das Gemeinsame pflegen sollten, und das ist die Religiosität. Das Trennende, die Konfession, überlassen wir den Eltern und den Volksschulen."

Der junge Lehrer nickte nachdenklich. „Ich wünsche Ihnen, Fräulein Nachtigal, dass die Ortsschulbehörde ein Zeugnis ausstellt, das Ihre pädagogische Tüchtigkeit anerkennt und Ihnen erlaubt, den Kindergarten fortzuführen."

Auguste geleitete ihn hinaus. Friederike hörte, dass sie draußen auf dem Treppenflur noch miteinander sprachen, konnte aber durch die geschlossene Stubentür nicht verstehen, was sie sagten. Dann hörte sie den Lehrer die Treppe hinuntergehen. Auguste kam zurück in die Stube, setzte sich an den Tisch und schaute Friederike wortlos an. Dann hob sie mit einer Geste der Hilflosigkeit die Hände.

„Sie haben ihn abberufen, den Herrn Reinfeld, die Ortsschulbehörde hat ihn wissen lassen, dass seine Mitwirkung in der Kommission nicht mehr gewünscht werde. Herr Reinfeld hat es in deinem Beisein nicht sagen wollen. Auch die Bürgerschullehrer sind abberufen worden. Jetzt wissen wir, wer hinter dem Pfarrer steckt, es wird wohl die Ortsschulbehörde sein, oder die Bezirksregierung, die auf die Behörde eingewirkt hat. Der Kindergarten soll wohl nicht mehr geduldet werden."

„Aber es geht doch nur um mich!"

„Nein, würde Fröbel eine andere Kindergärtnerin vermitteln, ihr würde es nicht anders ergehen."

„Dann müssen wir den Eltern jetzt wohl sagen, dass der Kindergarten nicht weitergeführt wird?"

„Ich denke, wir sollten noch warten."

„Auguste, aber …"

„Friederike, was sollen wir den Eltern denn sagen? Für das, was uns Herr Reinfeld mitgeteilt hat, haben wir ihm Vertraulichkeit zugesichert, und der amtliche Bescheid steht noch aus, offiziell wissen wir gar nichts."

„Du hast sicher recht", antwortete Friederike bedrückt.

„Wenn uns der endgültige Bescheid vorliegt, werden wir eine Versammlung der Eltern einberufen und sie davon in Kenntnis setzen. Viele werden empört sein und sich übergangen fühlen. Vielleicht werden sie bei der Bezirksregierung eine Bittschrift einreichen."

* * *

Doch die Ereignisse nahmen einen unerwartet anderen Verlauf. Nur einige Tage nach seinem letzten Besuch erschien Herr Reinfeld wieder im Kindergarten mit – wie er sich geheimnisvoll ausdrückte – „seltsamen Nachrichten".

Wie beim ersten Mal saßen sie oben im Wohnzimmer beim Kaffee. Die Kindergärtnerinnen sahen ihm an, dass er begierig war loszuwerden, was ihm durch seinen Rektor zur Kenntnis gelangt war. Der Rektor, wissend, dass er bei der Prüfung der pädagogischen Tüchtigkeit des Fräuleins Nachtigal zugegen gewesen war, habe ihm mitgeteilt, was er durch einen ihm näher bekannten Beamten der Ortsschulbehörde zufällig erfahren habe …

„Nun spannen Sie uns nicht auf die Folter, Herr Reinfeld!", unterbrach Auguste die etwas umständliche Vorrede des Lehrers.

„Ja, also der Rektor erzählte mir, die Ortsschulbehörde habe sich der Meinung des Pfarrers Schwartz angeschlossen und dem Fräulein Nachtigal die pädagogische Tüchtigkeit nicht zusprechen wollen. Der Vorsitzende der Behörde habe nun aber die Rücksprache mit dem zuständigen Amt der Bezirksregierung gesucht – nur der Form halber, da ja doch bekannt gewesen sei, dass sich das Amt an dem Antrag des Fräuleins Nachtigal besonders interessiert gezeigt habe …" Der Lehrer unterbrach sich, um einen Schluck Kaffee zu trinken. „Der Rektor erzählte mir dann weiter, dass das Regierungsamt in seinem Antwortschreiben an die Ortsschulbehörde völlig überraschend darum ersucht habe, dem Fräulein Nachtigal ein positives Zeugnis auszustellen, da höhere staatliche Belange es als zweckdienlich erscheinen ließen, dem Fräulein die Übernahme und Fortführung des Kindergartens zu erlauben … Ja, so sprach der Rektor, und ich war ziemlich überrascht, wo es doch wahrscheinlicher gewesen war, dass die Dinge sich in eine andere Richtung entwickeln würden."

Friederike und Auguste, die zuerst erstaunt, dann immer aufgeregter den Worten des Lehrers gelauscht hatten, bestürmten ihn mit Fragen. Was denn wohl diese höheren staatlichen Belange sein könnten? Ob die Ortsschulbehörde dem Ersuchen des Regierungsamtes entsprechen werde? Wann mit einem schriftlichen Bescheid zu rechnen sei? Doch der Lehrer sah sich nicht in der Lage, ihre Fragen zu beantworten, denn mehr als das, was der Rektor ihm mitgeteilt habe, wisse er leider nicht.

„Aber Sie werden doch eine Meinung haben?", drängte Auguste.

„Da kann ich mich nur der Meinung meines Rektors anschließen. Auf die ‚höheren staatlichen Belange' kann er sich zwar keinen Reim machen, aber er meinte, wenn das zuständige Amt der Bezirksregierung die Fortführung des Kindergartens durch Fräulein Nachtigal wünsche, dann werde es im gesamten Königreich Preußen keine Ortsschulbehörde geben, die sich dem zu widersetzen wagte. So dürfen Sie denn wohl davon ausgehen, Fräulein Nachtigal, dass Ihrem Antrag entsprochen wird."

Die Kindergärtnerinnen waren sehr erleichtert, und da Auguste meinte, auf eine so erfreuliche Nachricht müsse man anstoßen, lud sie den Überbringer zu einem Glas Kirschlikör ein. Doch der Lehrer, dem Überraschung und Freude über die Einladung im Gesicht geschrieben standen, musste zu seinem Bedauern ablehnen, da er noch Nachmittagsunterricht zu halten habe.

Bis in den Abend hinein besprachen die Kindergärtnerinnen die Nachrichten, die ihnen der Lehrer gebracht hatte – deuteten, rätselten und hinterfragten. Auguste kamen die „höheren staatlichen Belange“, ohne es begründen zu können, seltsam vor. Aber zählte nicht letztlich die Fortführung des Kindergartens? Und wenn damit solchen Belangen gedient war, umso besser. Nicht ohne Schadenfreude stellten sie fest, dass das Bemühen des Pfarrers, die Fortführung zu verhindern, wohl fehlgeschlagen war.

Noch aber fehlte eine schriftliche Bestätigung dessen, was sie durch den Lehrer erfahren hatten – es fehlte die schriftliche Erlaubnis des Amtes.

* * *

Die Nachricht kam Anfang Dezember. An einem Montagmorgen erschien ein Amtsbote im Kindergarten. Er habe ein Schreiben der Bezirksregierung Erfurt für ein Fräulein Nachtigal zu überbringen, dürfe dasselbe aber nur dem Fräulein persönlich aushändigen. Friederike erklärte, die Person zu sein und wollte den Umschlag entgegennehmen, musste aber erst den Empfang mit ihrer Unterschrift bestätigen.

Das Schreiben war kurz gehalten und besagte, dass nach befürwortender Stellungnahme der Ortsschulbehörde dem Fräulein Friederike Johanna Nachtigal aus Rudolstadt die Genehmigung erteilt werde, den Kindergarten in der Eimergasse Nr. 1347 – bis dato geführt von Fräulein Auguste Leonore Michaelis aus Saalfeld – zu übernehmen und gewerbsmäßig zu betreiben. Die Königliche Regierung sehe in Ausschöpfung ihres Ermessensspielraums von der Voraussetzung ab, dass nur verheirateten Personen oder ehrbaren Witwen solchen Einrichtungen, wie Kleinkinderschulen, Spielschulen, Kleinkinderbewahranstalten etc., wozu auch Kindergärten zu zählen seien, vorstehen dürften.

Falls dem Amt Tatsachen über die Antragstellerin zur Kenntnis gelangten, welche die Sittlichkeit und Lauterkeit ihrer Gesinnungen in politischer und religiöser Hinsicht in Frage stellten, sei die Genehmigung unverzüglich zu widerrufen. Der Briefkopf wies das „Amt für Geistliche-, Unterrichts- und Medizinalangelegenheiten“ als Absender aus, ein Amt der königlichen Regierung des Regierungsbezirks Erfurt.

Endlich hatten sie Gewissheit, und wären sie oben in der Wohnung gewesen und nicht unten im Kindergarten, sicherlich hätten sie die gute Nachricht mit einem Likör begrüßt. Sie beschlossen, am Abend das Gasthaus Zum Schwan aufzusuchen, um das Ereignis zu feiern.

Am Mittag teilten sie den Eltern mit, dass das Fräulein Nachtigal heute die amtliche Erlaubnis erhalten habe, den Kindergarten fortzuführen, und dass damit die Leitung des Kindergartens vom Fräulein Michaelis an das Fräulein Nachtigal übergehe. Viele Eltern brachten zwiespältige Gefühle zum Ausdruck, bedauerten sie doch von Herzen den Weggang Augustes. Alle aber, und besonders die Mütter, waren über den Fortbestand des Kindergartens erleichtert, wussten sie doch ihre Kleinen über einige Stunden des Tages in sicherer Obhut, und nicht wenige Kinder hatten so manche Unart und Sonderbarkeit seit dem Besuch des Kindergartens abgelegt.

Einige Eltern fassten den spontanen Entschluss, in den nächsten Tagen ein kleines Abschiedsfest auszurichten. Auguste war gerührt, musste aber mit Bedauern davon abraten – ihre Hochzeitsvorbereitungen erforderten ihre baldige Abreise.

* * *

Nach Kindergartenschluss am Nachmittag kleideten sie sich für den Gasthausbesuch um. Gerade hatten sie das Haus verlassen, und Auguste stand im Begriff, die Tür zu verschließen, da kam ein halbwüchsiger Junge auf sie zu gelaufen.

„Wo ist hier der Kindergarten?“, fragte er aufgeregt.

„Du stehst direkt vor ihm, zu wem willst du denn?“, gab ihm Auguste Bescheid.

„Ich soll einen Brief überbringen.“

„Und für wen soll der Brief sein?“

Der Junge zeigte ihr den Brief.

„Friederike, er ist an dich adressiert, hat aber keinen Absender.“

„Du kannst ihn mir geben, ich bin das Fräulein Nachtigal“, sagte Friederike.

Der Junge zögerte, schaute auf den Brief und buchstabierte mit stummbewegten Lippen den Namen in der Adresse. „Sind Sie auch wirklich das Frollein Nachtigal?“

„Ja, du kannst ihn mir ruhig geben. Wer hat dich denn beauftragt, den Brief zu überbringen?“

„Ein Herr, ein vornehmer Herr hat mich eben angesprochen, auf dem Anger, er hat mir sechs Pfennige versprochen, wenn ich den Brief überbringe“, er reichte Friederike den Brief, drehte sich um und rannte in Richtung Anger davon.

Verwundert schauten sich die Kindergärtnerinnen an. Sollten sie den Brief gleich öffnen? Doch es war windig und kalt, und da sie nicht wieder ins Haus zurück wollten, entschieden sie, damit bis zum unweit gelegenen Gasthaus zu warten.

Der „Schwan“ war nur mäßig besucht. Unter den Gästen fanden sich auch einige Offiziere. Die Luft war dunstig, es roch nach Küche, Tabakrauch und Bier. Sie setzten sich an einen Tisch in der Nähe des Kamins. Auf dem Weg dorthin kamen sie an einem größeren Tisch vorbei, an dem mehrere Herren in Kaufmannskleidung saßen und über Zölle redeten.

Der Wirt persönlich fragte nach ihren Wünschen. Sie bestellten eingebrannte Suppe, Gänsebraten mit Kartoffelklößen und Gemüse aus Äpfeln und Zwiebeln, dazu Warmbier und zum Dessert gedämpften Apfel.

„Der Brief …", drängte Auguste ungeduldig. „Jetzt bin ich aber gespannt. Vielleicht hast du ja einen Verehrer", neckte sie.

Friederike öffnete den Brief, die Schriftzüge verrieten eine geübte Hand. Sie überflog den Inhalt und schaute Auguste mit einem Ausdruck von Ratlosigkeit und ungläubigem Staunen an.

„Wohl nicht von einem Verehrer …", bemerkte Auguste.

Friederike las die wenigen Zeilen vor.

Geehrtes Fräulein Nachtigal! Sie hatten die Übernahme des Kindergartens in der Eimergasse 1347 beantragt und haben heute die amtliche Nachricht erhalten, dass Ihrem Antrag stattgegeben wurde. Kenntnisse, deren Art und Herkunft ich nicht enthüllen darf und will, veranlassen mich, Ihnen von dem Vorhaben, den Kindergarten übernehmen zu wollen, zu Ihrem eigenen Besten dringend abzuraten. Die Erlaubnis, den Kindergarten fortzuführen, ist vergiftet! Nicht leichtfertig gebe ich den Rat, geehrtes Fräulein, Sie sollten ihn ernst nehmen. Von jemandem, der es gut mit Ihnen meint.

„Donnerwetter!", entfuhr es Auguste. „Was soll man denn davon halten?"

„Ein Scherz vielleicht?", sagte Friederike, sie klang aber nicht so, als ob sie selbst daran glaubte.

„Wer sollte denn einen Scherz mit dir machen wollen, es kennt dich doch kaum jemand hier? Nein, dahinter steckt etwas anderes. Da gibt es jemanden, der vorgibt, es gut mit dir zu meinen, aber verhindern will, dass du den Kindergarten weiterführst, fragt sich nur warum."

„Und was soll denn ‚vergiftet' bedeuten? Und woher weiß dieser Jemand so genau Bescheid über meinen Antrag und dass ich heute die Nachricht bekam?"

„Das kann nur jemand aus der Bezirksregierung sein, oder auch jemand von der Ortsschulbehörde, die Herren sind doch sicher vom Beschluss der Bezirksregierung in Kenntnis gesetzt worden."

Der Wirt brachte die Suppe, und sie nahmen einige Löffel.

„Meinst du wirklich, dass jemand aus der Ortsschulbehörde den Fortbestand des Kindergartens hintertreiben will?", fragte Friederike.

„Ja, denkbar wäre es … vielleicht aus Verärgerung darüber, dass die Bezirksregierung sich in Angelegenheiten der städtischen Selbstverwaltung eingemischt hat. Aber wer in der Ortsschulbehörde sollte schon den Mut haben, die Entscheidung eines Amtes der Bezirksregierung hintertreiben zu wollen?"

Der Wirt kam mit den Gläsern Warmbier, aus denen ein würziger Duft von Zimt aufstieg. „Der Braten wird gleich serviert und die Damen haben noch kaum von der Suppe gegessen! Ist etwas an ihr auszusetzen?", fragte er besorgt.

„Die Suppe schmeckt so, wie eingebrannte Suppe schmecken soll, Herr Wirt. Wir waren durch eine Nachricht abgelenkt", antwortete Auguste.

„Doch nichts Ernstes, wie ich hoffe", sagte der Wirt, indem er einen schnellen Blick auf den Brief warf.

„Das, Herr Wirt, wissen wir noch nicht, aber niemand ist erkrankt oder gar gestorben, wenn Sie das meinen."

Der Wirt zog sich mit einer leichten Verbeugung zurück.

Sie wollten sich wieder dem seltsamen Inhalt des Briefes zuwenden, da servierte ein Kellner das Hauptgericht. Das Essen lenkte sie eine Weile von dem Brief ab. Der Gänsebraten war knusprig, das Gemüse würzig und die Klöße frisch und auf den Punkt gekocht.

Beim Dessert meinte Auguste: „Ob der Briefschreiber vielleicht gar in der Bezirksregierung zu suchen ist?"

Friederike wollte etwas erwidern, doch plötzlich beugte sich Auguste zu ihr herüber und flüsterte: „Ich glaube, wir werden beobachtet …"

Friederike stutzte.

„Ein Mann in bürgerlicher Kleidung, er sitzt zwei Tische hinter dir, er kam wenig später nach uns, du konntest ihn nicht sehen. Ich glaube, er beobachtet uns."

„Vielleicht der vornehme Herr vom Anger?"

„Nein, vornehm sieht der nicht aus, eher wie ein Polizeidiener."

„Du meinst, ein Spitzel?"

Auguste antwortete nicht, sondern nahm den Brief und steckte ihn in den Umschlag zurück. „Hier, nimm den Brief, lass uns in der Wohnung weiterreden." Sie winkte dem Wirt und verlangte die Rechnung, sie zahlten vierzehn Silbergroschen.

Mit einem Kopfschütteln schaute der Wirt auf die halbverzehrten gedämpften Äpfel.

Beim Aufstehen schaute Friederike unauffällig zu dem Mann hinüber – sie hatte ihn noch nie gesehen. Sie warfen ihre Mäntel über, banden sich die Straßenhauben fest und verließen das Gasthaus. Es war dunkel geworden, die Straßenlaternen brannten. Auguste hatte es eilig, aber in einiger Entfernung blieb sie stehen und zog Friederike in den Schatten einer Hofeinfahrt, von wo der Eingang des Gasthauses noch einsehbar war. Friederike verstand sogleich, was Auguste vorhatte. Einige Minuten beobachteten sie den Eingang. Plötzlich ging die Tür auf, eine Gruppe von Männern trat heraus – es waren die Kaufleute. Sie entfernten sich in entgegengesetzter Richtung. Die beiden Frauen beobachteten noch eine kurze Weile weiter, aber nichts geschah.

Auguste sagte mit gedämpfter Stimme: „Warte hier!“ Sie lief zum Gasthof hinüber, schaute kurz durch eines der Fenster hinein und kam schnell zurück: „Er ist fort … entweder ist er durch eine Hintertür hinaus, oder er hat sich unter die Kaufleute gemischt.“

„Ob er wirklich ein Spitzel ist, der uns ausspähen soll?“

„Vielleicht ist es nur ein Zufall, es war ja auch nur eine Vermutung, aber heute sind so seltsame Dinge geschehen … Komm, lass uns gehen.“

Bevor sie die Haustür verschloss, warf Auguste noch einige prüfende Blicke die Gasse auf und ab, fand aber nichts, was ihren Verdacht erregte.

Oben in der Wohnung sagte Friederike: „Wenn du schon den Herren der Ortsschulbehörde den Mut absprichst, einer Entscheidung der Bezirksregierung entgegenzutreten, woher sollte dann erst ein Regierungsbeamter die Courage nehmen, der eigenen Regierung entgegenzuarbeiten? Und vor allem, welchen Beweggrund sollte jemand aus der Bezirksregierung haben, den Fortbestand des Kindergartens zu verhindern?“

„Vielleicht der Beamte, der dich am Tag nach deiner Ankunft vernommen hat? So, wie du das Gespräch geschildert hast, steht er den Kindergärten und uns Kindergärtnerinnen doch wenig wohlwollend gegenüber.“

Friederike lachte. „Ich kann mir nicht vorstellen, dass der Herr von Puttnitz sich auf den Anger stellt, einen Gassenjungen abfängt und ihm den Auftrag gibt, mir einen Brief zu überbringen!“

Auch Auguste lachte. „Du hast sicher recht. Aber der Junge hat sich diesen Herrn vom Anger doch nicht ausgedacht, zu dumm, dass wir ihn nicht mehr befragen konnten."

Sie schwiegen eine Weile ratlos.

Plötzlich sagte Friederike: „Ob vielleicht der Pfarrer ...?"

„Aber natürlich! Der Pfarrer, ja das könnte sein, ich traue ihm zu, dass er auf diese Weise doch noch verhindern will, dass der Kindergarten fortbesteht. Ein Rätsel ist mir allerdings, wie er so schnell von der Zustellung des Briefes erfahren haben kann, aber er wird wohl seine Zuträger haben."

„Aber der Junge hat doch von einem vornehmen Herrn gesprochen, und der Pfarrer sieht ja nun nicht gerade wie ein vornehmer Herr aus, sondern nur wie ein Pfarrer."

„Der wird nicht so dumm sein, im Ornat aufzutreten. Lass uns den Brief doch einfach vergessen. Du hast eine amtliche Genehmigung, den Kindergarten zu leiten, allein das zählt!"

Friederike stand auf, nahm den Brief und warf ihn in den Herd. „Dann ist die Sache jetzt entschieden!"

„Und du bist ab heute die Leiterin des Kindergartens", sagte Auguste, wobei ihr Tränen in die Augen stiegen.

Längere Zeit herrschte Schweigen. Nach der heutigen Entscheidung konnte Augustes Hochzeit noch vor Weihnachten stattfinden. Bis dahin aber waren es kaum noch vierzehn Tage. Sicherlich, es waren schon Vorbereitungen getroffen worden, aber viel war noch zu tun.

Schließlich sagte Auguste: „Wilhelm war bislang sehr geduldig, aber nach der heutigen Entscheidung wird er erwarten, dass ich ohne Verzögerung nach Bindersleben komme. Ich werde also morgen Mittag fahren. In den nächsten Tagen werde ich jemanden mit einem Wagen schicken, um mein Bett und die anderen Sachen zu holen."

Irgendwann hatte dieser Tag kommen müssen, aber für Friederike hatte er in einer unbestimmten Zukunft gelegen. Doch jetzt, so von heute auf morgen, sah sie sich allein in der Wohnung, im Kindergarten, in Erfurt. „Dann ist heute unser letzter Abend im Kindergarten", sagte sie leise.

„Ja Friederike, und wir haben alles getan, damit es dazu kommt."

„Es kam alles so plötzlich ..."

„Auch mir ist es schwer ums Herz. Aber wir haben keinen Grund, betrübt zu sein. Stell' dir doch nur vor, der Amtsdiener wäre mit einem Schreiben erschienen, das die Fortführung des Kindergartens untersagte ... Lass uns den Tag mit einem Gläschen Kirschlikör beschließen, es müsste noch welcher da sein."

„Ich geh ihn holen", sagte Friederike. Sie ging in die Küche und kam mit der Flasche zurück. „Viel ist nicht mehr da ..."

„Für ein Gläschen wird es wohl reichen."

„Ihr werdet die Hochzeitsfeier und das Weihnachtsfest aufeinander folgen lassen?", fragte Friederike.

„Ja, so haben es unsere Eltern geplant."

„Dann wird es mir kaum möglich sein, zu deiner Hochzeit zu kommen. Wenn ich eine Woche vor dem Heiligen Abend die Ferien beginnen lasse und nach Rudolstadt fahre, dann werde ich wohl keine Post finden, die mich einige Tage später zu deiner Hochzeit fährt und rechtzeitig zum Fest nach Rudolstadt zurückbringt."

„Ja, ich weiß, welche Post fährt schon ohne Not im Winter durch den Thüringer Wald, wenn sie überhaupt fährt. Wie schade, dass es sich so eng gefügt hat."

Der Tag war lang gewesen und es war spät geworden. Sie tranken ihren Likör aus, wünschten einander eine gute Nacht und suchten ihre Schlafkammern auf.

Friederike war müde, konnte aber keine Ruhe finden. Schließlich fiel sie in einen unruhigen Schlaf.

Jettchen, lauf nicht so weit auf den Anger hinaus! Jettchen! Eine Kutsche hielt in schneller Fahrt von seitwärts auf das Kind zu. Jettchen sah sie nicht. Wie festgewurzelt stand Friederike, vor Schreckstarre unfähig, sich dem drohenden Unglück entgegenzustellen. Dem Postillion gelang es, die Pferde kurz vor Jettchen zum Stehen zu bringen. Friederike eilte hinzu und beruhigte das verschreckte Mädchen. Sie schaute sich um und zum Kutschbock hinauf …
Christopher?

Mit einem Ruck wachte sie auf. *Welch seltsamer Traum.* Doch bevor sie über seine Bedeutung nachsinnen konnte, war sie wieder eingeschlafen.

* * *

Wie die vorangegangenen Tage war auch der Mittwoch kalt und regnerisch. Friederike wachte mit einer leichten Erkältung auf. Auf dem Weg hinüber zur Wohnstube sah sie, dass Auguste ihre Schlafkammer schon geräumt und ihr Bettzeug im Treppenflur gelagert hatte. Die Wohnstube war warm, Auguste hatte geheizt.

Während des Frühstücks sagte sie: „Nun kannst du meine Schlafkammer beziehen. Wegen des Ofens hier in der Wohnstube ist sie wärmer als die, in der du jetzt schläfst. Vergiss nicht, vor deiner Abreise nach Rudolstadt noch Brennkohle und Holz zu bestellen. Dem Wassermann und der Reinigungsmagd solltest du die Ferienzeit mitteilen. Und achte immer darauf, die Haustür verschlossen zu halten!“

Eine Unterhaltung wollte so recht nicht mehr aufkommen. Das Gemeinsame, das ihren Gesprächen bislang Anregung und Nahrung gegeben hatte – die Kindergartenarbeit –, war einer unterschiedlichen Zukunft gewichen.

Unten im Kindergarten war es kühl. Nachdem die Kinder bei Flecht- und Ausschneidearbeiten über klamme Finger geklagt hatten, schoben Friederike und Auguste die Tische zur Seite und beschäftigten sie mit Bewegungsspielen. Um sich selbst warm zu halten, machten sie zur Freude der Kinder mit.

Sie wurden durch den Türklopfer unterbrochen. Auguste ging die Haustür aufschließen. Wenig später führte sie einen Mann mittleren Alters herein, gefolgt von einer jüngeren Frau. Sie trugen schlichte bürgerliche Kleidung und hatten Schirme in der Hand.

Der Mann wandte sich an Friederike und stellte sich und die Frau als das Ehepaar Kleinschmidt vor. Er fragte, ob noch ein Platz im Kindergarten frei sei. Man sei noch nicht lange in der Stadt und suche für den Sohn, der Peter heiße und fünf Jahre alt sei, für einige Stunden des Tages Betreuung und Pflege. Friederike erklärte, dem stünde nichts entgegen. Sie nannte die Bedingungen und fragte, ab wann Peter den Kindergarten besuchen komme. Herr Kleinschmidt nannte den Beginn des kommenden Jahres. Friederike setzte ihn darüber in Kenntnis, dass der Kindergarten eine Woche nach Jahresbeginn wieder geöffnet sei.

Herr Kleinschmidt erklärte sich mit den Konditionen einverstanden und zahlte den verlangten Beitrag von einem Taler und sieben Silbergroschen für den Januar im Voraus. Dann verbeugte er sich knapp und wandte sich dem Ausgang zu. Seine Frau folgte ihm. Von einem Grußwort abgesehen hatte sie geschwiegen. Auguste begleitete sie hinaus und verschloss die Haustür. Es war alles so schnell und merkwürdig zugegangen, dass Friederike gar nicht dazu gekommen war, nach der Adresse zu fragen.

Als Auguste zurück war, sagte sie: „Diese Leute gefallen mir nicht, irgendetwas stimmt nicht mit denen … vielleicht hättest du die Aufnahme des Kindes von einer Probezeit abhängig machen sollen."

„Auch mir schienen sie etwas seltsam, aber sind die Eltern einiger unserer Kinder das nicht auch?"

„Ja schon, da fallen mir sofort welche ein. Aber die hier sind anders. Die meisten Kinder werden von ihren Müttern angemeldet, nur selten sind die Väter dabei. Und wenn welche dabei waren, haben sie den Müttern das Reden überlassen. Aber diese Mutter hat ja kein Wort herausgebracht, nichts über den Jungen gesagt, wo doch die meisten erst groß und breit von den Vorzügen ihrer Kleinen erzählen – wie brav, geschickt und anstellig sie wären. Ich fürchte, mit den Eltern und dem Kind wirst du Probleme bekommen."

„Ach Auguste, ist es denn nicht unsere Aufgabe, uns um die Probleme zu kümmern, welche die Kinder haben, und nicht um die, die sie uns machen?"

„Auf *die* Probleme bin ich gespannt! Aber da ist noch etwas anderes. Als ich den beiden an der Tür sagte, dass die Entscheidung über Neuaufnahmen ab heute bei dir läge, da lächelte der Mann so seltsam … irgendwie, ich weiß nicht, wie ich's sagen soll … als wüssten sie schon längst davon. Die Entscheidung ist aber doch erst gestern gefallen."

„Falls du recht haben solltest, wird es sicher eine einfache Erklärung dafür geben", meinte Friederike, die mehr den Zugewinn durch einen weiteren Elternbeitrag sah, als einen Anlass zur Besorgnis.

Nach der kurzen, unverhofften Unterbrechung verlief der Vormittag ohne weiteren Zwischenfall. Schnell vergaß Friederike den seltsamen Auftritt des Elternpaars … Es war ihr letzter Kindergartentag mit Auguste.

Und schließlich war es soweit. Sie standen sich oben im Treppenflur gegenüber, Auguste war reisefertig und Friederike machte Anstalten, sie nach unten zu begleiten. Doch Auguste wehrte ab. Mit ihrer Erkältung sollte Friederike besser in der warmen Stube bleiben. Sie umarmten sich und versprachen, einander zu schreiben. Auguste wandte sich zur Treppe.

Friederike ging zurück in die Wohnstube und stellte sich an eines der Fenster. Sie schaute hinunter auf die Gasse. Es regnete, Windböen peitschten Regentropfen gegen die Scheiben. Sie hörte Auguste die Treppe hinuntergehen und wenig später die Haustür schließen. Auguste trat auf die regennasse Gasse hinaus und schaute zu ihr hinauf. Sie winkten einander zu. Auguste öffnete ihren Schirm und verschwand in Richtung Poststation am Anger.

Friederikes Blick wanderte von der regennassen Gasse zu den grauen Wolken, die sie über den Dächern gegenüber dahin jagen sah. Der bedächtige Gang des Uhrpendels ließ die Stille des Hauses noch tiefer erscheinen. War es immer so still gewesen, wenn Auguste über das Wochenende fortgefahren war? Ein neues, fremdes Gefühl ergriff von ihr Besitz. Wie das Bewusstsein ohnmächtig nur Zeuge sein kann, wenn jäh ein Schmerz den Leib ergreift, so nahm ihr innerer Sinn wehrlos die Traurigkeit wahr, die plötzlich und unaufhaltsam in ihr aufzusteigen begann. Friederike machte eine Erfahrung, die ihr das Leben bislang erspart hatte – die Erfahrung des Alleinseins.

Den halben Nachmittag verbrachte sie damit, ihr neues Reich zu beziehen. Sie brachte ihr Bettzeug in die Schlafkammer hinüber, leerte ihre Koffer, breitete ihre Schreibutensilien auf dem Sekretär in der Wohnstube aus.

Dann schrieb sie bis in den Abend hinein Briefe. Im Absender stand nun:

Friederike Nachtigal
Kindergärtnerin

V

Friederike schloss ihren Kindergarten auf und stampfte sich den Schnee von den Stiefeln. Es war kalt und schneite. Ein Dienstmann stellte ihr Gepäck im Flur ab, sie entlohnte ihn und schloss die Tür. Auf dem Fußboden lagen ein Zettel und zwei Briefe. Sie steckte sie in die Manteltasche.

Bevor sie in die Wohnung hinaufging, warf sie einen Blick ins Spielzimmer. Der Christbaum war noch grün und hatte nur wenige Nadeln verloren. Ihr traten die strahlenden Gesichter der Kinder vor Augen. Zusammen hatten sie den Baum in der Woche vor Beginn der Weihnachtsferien geschmückt. Sieben Dreierpackungen mit Christbaumkugeln aus Lauscha hatte sie gekauft, genug, damit jedes Kind eine Kugel aufhängen konnte.

Sie brachte ihr Gepäck, darunter eine große Tasche mit Büchern, nach oben in die Wohnung, heizte den Herd an und entzündete einige Kerzen, um mehr Licht und schnellere Wärme zu haben. Dann setzte sie Wasser für Kaffee auf. Sie zog die Standuhr auf und schaute auf ihre Taschenuhr, doch auch die war stehengeblieben. So wartete sie auf dem Sofa, bis die Kirchtürme die Uhrzeit ausläuteten, und stellte die Zeiger der Uhren darauf ein. Vier Uhr … Sie lauschte dem bedächtigen Gang des Standuhrpendels, der ihr das Gefühl gab, in *ihrem* Zuhause zu sein.

Für eine Weile schloss sie die Augen. Die Reise war lang und ermüdend gewesen, dabei konnte sie noch von Glück sagen, dass überhaupt eine Kutsche gefahren war. Und es lagen anstrengende Tage in Rudolstadt hinter ihr.

Für ihre Eltern und ihre Verwandtschaft war Friederike geblieben, was sie immer gewesen war – die Tochter, die jüngere Schwester, die Nichte. Friederike war aber in den zwei Monaten ihrer Abwesenheit noch etwas anderes geworden, etwas, das für sie wichtiger war, als Tochter, jüngere Schwester, Nichte zu sein. Friederike war Kindergärtnerin geworden. Diese ihr so wichtige Verwandlung aber fand im Verhalten ihrer Eltern, Geschwister, Onkel und Tanten keine Anerkennung. Niemand wollte in ihr die Kindergärtnerin sehen, was sie als Ablehnung empfand und ein Gefühl der Entfremdung entstehen ließ.

Wieder war es Tante Alwine, bei der sie Verständnis und Anteilnahme fand. Darum verbrachte sie die meiste Zeit ihrer Besuchstage bei der Tante, was die allgemeine Entfremdung vertiefte.

Sie verließ Rudolstadt mit einem Gefühl, das viele junge Menschen kannten, die zum Ende der Jugendzeit ihren eigenen Weg ins Leben suchten – das Elternhaus ward ihnen fremd. Doch nicht weil es sich geändert hätte, sondern weil der eigene Blick sich gewandelt hatte.

Ihr fiel die Post ein. Der Zettel war von Frau Maubach und erinnerte sie daran, dass am Sonntagnachmittag, übermorgen, der Frauenverein zusammenkommen würde. Wenige Tage, nachdem die Erlaubnis zur Fortführung des Kindergartens eingegangen war, hatte Friederike bei der Vorsitzenden, Frau von Ravenbrück, schriftlich um Aufnahme in den Verein nachgesucht.

Die Absender der Briefe ließen sie ihre Müdigkeit vergessen. Sie traute ihren Augen nicht. Der eine war von Frau Wilhelmine Herz aus Dresden. Friederike fragte sich, von wem Frau Herz von ihr und ihrer Übernahme des Kindergartens erfahren haben mochte, denn sie hatte zwar, im alten Jahr noch, zu vielen Kindergärtnerinnen brieflich Kontakt aufgenommen, sich aber nicht getraut, an die in Kindergartenkreisen so hoch respektierte Dame heranzutreten. Der Brief war nur kurz und brachte die Genugtuung der Verfasserin zum Ausdruck, dass der Kindergarten in Erfurt fortbestehe. Und es werde ihr eine Freude sein, von Fräulein Nachtigal zu hören. Friederike ließ den Brief sinken. Welch eine Ehre und Auszeichnung, von Frau Herz angesprochen zu werden. Ihr war es, als habe sie eine letzte Prüfung bestanden und sei nun in einen Kreis von Auserwählten aufgenommen worden.

Der andere Brief war von Emmi Wolfgang, ihrer Kommilitonin im Sommerkurs in Marienthal. Sie freue sich so sehr, dass Friederike die neue Leiterin des Kindergartens in Erfurt geworden war. Sie selbst werde in Kürze im Kindergarten der Frau Storch in Nordhausen Anstellung finden. Frau Storch sei guten Mutes, dass der Kindergarten am 20. Januar eröffnet werden könne, das zuständige Amt des Magistrats von Nordhausen habe die Erlaubnis endlich erteilt.

Das neue Jahr meint es gut mit unsern Kindergärten …

* * *

Am Sonntagnachmittag kamen Frau Maubach und Fräulein Gruber vorbei, um Friederike für das Treffen des Frauenvereins abzuholen. Es herrschte leichter Frost, die Straßen waren tückisch glatt.

Es werde sicher eine turbulente Sitzung werden, meinte Frau Maubach unterwegs, die freireligiösen Gemeinden stünden mal wieder auf der Tagesordnung.

Sie setzten sich an einen der freien Tische.

„Die Versammlung ist gut besucht!“, bemerkte Frau Maubach.

Die Vorsitzende, Frau von Ravenbrück, eine resolute Dame mit einer Schwäche für ausgefallene Kopfbedeckungen, war gerade dabei, von ihrem Rednerpult aus die Vereinsregularien abzuarbeiten: Die besten Wünsche für das neue Jahr, Protokollgenehmigung, Kassenlage, Tagesordnung ... und ja, ein Gesuch um Aufnahme in den Verein liege vor. Wenn man diesen Punkt vorzöge und es keine Einwände gegen die Aufnahme gäbe, dann könne das Fräulein Nachtigal, die neue Leiterin des Kindergartens in der Eimergasse, als vollberechtigtes Mitglied an den Verhandlungen teilnehmen. Sie wies zum Tisch hinüber, an dem Friederike saß. Friederike stand kurz auf, schaute in die Runde und setzte sich wieder. Es wurden keine Einwände geltend gemacht. Frau von Ravenbrück hieß Friederike als neues Mitglied des Frauenvereins willkommen und wandte sich der Tagesordnung zu.

„Wie allen Vereinsfreundinnen nachrichtlich bekanntgemacht worden ist, weist die heutige Tagesordnung zwei Beratungspunkte auf. Wird die Aufnahme weiterer Beratungspunkte gewünscht?"

Stille.

„Mit dem ersten Punkt sind wir sicher schnell durch. Es geht um das Thema unsrer Veranstaltungsreihe im Sommer. Nach den bisherigen Überlegungen müssen wir uns zwischen zwei Themen entscheiden. Das eine wäre ‚Mutige Frauen in Geschichte und Gegenwart', das andere ‚Gemeinnützige Wissenschaften für das gebildete Publikum'. Das erste Thema entspräche am ehesten dem Zweck unseres Vereins, hätte aber den Nachteil, dass wir dafür nur mit Mühe geeignete Rednerinnen und Redner finden würden. Beim zweiten Thema verhält es sich genau umgekehrt – es entspräche wohl nur entfernt dem Vereinszweck, hätte aber den Vorzug, dass wir mit Hilfe der ‚Akademie gemeinnütziger Wissenschaften zu Erfurt' leicht geeignete Rednerinnen und Redner in genügender Anzahl verpflichten könnten. Nun, so steht's. Wer stimmt für das erste Thema?"

Die Vorsitzende zählte die erhobenen Hände. „Sechzehn Stimmen für die ‚Mutigen Frauen'. Wer stimmt für das zweite Thema?"

Die Auszählung ergab ebenfalls sechszehn Stimmen.

Die Stimme der Vorsitzenden, die sich noch nicht für ein Thema ausgesprochen hatte, gab den Ausschlag. „Nicht nur weil es in Einklang mit unserem Vereinszweck steht, entscheide ich mich für das erste Thema. Denn zum Themenkreis der ‚Gemeinnützigen Wissenschaften' werden so viele öffentliche Vorträge gehalten, dass wir wohl nicht mit einem zahlreichen Publikum rechnen könnten. Wir werden also im Sommer eine Vortragsreihe zum Thema ‚Mutige Frauen in Geschichte und Gegenwart' anbieten. Dazu bitte ich alle Vereinsfreundinnen bis zur nächsten Sitzung um Vorschläge, welche Frauen wir ehren wollen und natürlich, welche Persönlichkeiten für einen Vortrag in Frage kämen."

Frau von Ravenbrück machte eine Pause und rief dann den zweiten Beratungspunkt auf. Jegliches Gemurmel erstarb und wich einer gespannten Stille, bedeutungsvolle Blicke wurden ausgetauscht.

„Frau Schubert und Fräulein Leitgebel stellen den Antrag, einen Prediger der Lichtfreunde einzuladen, um … nun, vielleicht ist es ratsam, wenn die beiden Vereinsfreundinnen selbst zu ihrem Antrag Stellung nehmen. Frau Schubert, Fräulein Leitgebel?!"

Eine Dame mittleren Alters erhob sich. Ihre Kleidung war von unauffälliger Eleganz, die Farben geschmackvoll aufeinander abgestimmt.

„Frau Schubert ist eine gute Rednerin", flüsterte Frau Maubach.

Frau Schubert schaute kurz auf einen Zettel und räusperte sich. „Wie jede Vereinsfreundin weiß, besteht der Zweck unseres

Vereins darin, alle Bestrebungen zu fördern, welche die Hebung der Bildung des weiblichen Geschlechts zum Ziel haben. Doch wo finden wir solche Bestrebungen? Gibt es sie überhaupt…?" Sie schaute prüfend in die Runde. „Ja! Es gibt Vereine zur Gründung von Sonntagsschulen für Mädchen. Ja! Es gibt Vereine zur Bekämpfung der schamlosen Ausbeutung weiblicher Dienstboten. Ja! Es gibt Schriften, welche die heranwachsenden Jungfrauen der arbeitenden Klassen in sparsamer Haushaltsführung unterrichten wollen. Ja, es gibt solche Bestrebungen und viele andere mehr, und wir wollen sie nicht gering achten. Aber handelt es sich dabei wirklich um Bestrebungen zur *Hebung* der weiblichen Bildung – ‚Hebung' in des Wortes voller Bedeutung genommen? Oder nur, wie viele meinen, um wenig wirksame Bemühungen, ihren weiteren *Niedergang* zu hemmen? Gäbe es nur *diese* Art von Bestrebungen, man müsste schier verzweifeln. Aber es gibt Hoffnung! Ja, es gibt Hoffnung, und wir, liebe Vereinsfreundinnen, sollten nach Wegen suchen, mit unseren bescheidenen Mitteln diese Hoffnung zu nähren. Denn was bedeutet ‚Hebung der Bildung des weiblichen Geschlechts' in des Wortes edelster Bedeutung? Sollen wir das Pianino noch besser spielen – zum Wohlgefallen unserer Männer? Sollen wir unsere Putzstuben noch putziger gestalten – zum Wohlgefallen unserer Männer? Sollen wir die Speisen noch raffinierter zubereiten – zum Wohlgefallen unserer Männer? Oder sollen wir gar auf Französisch noch besser parlieren, um uns höfischen Umgangsformen anzuähneln? Wer, liebe Vereinsfreundinnen, könnte ernsthaft dieser Meinung sein? Müssen wir nicht vielmehr fragen, *wohin* die Bildung gehoben werden soll, wohin *wir* wollen, dass die Bildung gehoben werden soll? Und da kann doch kein Zweifel sein, dass es ein Hinaufbilden sein muss, um tatkräftig und gleichberechtigt einzutreten in die Gestaltung eines neuen Deutschlands. ‚Auf Euch ihr Frauen, hoffend schaut das

Vaterland!', ruft uns der tapfere Kinkel zu. Soll sein Ruf ungehört bleiben? Nun zeigt sich aber gleich eine weitere Bedeutung des Wortes ‚Hebung' – *Aufhebung*, Aufhebung der entwürdigenden Ungleichbehandlung der Geschlechter in Staat, Kirche und Gesellschaft, Aufhebung der Geschlechtsvormundschaft und Herbeiführung der Rechtsgleichheit für alle Menschen. Ja, ich höre sie schreien und räsonieren, die Feinde der Emanzipation des Weibes, dies sei gegen die Natur des Menschen, sei gegen den Geschlechtscharakter des Weibes. Wenn ihnen nichts mehr einfällt, schleudern sie uns die Natur des Menschen entgegen, wie ein ehernes Gesetz, das zu schweigen uns gebieten soll. Aber Freundinnen, Schwestern! Schaut euch die Redensarten von der Natur des Menschen und des Weibes an, schaut sie euch gut an. Hinter jeder dieser Redensarten, und komme sie auch in noch so ausgeklügelten philosophischen Einkleidungen daher, werdet ihr ein Gesicht finden, und dieses Gesicht wird das Gesicht eines Mannes sein. Wir werden uns aber doch nicht eine Natur einreden lassen, die es dem Manne erlaubt, uns in Fesseln zu schlagen. Ja, wir wollen Frauen sein, aber als Menschen gleichen Rechts geachtet werden. Wo finden wir nun Bestrebungen, die unseren Auffassungen auf natürliche Weise verwandt sind? Wir finden sie in den freireligiösen Gemeinden, die seit bald zehn Jahren überall in Deutschland entstehen. Sie finden Zulauf von zahlreichen unserer Geschlechtsgenossinnen. Warum? Die Freien Gemeinden führen ihr Gemeindeleben unabhängig vom Staat und bestimmen ihre Priester in freier Wahl. Wir Frauen finden dort als mündige Gemeindebürgerinnen Aufnahme, unsere Stellung wird zu der des Mannes als ebenbürtig geachtet und der Umgang zwischen Männern und Frauen ist wahrhaft geschwisterlich. Ich weiß, und auch andern unter uns ist bekannt, dass unsere Vereinsvorsitzende aus guten Gründen Abstand zu den freireligiösen Gemeinden halten will! Und wir – Fräulein Leitgebel und ich – bezwecken mit unserem Antrag auch nicht, Annäherungen einzuleiten, welche die unliebsame Aufmerksamkeit der Behörden und der Polizei auf den Verein lenken könnten. Gleichwohl sollten wir aber auch nicht zu ängstlich sein. Die freiprotestantischen Gemeinden, die Lichtfreunde, unterliegen in Preußen zwar einem Versammlungsverbot, ihre Prediger aber dürfen noch zur öffentlichen Rede auftreten. Warum also sollten wir einem Prediger der Lichtfreunde nicht Gelegenheit geben, ihr Anliegen darzutun?"

Man sah es den Gesichtern an – Frau Schubert hatte vielen aus dem Herzen gesprochen. Beifall kam auf und gespannte Blicke richteten sich auf die Vorsitzende. Frau von Ravenbrück dankte für die Ausführungen zum Antrag, wobei sie auch – war da ein amüsierter Unterton zu hören? – die Weite und Tiefe der Gedankenkreise der Vereinsfreundin lobte. Dann gab sie die Aussprache frei. Sofort gab es zahlreiche Wortmeldungen. Warum soll es ein Prediger der Lichtfreunde sein, und nicht einer von den Deutschkatholiken? Wird die Vereinskasse belastet? Soll der Prediger predigen oder einen Vortrag halten? Soll ein größeres Publikum angesprochen werden?

Wohl gut eine Stunde ging mit Fragen und Antworten, Einwendungen und Begründungen, Reden und Gegenreden dahin. Schließlich einigte man sich auf die Lichtfreunde – es sei doch nur natürlich, dass hier in Erfurt, wo Martin Luther studiert und viele Jahre gelebt habe, der protestantischen Richtung der Vorzug gegeben werden müsse. Einen Vertreter der Deutschkatholiken könne man immer noch einladen. Der Prediger solle aber, darauf bestand Frau von Ravenbrück, keine Predigt halten, sondern in einem Vortrag die Vorstellungen der Lichtfreunde darlegen. Bei der Frage der Öffnung des Vortrags für ein breiteres Publikum konnte man sich längere Zeit nicht einigen. Die einen gaben zu bedenken, dass die Einbeziehung eines breiteren Publikums nicht ohne die Bekanntmachung der Veranstaltung im „Allgemeinen Anzeiger“ möglich sei, was der Aufmerksamkeit der Behörden und der Polizei nicht entgehen werde. Dagegen wandten andere aber ein, dass ihnen die Aufmerksamkeit der Behörden und der Polizei auch dann sicher sein werde, wenn man den Vortrag ohne öffentliche Bekanntmachung im privaten Vereinskreis stattfinden lasse. Eine Mehrheit sprach sich schließlich dafür aus, den Vortrag einem größeren Publikum zugänglich zu machen. Wenn man den Namen des Redners kenne und Ort und Zeit der Rede festgelegt habe, werde man die Veranstaltung im „Allgemeinen Anzeiger“ bekanntgeben.

Frau Schubert und Fräulein Leitgebel wurden beauftragt, im Namen des Vereins nach geeigneten Rednern Ausschau zu halten und deren Abkömmlichkeit für die Veranstaltung ausfindig zu machen. Bevorzugt sollten sie den bekannten Prediger Eduard Baltzer aus Nordhausen zu gewinnen suchen. Für eine endgültige Entscheidung werde man die Vereinsmitglieder kurzfristig einladen.

Frau von Ravenbrück wollte die Sitzung schon schließen, da erhob sich Frau Schubert noch einmal und bat um ein ergänzendes Wort, wobei sie sich in Richtung des Tisches wandte, an dem Friederike saß.

„Liebe Vereinsfreundinnen! Wir haben über die freireligiösen Gemeinden gesprochen, dabei aber die Kindergärten vergessen – sehr zu Unrecht! Erfahren diese für den Weg in ein neues Deutschland so vorzüglichen Institute doch die wärmste Unterstützung durch diese Gemeinden. Sollten wir uns da nicht über die Bereicherung freuen, die unser Verein heute durch die Aufnahme von Fräulein Nachtigal erfahren hat, und ihr einen freundlichen Applaus spenden?!“

Sie klatschte, andere fielen zögerlich mit ein. Dann fragte Frau Schubert: „Vielleicht könnten wir unsere Einladung an einen Redner der Lichtfreunde attraktiver gestalten, wenn wir, liebes Fräulein Nachtigal, Ihren Kindergarten als Vortragsraum anböten?"

Frau Maubach stieß Friederike mit dem Ellenbogen an und warf ihr einen vielsagenden Blick zu. Alle Augen richteten sich auf Friederike. Sie fühlte sich einigermaßen überrumpelt, konnte sich aber einer Antwort nicht entziehen. Sie erhob sich und sagte, erst mit verhaltener Stimme, dann offen und klar heraus: „Für die Anteilnahme und Wertschätzung, die Sie, Frau Schubert, unseren Kindergärten entgegenbringen, sage ich Ihnen von Herzen Dank. Allein, der engeren Verbindung zwischen den Kindergärten und den freireligiösen Gemeinden, die Sie hergestellt zu sehen wünschen, vermag ich aus zwei Gründen nicht näherzutreten. Der erste Grund ist der wesentliche. Die Pädagogik unseres verehrten Lehrers und Begründers der Kindergärten, Friedrich Fröbel, geht von der Natur des Kindes und seiner natürlichen Religiosität aus. Dieser naturwüchsigen Religiosität ist aber jedwede Konfessionalität, sei sie orthodox oder freireligiös, wesensfremd. Darum müssen die Kindergärten ihre Eigenständigkeit bewahren und gegen jede Art konfessioneller Einflussnahme verteidigen. Der zweite Grund, obgleich mehr äußerer Art, ist im Interesse der weiteren Verbreitung der Kindergärten nicht auf die leichte Schulter zu nehmen. Auch ohne Verbindung zu den freireligiösen Gemeinden stehen die Kindergärten unter misstrauischer Beobachtung der staatlichen Behörden. Umso mehr müssten wir um unsere Sache fürchten, wenn wir uns nicht deutlich von den Freireligiösen abgrenzten. Was meinen Kindergarten betrifft, so werde ich der Linie meiner Vorgängerin folgen und jeden Kontakt zu ihnen vermeiden. Das ist meine Antwort auf Ihre Frage, Frau Schubert!"

Unbestimmtes Gemurmel und Geraune erfüllte den Raum. Frau Schubert verzichtete auf eine Antwort und setzte sich. Frau von Ravenbrück nickte Friederike zu und lächelte freundlich. Dann schloss sie die Sitzung.

Friederike ließ sich von Frau Maubach und Fräulein Gruber noch zu einem Cafébesuch überreden, obgleich sie für den kommenden Tag, dem Beginn des Kindergartens im neuen Jahr, noch Vorbereitungen zu treffen hatte. Frau Maubach sagte, Fräulein Nachtigal habe Recht gesprochen. Sie sei zwar auch dafür, sich mit den Ansichten der Freireligiösen bekannt zu machen, die Kindergärten aber müssten davon freibleiben. Die konfessionelle Unabhängigkeit habe sie und ihren Mann ja seinerzeit dazu bewogen, Paulinchen dem Kindergarten von Fräulein Michaelis anzuvertrauen. Fräulein Gruber lachte, Fräulein Nachtigal habe es der Frau Schubert tüchtig gegeben, der sei nichts mehr eingefallen.

Beim Abschied vor dem Kindergarten fragte Fräulein Gruber, ob sie Friederike besuchen dürfe. Friederike war angenehm überrascht und meinte, nachmittags nach Kindergartenschluss wäre passend.

Friederikes erster Kindergartentag im neuen Jahr begann damit, dass sie im großen Spielzimmer den Herd anheizte. Hier ließ sie auch die Wasserkannen abstellen. Holz und Kohlen hatte sie am Vortag hereingetragen.

Gegen neun waren alle Kinder versammelt. Einige zeigten Geschenke herum, die sie zu Weihnachten erhalten hatten. Jettchen kam in einem blauen Mäntelchen, das neu aussah. Eine Gabe der Barmherzigen Schwestern, erklärte Frau Wölflin und lächelte verlegen.

Frau Kleinschmidt, die vor Weihnachten mit ihrem Mann vorstellig geworden war, kam als letzte. Sie grüßte knapp und stellte ihren Sohn Peter vor. Dann sagte sie noch einige ermahnende

Worte zu dem Kind und verließ den Kindergarten. Verwundert und auch verärgert schaute Friederike der sich entfernenden Frau nach.

Wo sie wohnten, das hätte sie doch wenigstens sagen können, man muss Eltern doch erreichen können.

Sie wandte sich an den Jungen. „Nun sag mal, wo wohnst du denn mit deinen Eltern?"

Der Junge sah sie abwägend und ohne Scheu an. „Weiß nicht."

Das kann ja heiter werden! Am Ende hat Auguste recht …

Während der Beschäftigungen und Spiele beobachtete Friederike den Jungen. Ihr fiel nichts Sonderliches auf. Er versuchte zwar, für sich zu bleiben, aber er kannte ja auch noch niemanden.

Nach Kindergartenschluss am Nachmittag saß Friederike oben in der Wohnstube und trank Tee. Es war wohlig warm, im Herd brannte Feuer. Das Uhrpendel schlug seinen bedächtigen Takt. Hin und wieder drangen Geräusche von der Gasse herauf.

Der erste Kindergartentag im neuen Jahr war ohne Vorkommnisse verlaufen, was Friederike aber als enttäuschend alltäglich empfand. Die Eltern hatten es wie immer eilig, die Kinder waren wie immer, zumal nach der Weihnachtspause, aufgekratzt, dann in ihre Beschäftigungen vertieft, einige hatten nach Auguste gefragt …

Aber was hatte sie denn erwartet, es war doch nicht ihr erster Tag als Leiterin des Kindergartens? Im alten Jahr vor Weihnachten hatte sie den Kindergarten schon eine Woche allein geführt. Aber nach ihrem Besuch in Rudolstadt war es ihr, als ob sie jetzt erst und auf ganz neue Weise die Leitung des Kindergartens übernähme, und dass der erste Kindergartentag im neuen Jahr etwas Herausgehobenes, etwas nicht Alltägliches sein müsste. Doch nun saß sie hier, allein, und hatte noch nicht einmal einen Kirschlikör.

Sie kämpfte gegen Selbstmitleid an und setzte sich halbherzig an den Sekretär, um die Briefe von Frau Herz und Emmi Wolfgang zu beantworten. Da ging unten der Messingklopfer. Sie schaute auf die Uhr, halb fünf durch, die Dämmerung hatte eingesetzt. *Wer mochte das sein?* Sie öffnete ein Fenster und schaute hinunter – es war Herr Reinfeld.

„Herr Reinfeld, warten Sie, ich schließe Ihnen auf!"

„Herr Reinfeld! Bringen Sie Nachrichten?", lachte sie.

Der Lehrer schaute sie fragend an.

„Vergeben Sie mir, Herr Reinfeld, aber ich kenne Sie bislang nur als Überbringer von Nachrichten."

Das Gesicht des Lehrers entspannte sich. „Nun ja, vielleicht habe ich tatsächlich eine Nachricht für Sie. Aber eigentlich wollte ich Ihnen meine besten Wünsche für das neue Jahr überbringen und mich erkundigen, wie es Ihnen mit dem Kindergarten ergeht – ich meine jetzt, ohne Fräulein Michaelis."

„Das werden wir aber nicht hier in der Kälte besprechen, kommen Sie doch herein."

„Ich will Ihnen keine Unannehmlichkeiten bereiten …"

„Wenn ich Unannehmlichkeiten befürchtete, würde ich Sie dann hereinbitten? Nun, was zögern Sie noch? Wollen Sie, dass ich mir hier in der zugigen Tür den Tod hole?" Den Gedanken, ihn in die Kindergartenräume zu führen, erwog sie nur flüchtig. Sie bat ihn hinauf in die Wohnung.

Sie brühte Tee auf und stellte eine Schale mit Zuckerbrezeln auf den Tisch. „Über Ihre guten Wünsche für das neue Jahr freue ich mich sehr! Auch für Sie alles Gute … Sie fragen, wie es mir mit der alleinigen Führung des Kindergartens gehen mag, nun ja, zu zweit führt sich ein Kindergarten besser. Aber wie könnte ich klagen, wenn ich an die vielen Kinder denke, die Sie zu unterrichten haben."

„Ja, es ist nicht einfach. Bis in den Herbst des vergangenen Jahres hinein hatte ich hundertsechzehn Kinder in der Klasse, dann hatte der Schulrat ein Einsehen und stimmte einer Teilung zu. Ein neuer Lehrer wurde leider nicht eingestellt. Seither unterrichte ich die eine Hälfte der Kinder am Vormittag, die andere am Nachmittag. Bei den Landschulen sieht's noch viel schlimmer aus … Aber ich bin zufrieden, muss nicht, wie noch viele Volksschullehrer auf dem Lande, neben dem Unterricht auch noch Kirchendienste verrichten. Ich komme aus einem kleinen Dorf bei Arnstadt. Mein Vater ist Ziegeldecker, aber er hat sich dabei über die Jahre die Knochen so sehr zerschunden, dass er nur noch für Handreichungen zu gebrauchen ist. Aufs Dach geht's schon lange nicht mehr, es wäre zu gefährlich für ihn. Meine Mutter verdient als Wäscherin hinzu. Sie führen ein dürftiges Leben, müssen nicht hungern, doch manchmal im Winter wird's eng, ich helf' dann aus, soweit ich's vermag. Für Krankheit und Alter können sie nur wenig zurücklegen. Auch meine drei Brüder leben unter dürftigen Bedingungen, arbeiten in niedrigen Dienststellungen, häufig von der Hand in den Mund. Dagegen hab ich's doch schon recht auskömmlich. Wenn auch, verglichen mit Ihren Verhältnissen …", er ließ das Ende des Satzes unausgesprochen im Raum stehen und schaute sich verlegen um.

Friederike sah, dass sein Blick bei der Büchervitrine verweilte. „Schauen Sie sich meine Schätze nur an, Herr Reinfeld. Ich hab einiges aus Rudolstadt mitgebracht. Vielleicht ist etwas für Sie von Interesse? Pestalozzis ‚Nachforschungen'? Diesterwegs ‚Wegweiser'? Oder Fröbels ‚Menschenerziehung'? Trapps ‚Versuch einer Pädagogik' und Herbarts ‚Allgemeine Pädagogik' sind auch da. Oder hier …" Sie stand auf und ging zur Vitrine. „‚Die Schulen', ein sehr kluges Werk von Professor Schwarz. Es erschien schon vor zwanzig Jahren, und der Professor erklärt darin in allen Einzelheiten, wie ein vorschulischer Unterbau des allgemeinen Volksschulwesens aussehen müsste …“

Friederike hielt inne, von einem plötzlichen Gefühl unterbrochen. Scham stieg in ihr auf, unglücklicher hätte sie es kaum treffen können. Und als sie im Gesicht des jungen Mannes verhaltene Empörung aufsteigen sah, hätte sie schier im Boden versinken mögen.

Der Lehrer war aufgestanden. „Fräulein Nachtigal, ich kann es Ihnen nicht verübeln, wenn Sie meine pädagogische Bildung gering achten, und ja – die Schriften, die sie nennen und in Ihrem Besitz zu halten sich glücklich schätzen dürfen, habe ich leider, wie unverzeihlich, nicht gelesen. Und bis auf Diesterwegs ‚Wegweiser zur Bildung für deutsche Lehrer‘ auch nur entfernt von ihnen gehört. Das aber bedeutet nicht, dass ich im Unterrichthalten so ungeübt wäre, dass meine Schüler die Schule mit den leeren Köpfen verlassen müssten, mit denen sie eingetreten sind!“ Der Lehrer machte Anstalten zu gehen.

Friederike begriff, Scham und Ratlosigkeit musste sie jetzt schnell überwinden. „Herr Reinfeld, bitte warten Sie noch, hören Sie mich an, Sie müssen mich anhören!“

Der Lehrer hielt inne und wandte sich ihr zu.

„Fern lag es mir, werter Herr Reinfeld, Ihre Fähigkeit, Unterricht zu halten, gering zu schätzen oder gar in Frage zu stellen. Eitel und gedankenlos war mein Versuch, Sie mit der Vorstellung meiner Bücherschätze beeindrucken zu wollen.“

Das Gesicht des Lehrers hellte sich auf. Nach einigem Zögern setzte er sich wieder. „Wir preußischen Volksschullehrer sind die Prügelknaben der Nation. Von allen Seiten werden wir gescholten. Für die einen tun wir zu wenig für Unterricht und Volksbildung, für andere zu viel, wie für unsern preußischer König Friedrich Wilhelm. Im Februar des vergangenen Jahres hat er vor einer Versammlung von Seminarleitern den Vorwurf ausgesprochen, wir Volksschullehrer seien mit der ‚Afterbildung' – ja, so soll er gesagt haben –, mit der ‚Afterbildung', die wir den Kindern vermittelten, schuld an all dem Elend, das durch die revolutionären Aufstände über Deutschland hereingebrochen sei. Schon vorher war alles auf Stillstand gestellt, seitdem gibt es nur noch Rückschritt … Als ich vor vier Jahren ins Lehrerseminar eintrat, hat uns der Seminarleiter gleich zu Beginn gesagt, alles, was wir über Lehrerbildung gehört hätten, sollten wir schnell vergessen. Viel mehr als das, was den Kindern in einer einklassigen Dorfschule in den Fächern Religion, Muttersprache, Rechnen, Singen, Vaterlands- und Naturkunde beigebracht werde, müssten auch wir Volksschullehrer nicht wissen. Der Seminarleiter, das erfuhren wir bald, war noch nicht lange im Amt. Den Vorgänger, der in Diesterwegs Seminar in Berlin ausgebildet worden war, hatte man entlassen. Jetzt werden nach und nach alle Lehrerseminare aufs Land verlegt."

… Gut ausgebildete Lehrer und eine bessere Bildung für alle sind wirksamere Mittel gegen Aufstände als Kartätschen und Kanonen …

Friederike schaute den Lehrer an. „Nicht überall in Deutschland herrschen Rückschritt und Reaktion, Herr Reinfeld. Wenn Sie einmal in Gotha weilen, versäumen Sie nicht, dem Herrn Lehrer August Köhler Ihre Aufwartung zu machen. Sie werden einen Mann von offenem Geist und hoher pädagogischer Bildung finden, voller Lob und Anerkennung für die Leistungen Adolf Diesterwegs." Friederike überlegte, ob sie dem Lehrer ihre kleine Bibliothek zur Nutzung anbieten sollte, entschied sich aber wohlweislich dagegen. „Sie sprachen von Nachrichten?"

„Ja, man hat die Bürgerschullehrer und mich durch andere Lehrer ersetzt. Sie werden damit rechnen müssen, dass die künftigen Berichte Ihnen schaden sollen. Aber ich hörte auch, dass in der Ortsschulbehörde große Verwirrung herrsche. Man glaubte doch, ganz im Sinne des Regierungsamtes gehandelt zu haben, als man Ihnen die pädagogische Befähigung absprach. Dann kam die überraschende Einwendung der Regierung. Wenn sich auf dieser Seite kein Sinneswandel einstellt, werden Sie vor der Ortsschulbehörde sicher sein." Der Lehrer erhob sich. Ein verschmitztes Lächeln huschte über sein Gesicht. „Sie schätzen Herrn Diesterwegs Schriften wohl sehr?"

„Herr Reinfeld, ich will Ihnen ein Geheimnis anvertrauen. Bei aller Wertschätzung, die ich gegenüber meinem verehrten Lehrer Friedrich Fröbel hege, bei Diesterweg bewundere ich die Weite des Gedankengangs und auch eine größere Klarheit in der Gedankenführung. Fröbel hat – als Erster – die pädagogische Bedeutung des ersten Kindesalters erkannt, aber Diesterweg verfügt über den weiteren Gesichtskreis."

Der Lehrer schmunzelte. „Die preußischen Behörden fürchten die Schriften Diesterwegs, und Sie stellen sie noch über Ihren Fröbel. Wie soll ein kleiner Volksschullehrer das versteh'n?"

„Indem Sie die Schriften beider lesen, Herr Reinfeld. Und ich würde mich glücklich schätzen, wenn ich Ihnen mit meiner kleinen, bescheidenen Bibliothek zu Diensten sein könnte."

Der Lehrer schaute sie einen Moment unschlüssig an, dann lachte er. „Bevor ich mir Ihren Unmut zuziehe, werde ich Ihr großzügiges Angebot wohl besser annehmen. Aber Sie müssen Geduld mit mir haben, ich lese langsam und hab' wenig Zeit."

Friederike gab ihm drei Schriften mit: Diesterwegs „Wegweiser", Fröbels Schrift über den „Ball als erstes Spielzeug des Kindes" und Middendorffs Abhandlung über die „Kindergärten. Bedürfnis der Zeit, Grundlage einigender Volkserziehung".

Einige Tage später war Friederike unterwegs, um beim „Allgemeinen Anzeiger" ihre Annonce aufzugeben, mit der sie um Kinder werben wollte. Anschließend wollte sie zum Markt. Es schneite leicht. Nach ihrem Besuch beim „Allgemeinen Anzeiger“ fragte sie sich zum Markt auf dem Friedrich-Wilhelm-Platz durch. Sie erreichte ihn über die STIFTSGASSE.

Friederike tauchte in das Markttreiben ein. Händler riefen ihre Waren und Preise aus, Kunden feilschten um jeden Pfennig, Pferde schnaubten, Menschen standen in Gruppen und unterhielten sich laut und gestikulierend, Hunde bellten, Ochsen scharrten, Geflügel gackerte in Käfigen. Hin und wieder kreischte das Schleifrad eines Scherenschleifers, entfernt war ein Leierkasten zu hören, alles überwölbt von einem wabernden Nebel vielfältigster Ausdünstungen. Von Spezereien[6], Backwaren, Fisch- und Fleischständen, Käselaibern und anderem mehr stieg ein Potpourri aromatischer Düfte und strenger Gerüche in die Luft. Immer wieder drängten sich die schweren Dampf- und Rauchschwaden der Bratwurstbuden und der offenen Feuerstellen in den Vordergrund.

Bislang hatte sie den Markt nur von der Marktstraße aus erreicht, so fehlte es ihr jetzt an Orientierung, um den Stand mit Backwaren zu finden, wo sie gewöhnlich kaufte. Sie schaute sich um und wollte schon um Auskunft fragen, da sah sie Fräulein Gruber aus der Menschenmenge auf sie zukommen.

„Sie kommen wie gerufen!“, sagte Friederike, nachdem sie sich begrüßt hatten. „Ich kenne den Markt immer nur von der Marktstraße her. Von hier aus sehe ich ihn zum ersten Mal“, sie blickte hilflos umher. „Wie finde ich jetzt nur meinen Brotstand?“

„Da gehen wir einfach zur Marktstraße, von dort aus finden Sie ihn doch leicht.“ Fräulein Gruber lachte.

„Ja natürlich, so einfach …“ *Darauf hätte ich auch kommen können.*

Sie kamen zum Eingang der Marktstraße, und Fräulein Gruber wollte sich verabschieden. Friederike überlegte kurz.

6 erlesene Backwaren

„Wollen wir nicht noch einen Kaffee bei mir trinken, oder haben Sie Wichtigeres vor?"

„Ach Fräulein Nachtigal, was sollte ich schon Wichtigeres vorhaben. Wie nett, dass Sie mich einladen."

Zusammen gingen sie zum Brotstand. Die zwei Marktfrauen, die den Stand gewöhnlich betreuten, waren bereits dabei, nicht verkaufte Ware einzupacken. Aber es lagen noch Brot und Gebäck zur Auswahl aus. Friederike kaufte Brot und fragte Fräulein Gruber, ob sie Polnischen Kuchen möge. Fräulein Gruber mochte Polnischen Kuchen. Unterwegs zurück zur Marktstraße blieb sie an einem Stand stehen, der alles zur Zubereitung von Punsch, Grog und anderen Heißgetränken anbot.

„Wie wär's mit einer leckeren, heißen Tasse Hoppelpoppel?", fragte Fräulein Gruber.

Hoppelpoppel?

„Was, um Himmels Willen, Fräulein Gruber, ist das denn nur – ‚Hoppelpoppel'?"

„Sie kennen Hoppelpoppel nicht?! Viel brauchen wir dazu nicht. Wenn Sie Milch, Eier und Zucker im Haus haben, müssen wir nur noch Rum kaufen."

Der Stand hielt Rum in unterschiedlich großen Flaschen bereit. Fräulein Gruber kaufte eine Flasche mit einem Nösel[7] Inhalt.

„Hier die Treppe hinauf, oben ist es warm …" Friederike ging voran. Sie legten ihre Einkäufe in der Küche ab und betraten die Wohnstube.

„Ach, wie schön und geräumig Sie es haben, Fräulein Nachtigal", staunte Fräulein Gruber. „Hier ist es ja größer als in unsrer guten Stube, ich hab nur eine kleine Schlafkammer." Sie tanzte mit ausgebreiteten Armen durch die Wohnstube. Plötzlich hielt sie inne und schaute Friederike mit lachendem Gesicht an. „Und

7 1 Nösel = 0,286 Liter; 1 Quart = 1,145 Liter; 1 Pfund = 467,711 Gramm

nun? Hoppelpoppel? Wir brauchen Milch, Eier und Zucker." Sie schaute Friederike fragend an.

„Ja, kommen Sie", forderte Friederike ihre Besucherin auf, und sie gingen in die Küche.

Fräulein Gruber kochte ein Quart Milch mit drei viertel Pfund Zucker auf, rührte von sechs Eiern das Gelbe und zwei ganze Eier unter und gab dann, nach erneutem Aufkochen, das Wichtigste, wie sie erklärte, ein viertel Nösel Rum hinzu.

„So, unser Hoppelpoppel ist fertig, getrunken wird aus Tassen."

Der aromatische Duft des heißen Getränks erfüllte schnell die kleine Küche und breitete sich auch in der Wohnstube aus, wo sie es sich bequem machten.

Es stellte sich heraus, dass Fräulein Gruber ein Jahr älter war. Aber Friederike glaubte zu spüren, dass Ida in ihr die Ältere, die Erfahrenere sah, die selbständige junge Frau, die ihren Lebensunterhalt eigenständig bestritt. Fräulein Gruber erzählte, sie habe früher Unterricht im Geigenspiel erhalten und es darin nach Urteil ihres Lehrers auch recht weit gebracht.

Leider habe ihr Vater die Stunden nicht mehr bezahlen können, der allgemeinen Teuerung wegen. „So fand mein Aufstieg zur Clara Schumann der Geige ein jähes Ende", scherzte sie und lachte.

Friederike empfand Fräulein Grubers häufiges Lachen zuerst als befremdlich, spürte aber bald, dass die so auffällig nach außen gezeigte Fröhlichkeit nicht Zeichen eines oberflächlichen Charakters oder der Unfähigkeit zur Ernsthaftigkeit war. Und je länger sich der Nachmittag erstreckte, umso weniger konnte sie sich der ansteckenden Wirkung der Frohnatur Idas entziehen.

Erst als die Dämmerung schon längst hereingebrochen war und die Uhr auf fünf ging, meinte Ida, jetzt müsse sie aber gehen, die Eltern würden sich gewiss schon Sorgen machen. Friederike wollte Ida, die vertrauliche Anrede hatte sich während ihrer unbeschwerten Unterhaltung wie von selbst eingestellt, ein Stück weit heimbegleiten. Doch Ida lachte und meinte, auf dem kurzen Heimweg werde sie vor Räubern wohl sicher sein.

* * *

An die Mehrbelastung, die mit der alleinigen Beaufsichtigung und Anleitung der Kinder verbunden war, hatte sich Friederike schnell gewöhnt. Doch Auguste hinterließ eine Lücke, die zu schließen ihr auch bei geschickter Aufteilung der Beschäftigungen und Spiele nicht gelingen konnte. Die Möglichkeit, die Kinderschar in Gruppen zu teilen und in der kleinen Spielstube und im großen Spielzimmer unterschiedlichen Beschäftigungen nachgehen zu lassen, war zwar hilfreich, hatte ohne Auguste aber auch ihre Tücken, wie sie schon wenige Tage nach Beginn des Kindergartens erfahren musste.

Sie hatte sich nur kurze Zeit in der kleinen Spielstube aufgehalten, um eine Gruppe älterer Kinder in einer neuen Beschäftigung zu unterweisen, hatte aber dann, ins große Spielzimmer zurückgekehrt, das Fehlen des kleinen Fridolin nicht sofort bemerkt. Erst ein Kind machte sie darauf aufmerksam, dass der Fridolin rausgelaufen sei. Was? Wohin denn rausgelaufen? Die Eingangstür war doch verschlossen? Sie hatte in den Flur hinausgeschaut und mit Schrecken festgestellt, dass die Eingangstür sperrangelweit offen stand. Wie hatte es dem Knirps denn nur gelingen können, die Tür aufzuschließen? Oder hatte sie selbst versäumt, für die Sicherung der Tür zu sorgen? Sie war auf die Gasse hinausgestürzt, um den Kleinen zu suchen, weit konnte er noch nicht sein. Schräg gegenüber hatte ein Mann gestanden, der sich bei ihrem Erscheinen sofort abwandte und in Richtung Anger entfernte. Sie hatte ihn kaum wahrgenommen. Fridolin in seiner dünnen Kleidung marschierte in einiger Entfernung munter in Richtung Wenigemarkt. Als sie ihn erreicht hatte, lachte er übermütig und wäre wohl noch gern mit ihr um die Wette gelaufen, hätte sie ihn nicht energisch zurück in den warmen Kindergarten geführt.

Den Mann, der eben noch dem Kindergarten gegenübergestanden hatte, sah sie unten am Ende der Eimergasse in Richtung Anger verschwinden.

Den Mann habe ich irgendwo schon mal gesehen … Aber wo nur?

Der Vorfall mit dem kleinen Fridolin, der glücklicherweise ohne Folgen blieb, machte Friederike mit aller Dringlichkeit klar, dass sie ihre Augen überall haben musste, dass ein großer Teil ihrer Beschäftigung mit den Kindern in bloßer Beaufsichtigung bestehen würde, wenn sie die Kinder vor Schaden bewahren wollte. Sie brauchte eine Gehilfin, musste aber, um die dadurch entstehenden Kosten auszugleichen, erst noch um weitere Kinder werben. Die Neuaufnahme von Peter langte nicht aus, und ihre Annonce hatte bislang keinen Erfolg.

Noch in anderer Hinsicht hinterließ Auguste eine Lücke, die zu schließen Friederike aber nach und nach gelang, indem sie sich in der Kunst des Kochens übte. In ihrer gemeinsamen Zeit hatte Auguste, die diese lebenspraktisch so wichtige Fertigkeit von Kindesbeinen an im bäuerlichen Haushalt der Eltern erlernt hatte, wie selbstverständlich das Kochen übernommen. Nun musste Friederike, wollte sie kostspielige Gasthausbesuche vermeiden, sich selbst in dieser Kunst unterrichten, denn ihre häusliche Erziehung war in dieser Hinsicht sehr nachlässig gewesen. Hilfen waren ihr dabei zwei kleine Büchlein, die sie mit der Thüringer und den Besonderheiten der Erfurter Küche bekannt machten: das „Erfurter Kochbuch für die bürgerliche Küche“

und „Der elegante Kaffee- und Theetisch“, beide in Erfurter Druckhäusern erschienen.

Am meisten aber fehlte Auguste ihr als Gesprächspartnerin und Gesellschafterin. Friederike hatte Gefallen gefunden am Leben in der großen Stadt. Sie besuchte die Kunstschätze Erfurts, Museen und Vorträge. Einmal in der Woche hörte sie die astronomische Vorlesung von Professor Meyer. Noch in Rudolstadt hatte sie Diesterwegs „Populäre Himmelskunde“ gelesen und wollte sich in dieser faszinierenden Wissenschaft fortbilden, was umso reizvoller war, als Professor Meyer den Zugang zu einem Teleskop ermöglichte. Sie hatte auch noch eine Vorlesung über Botanik hören wollen, musste das Vorhaben aber aus Zeitgründen aufgeben.

Als alleinlebende junge Frau hatte sie mit Rücksicht auf Ruf und Ansehen Einschränkungen hinzunehmen. Die Teilnahme am geselligen und künstlerischen Leben war ihr, insbesondere wenn es in die Abendstunden fiel, nur in Begleitung möglich, wollte sie sich nicht dem Verdacht aussetzen, einen leichtsinnigen, ja unsittsamen Lebenswandel zu führen.

Zwar ergab sich durch ihre Mitgliedschaft im Frauenverein die eine oder andere Möglichkeit, in Begleitung auszugehen. Auch die freundschaftliche Beziehung, die sich zwischen ihr und Ida zu entwickeln begann, brachte einen gewissen Ausgleich. Ida kam häufig auf einen Schwatz im Kindergarten vorbei, woraus sich dann nicht selten eine Verabredung für einen Besuch im Café oder für einen Spaziergang ergab.

Gleichwohl konnten die Möglichkeiten, die sich ihr durch den Frauenverein boten, kein vollwertiger Ersatz für Augustes Gesellschaft sein. So manches hatten sie unternommen, was aus plötzlichem Einfall und raschem Entschluss entstanden war. Und die vielen langen Abende, die sie mit Auguste bei heiteren oder ernsten Gesprächen verbracht hatte, konnte Ida nicht ausfüllen. Auch fehlte der gemeinsame Bezug – der Kindergarten.

* * *

Drei Wochen waren ins neue Jahr gegangen. Die neue Woche begann mit einer guten und einer betrüblichen Nachricht.

Aus Magdeburg erhielt sie einen Brief von Frau Henriette Döbbel. Frau Döbbel sprach ihr die besten Wünsche für die Leitung des Kindergartens in Erfurt aus. Sie selbst habe eine genügend große Anzahl Familien zur Gründung eines Kindergartens gewonnen. Da nun nach Auskunft des örtlichen Schulrats, eines Herrn Grubitz, eine behördliche Genehmigung nicht notwendig sei, wäre sie zuversichtlich, ihren Kindergarten alsbald eröffnen zu können; sie habe den 4. Februar dafür vorgesehen. Frau Döbbel gab ihrer Hoffnung auf weiteren Kontakt und Gedankenaustausch Ausdruck.

Erfurt, Nordhausen, jetzt mit Magdeburg ein weiterer Kindergarten in Preußen, unsere Sache könnt ihr nicht mehr aufhalten, da könnt ihr euch auf den Kopf stellen … Zufrieden schmunzelte Friederike in sich hinein.

Ihre frohgemute Laune verdunkelte sich jäh, als sie Frau Wölflin mit Jettchen kommen sah. Irgendetwas Schlimmes musste geschehen sein, das sah sie den Gesichtern der beiden sofort an. Sie hieß die beiden in der kleinen Spielstube warten. Nachdem sich alle Kinder versammelt hatten und die Eltern gegangen waren, verteilte sie im großen Spielzimmer Aufgaben, dann begab sie sich zu den Wölflins. Erst stockend, dann sich überstürzend berichtete Frau Wölflin, dass gestern zwei Polizeisergeanten erschienen seien und ihren Mann in Haft genommen hätten. Auf ihre Fragen sei ihr gesagt worden, sie werde schon wissen, wessen ihr Mann beschuldigt werde. Nur so viel habe sie aus den maulfaulen Gesellen herausbringen können, dass ihrem Mann fortgesetzte Zuwiderhandlungen gegen die staatliche Ordnung zur Last gelegt würden.

„Aber er hat nichts gemacht Fräulein Nachtigal! Ich weiß, dass er nichts gemacht hat, ach, was soll jetzt nur werden?"

Jettchen weinte und klammerte sich an die Mutter.

Friederike fühlte sich hilflos, was sollte sie erwidern, was konnte sie erwidern? „Sicher wird sich bald alles aufklären", sagte sie schließlich.

„Jettchen darf doch im Kindergarten bleiben? Ich werde noch mehr arbeiten, werde zahlen, was ich kann ..."

„Natürlich darf Jettchen bleiben, Frau Wölflin! Es ist doch unser Jettchen", versicherte Friederike und lächelte Jettchen zu.

Halbwegs beruhigt verabschiedete sich Frau Wölflin. Friederike nahm Jettchen bei der Hand und ging mit ihr zu den anderen Kindern. Sie wusste, dass Jettchen gern malte, dabei konnte sie für sich sein. Friederike gab ihr Papier und Bleistift und sah zu, wie sich das Kind in die Beschäftigung vertiefte. Sie wandte sich den anderen Kindern zu und bemühte sich um ein heiteres Gesicht.

Noch ein anderes Kind bereitete ihr Sorgen. Peter und Frau Kleinschmidt waren seit drei Tagen nicht mehr erschienen, und Friederike war ohne Nachricht, welchen Grund es dafür gab.

Am Mittag kam Ida vorbei. Der Vorstand des Frauenvereins hatte kurzfristig für den späten Nachmittag eine Sitzung einberufen, um über die Einladung eines Predigers der Lichtfreunde zu entscheiden. Sie verabredeten, nach Kindergartenschluss gemeinsam hinzugehen.

Es kamen elf Damen zusammen, die sich in der kurzen Zeit für das Treffen freimachen konnten. Frau von Ravenbrück bat Frau Schubert und Fräulein Leitgebel um ihren Bericht. Frau Schubert überließ Fräulein Leitgebel, einer älteren, unscheinbaren Person, das Wort. Fräulein Leitgebel teilte mit, Herr Baltzer habe aus Gesundheitsgründen der Einladung nicht Folge leisten können. (Friederike erfuhr später, dass Herr Baltzer einmal nach einer Predigt von reaktionären Schlägern so schlimm zugerichtet worden war, dass er, neben anderen Verletzungen, ein Ohrenleiden davongetragen hatte, das nicht heilen wollte und immer aufs Neue Anlass zu bösen Schmerzattacken gab). Herr Baltzer habe aber einen jungen Prediger namens Daniel van Neesen empfohlen, der sich gerade auf Vortragsreise befinde und zurzeit in Weimar aufhalte, wo er im Gasthof ZUM ELEFANTEN Quartier bezogen habe. Frau Schubert und sie seien mit dem Zug nach Weimar gefahren, um den Herrn Prediger aufzusuchen. Herr van Neesen, ein freundlicher und zu ihrer Überraschung noch recht junger Mann, habe sich sofort bereit erklärt, auf der Veranstaltung des Frauenvereins zu sprechen, was ihm, wie er erklärt habe, umso weniger Umstände bereiten werde, als er schon für zwei andere Veranstaltungen in Erfurt zugesagt habe. Die gesamte zweite Februarwoche weile er in Erfurt und stünde für Freitag oder Samstag zur Verfügung. Ein Honorar verlange er nicht, nur drei Taler als Beitrag für seine Auslagen.

Die Sache war schnell entschieden. Frau von Ravenbrück würde den Prediger im Namen des Vereins einladen und ihn bitten, am Freitag der besagten Woche um sechs Uhr abends seinen Vortrag im hinteren Saal des Vereinslokals zu halten. Auch die Ankündigung im „Allgemeinen Anzeiger" würde sie übernehmen. Das öffentliche Publikum sollte zehn Silbergroschen Eintritt zahlen; vom Erlös sollten die Saalmiete und andere Unkosten bestritten werden.

Es wurde noch über die nächste Sitzung gesprochen. Frau von Ravenbrück mahnte, die Vortragsreihe im Sommer müsse sorgfältig vorbereitet werden. Die Damen kamen überein, die gesamte nächste Sitzung den „Mutigen Frauen …“ vorzubehalten. Eine der Damen machte den Vorschlag, das nächste Treffen nicht im gewohnten Vereinslokal abzuhalten, sondern irgendwo außerhalb Erfurts, vielleicht im ETABLISSEMENT FLORA.

* * *

Friederike las die Briefstelle wieder und wieder, als ließe sich ihr Inhalt dadurch in ihr Gegenteil verkehren. Aber die Nachricht, die sie von Frau Döbbel aus Magdeburg erhalten hatte, war unmissverständlich.

> *… Als der so lang ersehnte Tag kam, und die Kinder schon da waren, fand die Polizei es nötig und besser, mir es zu untersagen, weil man mich fürchtete, da ich im Hause der Frau Herz mich ausgebildet hatte, deren Verhältnisse auch der hiesigen Behörde bekannt gemacht worden waren …*

Aber wie konnte das denn sein? Sollte der Polizeibehörde in Magdeburg erst am 4. Februar bekannt geworden sein, dass Frau Döbbel gerade an diesem Tag ihren Kindergarten zu eröffnen beabsichtigte? Das war sehr unwahrscheinlich, es sprach auch dagegen, dass schon vorher Erkundigungen über Frau Döbbel eingezogen worden sein mussten, denn woher hätte die Behörde wohl von der Ausbildung bei Frau Herz in Dresden wissen können?

Friederike legte den Brief auf dem Sekretär ab und ging ans Fenster. Nebelschwaden, Kohlen- und Holzfeuerrauch drückten in die Gasse und fanden ihren Weg in die Wohnungen.

Die Bedeutung der Nachricht war so klar wie ungeheuerlich: Die Polizeibehörde in Magdeburg war mit voller Absicht nicht vorher eingeschritten, weil sie mit der Präsenz von Uniformierten am Eröffnungstage nicht nur der Frau Döbbel, sondern auch den Eltern demonstrativ vor Augen führen wollte, dass Kindergärten in Magdeburg unerwünscht waren. Friederike wollte zur Feder greifen, um Frau Döbbel zu antworten … aber was hätte sie ihr schon sagen können?

Am Abend besuchte sie zusammen mit Frau Maubach und Ida den Vortrag des Predigers der Lichtfreunde. Die Veranstaltung war gut besucht, der Wirt hatte noch Stühle herbeischaffen müssen. Friederike schätzte mehr als fünfzig Personen, die Vereinsmitglieder nicht mitgezählt. Die große Mehrheit des Publikums, das durch die Ankündigung im „Allgemeinen Anzeiger" den Weg zum Veranstaltungsort gefunden hatte, bestand aus Frauen.

Vorne öffnete sich eine Seitentür, und Frau von Ravenbrück, die Vorsitzende des Frauenvereins, erschien. Ihr folgte ein Mann mittleren Alters, der einen Heckerhut trug. Die Vorsitzende stellte sich hinter das Rednerpult und hob beide Hände. Stühlerücken, Räuspern und Stimmengemurmel verebbten.

Die Frau versteht aufzutreten! Friederike, Ida und Frau Maubach saßen in der zweiten Stuhlreihe. In der ersten Reihe, von den folgenden Stuhlreihen durch einen deutlichen Abstand getrennt, saßen der Vorstand und Personen aus vornehmen Erfurter Familien. Die Vorsitzende hatte diese Sitzverteilung angeordnet und dazu erklärt, die erste Regel ein vornehmes Publikum geneigt zu stimmen bestehe darin, es vom gewöhnlichen Publikum gesondert zu setzen.

Frau von Ravenbrück begrüßte das Publikum und dankte für das große Interesse. Besonderen Dank richtete sie an die erste Reihe und sprach einige Damen und einen Herrn namentlich an. Diplomatisch bat sie um Verständnis für den Verzicht auf weitere Nennungen, denn wollte sie dieser Versuchung nachgeben, würde sie den Zeitrahmen des Abends wegen der so zahlreich erschienenen namhaften Persönlichkeiten erheblich überschreiten. Der verhaltene Beifall, der sich im ‚gewöhnlichen Publikum' zu regen begann, erstarb schnell, als Frau von Ravenbrück noch eine weitere Danksagung aussprach und dabei ihren Blick zur letzten Stuhlreihe nahe des Eingangs wandern ließ.

„Wir sind dankbar und freuen uns, dass die Polizeibehörde unsere Veranstaltung unter ihren besonderen Schutz stellt. Die zwei Herren dort in der letzten Reihe werden zweifellos für ein störungsfreies Gelingen unseres Abends sorgen."

Die wohl beabsichtigte Wirkung dieser ‚Danksagung' war, dass sich aller Blicke zurückwandten. Die zwei Herren in unauffälliger bürgerlicher Kleidung saßen wie ertappte Sünder und wussten nicht, wie sie sich der vielen Augenpaare erwehren sollten. Der eine versuchte, mit einem unbeteiligten Gesicht die Situation zu überstehen, der andere konnte ein gequältes Lächeln nicht unterdrücken.

Die Stimme der Vorsitzenden befreite die Polizeiagenten aus ihrer misslichen Lage. Sie begrüßte Herrn van Neesen als Prediger der Lichtfreunde, dankte ihm für die Annahme der Einladung durch den Frauenverein und überließ ihm das Rednerpult.

Der Prediger, der geduldig im Halbdunkel des hinteren Saales gewartet hatte, trat hervor. Seinen dunkelbraunen Filzhut legte er auf einem kleinen Tisch neben dem Rednerpult ab. Das weiße Hemd mit breitem Kragen trug er offen. Die Kragenenden waren über ein locker umgeschlungenes, blaues Halstuch gelegt.

„Der sieht ja gar nicht wie ein Prediger aus", flüsterte Ida.

„Eher wie ein Bohemien", flüsterte Friederike zurück und schmunzelte Ida zu.

Schon nach den ersten Sätzen spürte Friederike, dass da kein Eiferer sprach, sondern jemand, bei dem Kopf und Herz in harmonischer Verbindung standen. Und noch etwas anderes bemerkte sie schon nach wenigen Sätzen – so begann kein Vortrag, keine Rede, keine Predigt. Redner, die sie bislang gehört hatte, wollten eine Botschaft vermitteln, ihr Publikum von einem Glauben oder der Richtigkeit neuer wissenschaftlicher Erkenntnisse überzeugen, für falsch gehaltene Meinungen umstimmen, Unbelehrbare zur Einsicht bringen. Und für ihre Zwecke bedienten sie sich ihrer Mittel – Sprachgewalt, Überzeugungskraft, Leidenschaft. Aber der Redner da vorne setzte nicht die Gewalt seiner Stimme ein, er wollte weder überzeugen, noch das Publikum mit Leidenschaft für sich einnehmen. Es klang eher wie ein Bericht, wie der Bericht eines Reisenden, der nach langer Fahrt seine Erlebnissen schildert.

Er sprach nicht über, nicht von einer neuen Lehre der Lichtfreunde. Er sprach von *sich*, von *seinem* Weg zu den Lichtfreunden. Er sprach von den Hoffnungen, mit denen er als junger Mann ins Priesterseminar eingetreten sei, von seinen Fragen und ersten Zweifeln, die sich bald eingestellt hatten. Er habe Rat in den Schriften von Theologen und Philosophen gesucht, sei wohl auch eine Zeitlang von den tiefen Gedanken Schleiermachers oder Kierkegaards umgetrieben worden, doch am Ende habe er die Kluft nicht überbrückt gesehen, die er zwischen den Gedankengebilden dieser Denker und dem wirklichen Leben klaffen sah.

Er sprach nicht von Schuld, nicht von Reue oder Strafe. Er sprach von der Einsamkeit der Menschen, ihrer Entwurzelung und ihrem Verlust aller Bindungen. Aber er sprach nicht – wie so viele, die der Restauration und Reaktion das Wort redeten – von der Rückkehr zu den alten Ordnungen, die er in erstarrten Formen in Kirche und Staat noch immer wirksam sah.

„Die Entwicklung, die den Zerfall der alten Gemeinschaften in menschliche Atome gebracht hat und die bürgerliche Gesellschaft entstehen ließ, ist nicht mehr umkehrbar. Wir können nicht mehr heimfinden zu jenen ursprünglichen Lebensgemeinschaften. Aber wenn wir nicht mehr zurückkehren können, dann müssen wir vorwärtsschreiten zu neuen Gemeinschaften. Zwei Kräfte sind es, die uns dabei helfen – Liebe und Vernunft. Beides sind Gottesgaben, die dem Menschengeschlecht auf dem gesamten Erdenrund geschenkt wurden. Es liegt an uns, wie wir mit diesen Gaben umgehen!“

Herr van Neesen erzählte von seiner ersten Begegnung mit den „Lichtfreunden“, seiner anfänglichen Skepsis und von der sich schließlich einstellenden Erkenntnis, dass die freireligiösen Gemeinden den Weg zu den neuen Gemeinschaften wiesen. Er schloss seine Ausführungen mit einer kurzen Schilderung des freien Gemeindelebens, der gleichen Rechte und Pflichten der Schwestern und Brüder, der vernunftgemäßen und natürlichen Erziehung der Kinder, der demokratischen Wahl der Prediger, der Feste und Feiern.

Der Beifall war nicht ungeteilt. Schon während der Rede hatten einzelne aus dem Publikum den Saal verlassen. Viele gingen sofort nach Ende der Rede. Aus dem Stimmengerausche glaubte Friederike Worte des Unmutes zu hören. Aber es fehlte auch nicht an Beifall. Etliche blieben noch, saßen oder standen in Gruppen. Auch Friederike zeigte sich beeindruckt und erhob sich nicht gleich. Vorn am Rednerpult sah sie Frau von Ravenbrück noch mit Herrn van Neesen sprechen.

„Fräulein Nachtigal, kommen Sie?“, wurde sie gerufen. Es war Frau Maubach.

„Ja, gleich …“ Friederike stand auf und schritt auf das Pult zu. Frau von Ravenbrück stellte sie als Fräulein Nachtigal, Leiterin des Erfurter Kindergartens, vor.

„Herr van Neesen, Sie sprachen im Zusammenhang mit Schleiermacher noch einen anderen Denker an, der Name ist mir nicht haften geblieben …“

„Ja, Søren Kierkegaard, mein Fräulein …“

Friederike dankte und gesellte sich zu Fräulein Gruber und Frau Maubach.

* * *

An einem Mittwochnachmittag schaute Friederike Frau Wölflin und Jettchen nach. Herr Wölflin befand sich noch immer in Haft, ohne dass die Behörden Beweisgründe genannt hätten. *Warum nur tut man das der Familie an?* Ein Postbote kam und brachte einen Brief. Er war von Emmi Wolfgang aus Nordhausen. Friederike wollte noch Noten für Ida bestellen und nachfragen, welche Schriften des dänischen Philosophen, den Herr van Neesen erwähnt hatte – oder war es ein Theologe? – in deutscher Übersetzung lieferbar seien. Sie beschloss, erst die Villaretsche Buchhandlung, die ihr für die Bestellung von Notenbüchern empfohlen worden war, aufzusuchen, und den Brief dann in Ruhe im Café in der Seitengasse des Angers zu lesen.

Das Notenheft zur „Winterreise" von Franz Schubert werde in sieben oder acht Tagen zu besorgen sein, erfuhr sie in der Buchhandlung. Aber zu Søren Kierkegaard schüttelte man den Kopf. Dasselbe Ergebnis in der Neumannschen Buchhandlung – keine Übersetzung ins Deutsche.

Sie suchte ihr Café auf und bestellte Wein-Schokolade und Braunschweiger Kuchen. In der Nähe des Kindergartens gab es kein Café, in dem die Auswahl so reichlich war. Sie öffnete den Brief.

Liebe Friederike!

Sicher hast Du schon auf Nachricht aus Nordhausen gewartet, um von der Eröffnung unseres Kindergartens zu erfahren. Und wären wir alle nicht so sehr mit den vielfältigsten Aufgaben beschäftigt gewesen, so hätte ich schon längst zur Feder gegriffen. Du glaubst nicht, wie sehr wir dem großen Tag entgegengefiebert haben, doch dann war es endlich soweit. Es wurde ein richtiges Fest. Die Eltern haben Speisen und Getränke mitgebracht, und eine Musikkapelle hat gespielt. Herr Baltzer, mein Oheim, hat eine wunderschöne Rede gehalten, alle waren sehr bewegt.

Es waren jetzt schon einundvierzig Kinder. Dabei wird es aber sicher nicht bleiben, denn wir haben weitere Anfragen. Wir könnten auch noch mehrere Kinder aufnehmen, unser Kindergartenlokal ist sehr geräumig. Doch wir brauchten dann eine weitere Kindergärtnerin. Wir müssen warten, ob es so viele Kinder sein werden, dass wir von den Beiträgen eine zusätzliche Kindergärtnerin bezahlen können …

Jemand trat an ihren Tisch heran, und sie schaute auf. Es war Herr van Neesen.

„Fräulein Nachtigal, ich wollte nicht vorbeigehen, ohne Ihnen meinen Gruß zu entbieten."

„Herr van Neesen, Sie sind noch in der Stadt?"

„Ja, es hat sich ergeben, dass ich mich noch einige Tage länger in Erfurt aufhalte. Aber ich möchte Sie nicht stören …"

„Nein, Sie stören nicht, Sie kommen sogar wie bestellt! Erlaubt es Ihre Zeit, mir ein wenig Gesellschaft zu leisten?"

„Ja, gern! Bis zur Unterredung, zu der ich mich verabredet habe, ist es noch eine Weile hin. Aber ich möchte wirklich nicht aufdringlich erscheinen …"

„Nein, nein, bitte setzen Sie sich doch!"

Herr van Neesen setzte sich und fragte, nachdem ein Kellner dienstfertig herbeigeeilt kam, nach Tee.

„Der Russische Tee ist vorzüglich“, empfahl Friederike.

Er folgte ihrer Empfehlung und bestellte Russischen Tee.

„Gnädiges Fräulein, Sie deuteten an, dass ich Ihnen zu Diensten sein könnte?“

„Ja, der dänische Philosoph, den Sie während Ihres Vortrags erwähnten. Seine Schriften haben wohl den Weg in die deutsche Sprache noch nicht gefunden?“

„Sie meinen Søren Kierkegaard? Leider nein, Sie haben wohl nach einer Übersetzung gesucht?“

„Ja, und wie es der Zufall will, gerade eben. Zwei Buchhandlungen habe ich aufgesucht, der Name ist in keinem deutschen Verzeichnis zu finden.“

„Ach, wie nachlässig von mir, die Mühe hätte ich Ihnen ersparen können … aber gemeinhin fragt niemand danach.“

„Vielleicht gibt es eine Übersetzung ins Englische?“

„Das entzieht sich meiner Kenntnis. Möglicherweise aber kann ich Ihnen auf andere Weise helfen“, er schaute sie nachdenklich an. Dann erzählte er, wie er von Søren Kierkegaard durch einen dänischen Mitbruder im Priesterseminar erfahren habe und durch dessen Erzählungen so neugierig, ja wissbegierig geworden sei, dass er sich schließlich entschlossen habe, die dänische Sprache zu lernen, um die Schrift „Enten – Eller“ – „Entweder – Oder“ – lesen zu können. Später dann, nachdem er sich den Lichtfreunden angeschlossen habe, sei er gebeten worden, die ihm wichtig erscheinenden Teile daraus zu übersetzen, um sie interessierten Schwestern und Brüdern zugänglich zu machen. Ohne den klugen Rat und die Ermutigung seines dänischen Freundes, der das Deutsche gut beherrsche und der ihm versichert hätte, dass er die Grundgedanken Kierkegaards gut wiedergegeben habe, würde er kaum den Mut gefunden haben, einer

Drucklegung in kleiner Auflage zuzustimmen. Er führe immer einige Exemplare in seinem Reisegepäck mit sich.

„Aber ich will Ihnen auch gleich sagen, Fräulein Nachtigal, die tiefen philosophischen Reflexionen Kierkegaards haben mich unzufrieden gelassen. Ich vermag ihnen nichts abzugewinnen, was zur Lösung der Nöte unserer Zeit beizutragen vermöchte. Seine Gedanken gelten dem Einzelnen, sagen aber nichts darüber aus, wie aus Einzelnen eine Gemeinschaft wird. Was mich aber überzeugt und ich im tiefsten Herzen teile, das ist seine scharfe und klare Kritik an den herzlosen und in ihrem tiefsten Innern abgestorbenen Amtskirchen. … Aber, liebes Fräulein, darf ich so frei sein zu fragen, wie Ihr Interesse an diesen religiösen und philosophischen Fragen begründet ist?“

„Herr van Neesen, wenn Sie mit Erziehung zu tun haben, können Sie der Frage nach dem Religiösen in der Erziehung nicht ausweichen. Den meisten Menschen ist diese Frage fremd, sie wachsen in einem festgefügten konfessionellen Glauben auf und geben diesen Glauben als unverbrüchliche Wahrheit später an ihre Kinder weiter. Die kirchlichen und staatlichen Obrigkeiten setzen alles daran, dass es so bleibt. Aber wie Kinder nicht von Natur aus gut oder böse sind, so sind sie auch nicht von Natur aus evangelisch, katholisch oder sonst wie konfessionell festgelegt. Gleichwohl sind sie mit der offenen Naturgabe der Religiosität beschenkt, Sie mögen es auch eine Gottesgabe nennen. Mein Bedürfnis, das Wesen der Religiosität zu verstehen, ist hier begründet: Wie äußert sich Religiosität im Leben des Kindes und wie können wir es pflegen? Schleiermachers ‚Reden über Religion‘ waren mir eine Offenbarung, auch wenn sich daraus keine direkten praktischen Regeln für die Erziehung ableiten lassen. Vielleicht finde ich ja bei Kierkegaard einige Anregungen.“

Herr van Neesen hatte aufmerksam zugehört, auch mehrmals genickt. „Sie sehen mich überrascht, Fräulein Nachtigal. Ich meine, verstehen Sie mich recht, aber ich bin noch keiner jungen Frau begegnet, die sich auf diese Weise … Auch in den Freien Gemeinden wird über diese Fragen nachgedacht. Ich fürchte, bei Kierkegaard werden Sie wenig zur Beantwortung Ihrer Frage finden. Aber ich überlasse Ihnen gern ein Exemplar meiner Übersetzung, wenn Sie denn mit einer solch unvollständigen und sicherlich sehr verbesserungsbedürftigen Übertragung ins Deutsche vorlieb nehmen möchten." Er schaute auf seine Taschenuhr. „Leider erlaubt es meine Zeit nicht, Ihnen ein Exemplar aus meinem Gasthaus zu holen. Aber morgen werde ich gern zu Ihrem Kindergarten kommen, um Ihnen eines zu überbringen."

„Aber Herr van Neesen, Sie haben doch sicher wichtigere Aufgaben zu erledigen, als Bücher zu überbringen. Ein Bote würde dem Zweck doch auch gerecht …"

„Das würde mir aber die Gelegenheit nehmen, Ihren Kindergarten kennenzulernen, Fräulein Nachtigal."

„Wenn es sich so verhält, wann darf ich Ihren Besuch erwarten?"

„Meine Zeit ist nur am Vormittag belegt. Wann wäre es Ihnen am Nachmittag recht?"

Friederike sagte nach kurzem Nachdenken: „Nun, dann kommen Sie doch gegen vier Uhr."

Herr van Neesen fragte nach der Adresse des Kindergartens und ließ sich den Weg dorthin beschreiben. Er trank seinen Tee aus und verabschiedete sich. Kurze Zeit später verließ auch Friederike das Café. Auf ihrem Weg zurück zum Kindergarten summte sie laut vor sich hin, was bei nicht wenigen Passanten Kopfschütteln hervorrief.

Friederike freute sich auf den Besuch und nahm sich vor, Herrn van Neesen nach Besichtigung der Kindergartenräume nach oben in die Wohnung zu bitten, um ihm etwas anzubieten.

Russischen Tee vielleicht? Tee, Milch, Zucker und Eier hatte sie genügend im Haus. Vanille? Ein Stängelchen hatte sie noch, das würde reichen.

Einem der Kinder fiel ihre gute Laune auf. „Sie sind ja heute so fröhlich, Fräulein Friederike, haben Sie Geburtstag?“

Friederike lachte. „Nein, wenn ich Geburtstag hätte, würd' ich's euch doch sagen und mit euch feiern …“ Sie wollte noch etwas hinzufügen, da klopfte es an der Haustür. Sie schaute auf ihre Taschenuhr. Noch eine halbe Stunde bis zwölf, wollte da jemand schon ein Kind abholen? Sie mahnte die Kinder, bei ihren Beschäftigungen zu bleiben und ging hinaus.

Sie öffnete die Tür. Vor ihr standen eine Frau reiferen Alters und eine junge Frau, kaum älter als zwanzig Jahre, zwischen ihnen ein kleines Mädchen in einem Kapuzenmantel, das neugierig zu ihr aufschaute. Die junge Frau hielt es bei der Hand. Von der Kleidung her waren es keine Arbeiterleute. Die ältere der beiden Frauen fragte, ob sie die Leiterin des Kindergartens sei, und ob die Anzeige im „Allgemeinen Anzeiger“ noch Gültigkeit habe.

„Die Annonce, ja, ich bin Fräulein Nachtigal, die Leiterin …“, sie schaute zu dem Kind hinunter, „… Sie möchten wohl, dass dieses kleine Mädchen meinen Kindergarten besucht?“

„Ach, wenn das möglich wäre?“, sagte die ältere Frau.

„Aber ja, natürlich ist für die Kleine noch Platz … Sag mal, wie heißt du denn?“

„Annabella“, antwortete die jüngere Frau. „Sie heißt Annabella und ist gerade drei geworden.“

„Annabella! Das ist aber ein hübscher Name – die schöne Anna. Möchtest du denn gern in den Kindergarten kommen, Annabella?“

Das Mädchen drückte sich an den Arm der jungen Frau und nickte kaum merklich.

„Kommen Sie doch herein", wandte Friederike sich an die beiden Frauen. Sie ging voran und führte sie in die kleine Spielstube, in der sich gerade keine Kinder befanden. Dem Mädchen gab sie Tafel und Griffel.

Sie nannte die Konditionen – monatlicher Beitrag, Öffnungs- und Ferienzeiten.

Nach einer Weile des Schweigens, während der sich die beiden Frauen wechselseitig ansahen, begann die ältere zu sprechen. Annabella sei das Kind ihrer Tochter Bettine, wobei sie auf die junge Frau wies. Sie hießen Sievert, von der Sievertschen Hut- und Putzmacherei in der Pergamentergasse … das Fräulein sei doch sicher schon einmal daran verbeigekommen. Im Atelier werde jede Hand gebraucht und Bettine, die Tochter, müsse mit anpacken, da sei es gut, wenn das Kind einige Stunden des Tages aus dem Weg sei. Frau von Ravenbrück, das Fräulein sei wohl mit der Dame bekannt, habe so manchen hübschen Hut bei ihnen anfertigen lassen, und Frau von Ravenbrück sei es auch gewesen, die sie auf den Kindergarten aufmerksam gemacht habe, und dann habe sie die Annonce im „Allgemeinen Anzeiger" gelesen …

„Mutter!", wurde sie von der jungen Frau unterbrochen. „Warum sagst du nicht einfach, dass Annabella ein uneheliches Kind ist." Und an Friederike gewandt: „Ja, Fräulein Nachtigal, mein Annabellchen ist unehelich, und wenn Sie, wie die evangelische Kleinkinderschule, uneheliche Kinder nicht aufnehmen wollen, dann sagen Sie es nur frei heraus, und wir werden Ihre kostbare Zeit nicht weiter in Anspruch nehmen."

Völlig überrascht von der direkten Frage, wusste Friederike zunächst nicht, was sie antworten sollte. Es wunderte sie nicht, dass die Kleinkinderschule von Pfarrer Schwartz uneheliche Kinder abwies. Viele evangelische Kleinkinderschulen und katholische Bewahranstalten lehnten die Aufnahme unehelicher Kinder ab.

Man wolle der Sünde nicht Vorschub leisten, hieß es. Kindergärtnerinnen verurteilten diese gegenüber den unschuldigen Kindern so feindselige Haltung. Gleichwohl musste auf so manche Eltern Rücksicht genommen werden, die Unehelichkeit wie eine ansteckende Krankheit ansahen, oder die den Einflüsterungen ihres Pfarrers erlagen, und ihre Kinder aus dem Kindergarten zu nehmen drohten, falls von der Aufnahme eines unehelichen Kindes nicht Abstand genommen würde. Und wenn die Anzahl solcher Eltern in einem Kindergarten nur genügend groß war, konnte der auskömmliche Verdienst der Kindergärtnerin oder gar der Bestand des Kindergartens schnell in Frage gestellt sein.

Frau Sievert mochte Friederikes Schweigen als Zweifel an der Ehrbarkeit ihrer Tochter gedeutet haben. „Ein Offizier, ein preußischer Offizier war es, wir haben ihm Wohnung gewährt …"

„Mutter!"

Was sollte Friederike tun? Die Eltern fragen? Sie verwarf den Gedanken sogleich. Hier durften Erwägungen von Nutzen und Nachteilen für sie oder den Kindergarten nicht an erster Stelle stehen. *Jedes* Kind hat ein Recht auf Bildung, auf das Naturrecht – das Menschenrecht auf Bildung. Das ist der pädagogische und humanitäre Geist unserer Kindergartenidee.

Sie schaute die junge Frau an – ein ehrliches Gesicht, Augen, aus denen vorzeitig gereifte Lebensklugheit sprach, um den Mund ein Hauch schmerzlicher Erfahrungen.

„Fräulein Sievert, über ihr Schicksal habe ich nicht zu urteilen. Aber Annabellchen ist ein Kind wie jedes andere auch, selbst wenn ein Kainsmal der Unehelichkeit auf seiner Stirn geschrieben stünde. Ihr Kind ist mir willkommen."

Fräulein Sievert bedankte sich, wobei ihr Gesicht kaum Bewegung zeigte, doch die Tränen, die ihr in die Augen stiegen, blieben Friederike nicht verborgen.

Für weitere Gespräche blieb keine Zeit mehr. Die ersten Eltern kamen, ihre Kinder zu holen. Frau Sievert zahlte den Beitrag für die zweite Februarhälfte. Am Nachmittag sollte Annabellchen seine ersten Stunden im Kindergarten verbringen.

Wenige Minuten nach vier war Friederike allein im Kindergarten. Annabellchen hatte sich zunächst geweigert, den Schutz der Mutter zu verlassen, und nicht im Kindergarten bleiben wollen. Friederike hatte Jettchen beiseitegenommen und ihr gesagt, das Annabellchen sei noch klein und ängstlich, ob Jettchen sie nicht zum Spielen holen wolle. Jettchen hatte sie angeschaut, ein kluges Gesicht gemacht und genickt. Nach einigem Zögern war Annabellchen dem etwas älteren Kind gefolgt, und wenig später waren sie in eine Flechtarbeit vertieft. „Gleich und Gleich gesellt sich gern", hatte sie zu Fräulein Sievert gesagt. Sie könne jetzt wohl unbesorgt den Kindergarten verlassen.

Sie schaute nun zur Gasse hinaus, aber von Herrn van Neesen war noch nichts zu sehen. *Ich hab ihm doch die Adresse gegeben und den Weg hierher beschrieben …*

Auch während sie den Kindergarten aufräumte, erschien er nicht.

Sie verschloss die Haustür und war im Begriff nach oben zu gehen, da ging der Türklopfer. Sie lief schnell zurück und öffnete in Erwartung ihres Besuchs. Doch es war nicht Herr van Neesen, sondern ein Mädchen in Dienstkleidung.

„Fräulein Nachtigal?"

Friederike nickte.

„Einer unserer Hotelgäste, Herr van Neesen, hat mich beauftragt, Ihnen dieses Buch zu übergeben." Das Mädchen zog ein schmales Bändchen aus seiner Tasche.

Friederike nahm es entgegen. Es enthielt kein Begleitschreiben. Sie bedankte sich und wollte die Tür schließen, bemerkte aber, dass das Dienstmädchen keine Anstalten machte zu gehen.

Friederike verstand, dass es auf einen Überbringerlohn hoffte. Sie suchte in ihren Kleidertaschen nach kleinen Münzen, fand aber nur einen Silbergroschen. Das Mädchen bedankte sich überschwänglich, machte einen Knicks und wollte gehen.

„Warte! Hat Herr van Neesen irgendetwas gesagt?"

Das Mädchen überlegte. „Nein, nur dass ich zum Kindergarten in der Eimergasse geh'n und dieses Buch einem Fräulein Nachtigal übergeben sollte."

Friederike wollte schon die Tür schließen, da sagte das Mädchen: „Bevor Herr van Neesen auf mich zukam, sah ich ihn auf zwei Herren einreden. Hotelgäste waren das nicht. Ich weiß nicht, ob sie Streit hatten. Sie sind zusammen aus dem Hotel raus ..."

Friederike fragte noch nach dem Namen des Hotels und schloss die Tür. Mit gemischten Gefühlen ging sie nach oben in die Wohnung. Sie setzte sich an den Sekretär und blätterte das Büchlein durch. Auf der Innenseite des Buchdeckels war es signiert. Sie suchte nach Gründen, die Herrn van Neesen davon abgehalten haben mochten, ihren Kindergarten zu besuchen und ihr seine Übersetzung persönlich zu überbringen. Sie kam aber auf keine einleuchtende Erklärung.

* * *

Es war ein Samstagmittag, an dem ein Vater Friederike gebeten hatte, mit ihr noch über seinen Sohn Niklas sprechen zu dürfen. Er erzählte, dass Niklas, der schon mehr als ein halbes Jahr den Kindergarten besuche, zuhause aber im Beisein der Eltern nichts von seinen Beschäftigungen im Kindergarten mitgeteilt habe. Doch wenn er sich unbeobachtet glaubte, Worte vor sich hin gesprochen und Liedchen gesungen habe, die er nur im Kindergarten gelernt haben konnte. Gestern nun sei er neben den Knaben getreten, als dieser mit Bleistift auf Papier malte. Er habe zu Niklas das Wort „waagerecht" gesagt, da habe das Kind eine waagerechte Linie gemalt, bei „senkrecht“ eine senkrechte Linie und bei „rund“ einen Kreis. Und das Fräulein möge es nun glauben oder nicht, bei „rechtwinklig“ habe es nicht etwa ein Quadrat oder Rechteck gezeichnet, sondern einen offenen rechten Winkel. Aber es sei noch besser gekommen. Bei „viereckig“ habe Niklas gefragt, ob es ein Quadrat, Rechteck oder eine Raute sein sollte. Und plötzlich habe Niklas gelacht und gesagt, das habe er alles im Kindergarten gelernt … Als Zimmermannsmeister sei er überaus überrascht und erfreut gewesen, denn er habe, da wolle er ganz ehrlich sein, bis dahin nicht geglaubt, dass die Kinder im Kindergarten etwas Gescheites lernten, und wäre es nicht wegen seiner Frau gewesen, die im Geschäft gebraucht wurde, er hätte nie …

Klopfen am Gassenfenster unterbrach ihn. Es war Herr Reinfeld.

Friederike winkte ihn herein. Zum Vater sagte sie: „Wie schön, Herr Gumberg, dass Sie jetzt anders über den Kindergarten denken. Niklas ist mir schon häufig aufgefallen, er ist so anstellig und so freundlich mit den andern Kindern.“

Der Lehrer trat herein, er trug eine Tasche.

Herr Gumberg räusperte sich: „Ja, das wollte ich Ihnen nur sagen, Fräulein Nachtigal, auf Wiedersehen.“

„Auf Wiedersehen, Herr Gumberg, entrichten Sie Frau Gumberg meine besten Grüße!“

„Sie kommen zum Mittagessen, Herr Reinfeld?“, fragte Friederike schmunzelnd, nachdem sie den Gruß des Lehrers erwidert hatte.

„Zum Mittagessen? Nein, ich bringe die Schriften zurück, die Sie so freundlich waren, mir zu borgen.“ Er deutete auf die Tasche.

„Aber das lässt sich doch mit einem Mittagessen vereinbaren, wenn Sie genügend Zeit mitgebracht haben. Sie sind herzlich eingeladen! Es gibt eine Eierspeise, auch ‚Thüringsch Tischel' genannt, und Gemüse von Erbsen, Karotten, Buffbohnen und Kartoffeln. Aber ich muss Sie warnen, es ist mein erstes Gemüse dieser Art, und ob es zur Eierspeise passt, weiß ich auch nicht. Die Erfurter würden wohl eher Bratwurst dazu reichen. Nun, wie wär's?"

Der Lehrer war durch die unverhoffte Einladung so überrascht, dass er kein Wort herausbrachte und nur unbeholfen nickte.

Während Friederike in der Küche die Speisen zubereitete – das Gemüse war schon vorbereitet gewesen –, erzählte sie dem Lehrer, dem sie auf dem Sofa Platz angeboten hatte, von Herrn Gumberg und Niklas. Um die veredelnde Wirkung des Kindergartens in noch besserem Licht erscheinen zu lassen, gab sie Auguste Michaelis' Schilderung eines Knaben wieder, der beim Eintritt in den Kindergarten nur Schlagen, Beißen und Kratzen gekannt habe, dann aber, Auguste hatte ihn vom Kindergarten schon ausschließen wollen, von heute auf morgen ein anderes Betragen an den Tag gelegt habe und geschickt und ausdauernd mit den Spielgaben umgegangen sei … Herr Reinfeld! Hören Sie zu?"

„Ja, ich habe zugehört … und so möchte es gehen …"

So möchte es gehen? „Sie dürfen sich nützlich machen, Herr Reinfeld, würden Sie so freundlich sein, Teller auf den Tisch zu stellen!?"

„Teller?"

„Aus der Vitrine!"

Während des Essens gab sich der junge Lehrer alle Mühe, sich mit den Gepflogenheiten am Tische vertraut zu zeigen. Doch Anstrengung konnte nicht ersetzen, was tägliche Übung erst zum Können machte, und so geriet ihm das eine oder andere im Umgang mit Messer und Gabel eher linkisch, was Friederike mit Taktgefühl übersah.

Nach dem Essen wollte der Lehrer sich verabschieden, aber Friederike sagte: „Für Kaffee wird doch noch Zeit sein, auch würde mich Ihre Meinung zu den Schriften interessieren. Aber ich möchte nicht die Schuldige sein, wenn Sie etwas Wichtigeres versäumten …"

„Nein, nein, heute Nachmittag habe ich keinen Unterricht mehr zu erteilen."

Nachdem der Tisch abgeräumt und Kaffee serviert war, fragte Friederike: „So möchte es gehen? Sie sagten vor dem Essen ‚So möchte es gehen', was wollten Sie damit sagen?"

„Nun, die ‚natürliche Erziehung' und die ‚formale Bildung', von der Herr Diesterweg spricht, und die er als oberstes Prinzip der Erziehung verstanden wissen will … Jetzt erst habe ich recht verstanden, was damit gemeint ist. Wie überwältigt stand ich vor diesem einfachen, diesem großartigen Gedanken – dass die Zukunft des Kindes offen sein soll, dass kein fremder Wille die Zukunft des Kindes in seine Dienste zwingen darf, dass allein die Natur des Kindes, seine Anlagen und Talente darüber entscheiden sollen, wie seine Zukunft einmal aussehen wird. Im Lehrerseminar durfte darüber nicht gesprochen werden und alle Schriften, die sich lobend darüber äußern, waren verboten und sind es noch. Eine Begründung wurde nicht gegeben, obgleich ich eigentlich dachte, den Grund zu kennen. Fräulein Nachtigal, ich bin ein einfacher Mann aus dem Volke. Und wenn die Obrigkeit sagt, dieses oder jenes sei von Übel und dürfe nicht geduldet werden, warum sollte ich meine Zweifel daran haben oder gar kundtun?" Er schwieg und schaute gedankenverloren in seine Kaffeetasse.

„Aber Herr Reinfeld! Die Gedanken sind frei … frei!"

„Ja, frei, so dachte ich wohl auch – frei, der Obrigkeit und den Seminarlehrern zu glauben. Bevorzugt glaubte ich mich", sein Blick wanderte unstet durch die Wohnstube. Er lachte bitter auf. „Doch man missbraucht mich! Man sucht aus der Jugend des Volkes Kandidaten aus, macht sie zu Lehrern und wendet sie gegen die Kinder des Volkes, um sie der Obrigkeit unterwürfig zu machen.“ Sein Blick wurde ruhig. „Aber Herr Diesterweg hat ein Fenster aufgetan, in *mir* … und Sie, Fräulein Nachtigal, haben ihm die Hand dazu gereicht, indem Sie mir eines seiner Werke zugänglich gemacht haben.“

Friederike war von der Rede des Lehrers zutiefst beeindruckt. Erst nach einer Weile sagte sie: „Lieber Herr Reinfeld, seien Sie versichert, dass ich Ihre vertrauliche Rede zu würdigen weiß, ja, dass mich Ihr Vertrauen über die Maßen ehrt. Und wenn ich auch nur der Arm gewesen sein sollte – welch anmutiges Bild …“, ein Lächeln huschte über Ihr Gesicht, und auch das Gesicht des Lehrers hellte sich auf, „… wenn ich auch nur der Arm gewesen sein sollte, der das Fenster zu öffnen half, so freue ich mich doch herzlich über den Ausblick, der Ihnen dadurch ermöglicht wurde.“

Nach einer Weile des Schweigens sagte Herr Reinfeld plötzlich: „Sie kommt zu spät, die natürliche und formale Bildung, sie kommt zu spät, wenn sie erst in der Schule einsetzt. Ich bin jetzt überzeugt, dass ohne Vorbereitung in den Kindergärten und in den Elternhäusern die natürliche Erziehung zu spät kommt. Die Kinder in den Volksschulen sind häufig rohe kleine Gesellen, sie suchen ihren Vorteil, stehlen, lügen, quälen arme Kreaturen, blasen Frösche auf. Und wenn sie etwas älter sind, stecken sie lebende, kleine Kätzchen in Stiefel, um – nun, um hässliche Handlungen an ihnen zu begehen. Hier bleibt alle natürliche Erziehung bloße Theorie, sie kommt zu spät. Auch fehlt ein Formalprinzip, wie es die Kindergärten mit den Schönheitsformen, Lebensformen und Erkenntnisformen schon haben. Ebenso muss das Prinzip der Anschauung, das Pestalozzi der Schule geschenkt hat, um das Prinzip der Tätigkeit erweitert werden, das in den Kindergärten so natürlich und spielerisch Anwendung findet."

Friederike war überrascht und erfreut über die Wandlung, die sich in so kurzer Zeit in dem Lehrer vollzogen hatte. Bis in die anbrechende Dunkelheit hinein sprachen sie über die Gedanken Fröbels und Diesterwegs und wurden sich schnell einig, dass das verbindungslose Nebeneinander von Kindergarten und Schule überwunden und eine organische Verbindung zwischen beiden hergestellt werden müsse.

* * *

Ein freundlicher Tag, aber es war kälter geworden. Friederike wollte den freien Nachmittag für Besorgungen nutzen – nachfragen, ob die Noten für Ida schon eingetroffen waren, Lebensmittel und Zutaten für einen kräftigen Eierpunsch kaufen, vielleicht etwas bummeln.

Am Verkaufstisch in der Villaretschen Buchhandlung musste sie warten. Auf einem langgestreckten Beitisch waren Zeitungen, Broschüren und Ankündigungsblätter für Veranstaltungen ausgelegt. Ein Theaterzettel machte auf ein Gesangskonzert in Vogels Garten aufmerksam.

VOGELS GARTEN
Sonntag, 5. März, 6 Uhr abends
Großes Extra-Gesangskonzert
Die Winterreise – Liederzyklus
Text: Wilhelm Müller
Komposition: Franz Schubert
Solistin: Mathilde Marchesi (Mezzosopran)
Piano: Anatoli Kusznezov
Entrée à Person: Vorverkauf 4 Sgr., Theaterkasse 5 Sgr.

Friederike wusste durch Ida von dem Konzert. „Friederike, die Winterreise von der Marchesi gesungen, *der* Marchesi! Verstehst du? Marchesi, Mezzosopran! Hier bei uns in Erfurt, das dürfen wir nicht versäumen!", hatte Ida vor zwei Wochen gejubelt und Billets geschwenkt. „Das ist an einem Sonntag in der ersten Märzwoche. Da hast du doch sicher Zeit, da musst du Zeit haben!" Von einer Erstattung des Eintrittsgeldes hatte Ida nichts hören wollen. So wollte Friederike ihr als Dank das Notenbuch zur „Winterreise" schenken.

Friederike nahm einen der Theaterzettel. Dann war die Reihe an ihr. Das Notenheft lag bereit.

„Sie wollen wohl die Marchesi hören", sagte der Buchhändler, indem er das dünne Bändchen in Papier einschlug. „Ich sah Sie einen der Theaterzettel nehmen. Billets sind im Vorverkauf preiswerter. Wenn Sie noch welche erwerben wollen, sollten Sie sich eilen, die Nachfrage ist groß … die Marchesi! Wann hat man schon eine solche Berühmtheit in der Stadt?"

„Für Billets ist schon gesorgt worden", gab Friederike ihm Bescheid. Doch aus einer unbestimmten Eingebung heraus sagte sie: „Vielleicht nehme ich doch eins."

Sie nahm den Weg zum Markt. Für ihren Eierpunsch kaufte sie Weißwein, Vanille und Zitronen. Eier und Zucker hatte sie noch genügend im Hause. Danach suchte sie ihren Stand mit Backwaren auf. Unterwegs wärmte sie sich an einer der weniger dicht umringten Feuerstellen auf.

Sie war gerade im Begriff, die Einkäufe in ihrem Korb zu verstauen, da wurde sie angesprochen.

„Fräulein Nachtigal?" Eine Frau mittleren Alters, die von ihrer Kleidung her eine Marktfrau hätte sein können, war neben sie getreten. Sie sprach mit leiser, verhaltener Stimme. „Ich habe eine Nachricht für Sie, lassen Sie sich nichts anmerken, wir könnten beobachtet werden … nein, schauen Sie sich nicht um. Ich soll Ihnen das Wort ‚Kinderpflanzen' sagen, dann wüssten Sie schon …"

Kinderpflanzen? Christopher, der Schwager!

„Die beiden Personen, die sich Ihnen unter dem Namen Kleinschmidt vorgestellt hatten, heißen in Wirklichkeit Schmitz. Er ist ein heruntergekommener Schmierenschauspieler, sie eine verurteilte, kleine Diebin. Sie werden von der preußischen Geheimpolizei bezahlt. Wir wissen noch nicht, was ihr Auftrag war, vielleicht sollten sie nur Ihren Kindergarten ausspähen, vielleicht führten sie aber auch Ärgeres im Schilde …"

„Das Kind kommt seit Wochen nicht mehr", gab Friederike mit unwillkürlich flüsternder Stimme zurück.

„Das wissen wir, seien Sie dennoch auf der Hut! Die Polizei hat irgendetwas gegen Sie vor. Wir vermuten, dass die preußische Bezirksregierung dahintersteckt. Vielleicht wissen wir bald mehr. Wenn Sie einen Zettel mit der Aufschrift ‚Kinderpflanzen' in Ihrem Flur finden, gehen Sie in Ihren Garten zur Hinterpforte. Der Pfosten, an dem die Tür aufgehängt ist, hat links einen breiten Riss, er ist durch Gebüsch verdeckt. Darin finden Sie dann weitere Nachrichten. Achten Sie darauf, dass Sie dabei nicht beobachtet werden! Gehen Sie jetzt, schauen Sie sich nicht nach mir um … wir freuen uns, dass Sie Jettchen in Ihrem Kindergarten dulden …"

Viel zu überrascht und verwirrt, um eine Frage stellen zu können, verließ Friederike den Brotstand. Erst in einiger Entfernung traute sie sich zurückzuschauen. Die Frau war verschwunden. Ein Mann sprach mit den Marktfrauen. So rasch es ihr mit ihrem Korb möglich war, kehrte sie zum Kindergarten zurück. Tausend Fragen schwirrten ihr durch den Kopf.

Sie setzte den Korb im Flur ab und ging hinaus in den Garten. Sie schaute sich um. Auf den Wegen jenseits des Gartens waren nur weiter hinten Menschen zu sehen. Obgleich eine Nachricht nicht zu erwarten war, ging sie mit einem seltsamen Gefühl zur Pforte. Sie tastete den Pfosten ab und bemerkte den breiten Riss, von dem die rätselhafte Frau gesprochen hatte.

Zurück im Flur verriegelte sie die Hintertür. Bislang hatte sie nicht daran gedacht, aber vielleicht wäre es ratsam, eine bessere Sicherung anbringen zu lassen. Bevor sie die Haustür verschloss, schaute sie die Gasse auf und ab. Ihr kam der Mann ins Gedächtnis, den sie während Fridolins Ausflugsversuch gesehen hatte. Aber die wenigen Menschen, die sie sah, waren ihr alle als Bewohner aus der Eimergasse bekannt. Gerade wollte sie zurück in den Flur, da sah sie Herrn Reinfeld kommen …

Sie gingen hinauf in die Wohnstube, und Friederike kochte russischen Tee.

„Bedrückt Sie etwas, Herr Reinfeld, Sie schauen so bekümmert drein?“

„Ich weiß nicht, wie ich's sagen soll, Fräulein Nachtigal, es ist so …“, er suchte nach Worten und schaute Friederike mit einem Ausdruck verzweifelter Hilflosigkeit an. Dann erzählte er mit leiser, nur mühsam beherrschter Stimme. „Ich bin vorgeladen worden, zur Polizeibehörde wurde ich einbestellt. Zwei Herren haben mich über Sie ausgefragt. Sie haben mir weder Rang noch Namen genannt. Es sei ihnen zur Kenntnis gelangt, dass ich Besuchskontakt zu Ihnen pflege. Sie haben mich gefragt, ob Sie häufig Besuch bekämen und ob ich einem Ihrer Besucher schon einmal begegnet sei. Dann wurde mir gesagt, es werde gewünscht, dass der Kontakt bestehen bleibe, nach Möglichkeit noch weiter vertieft werde. Ja, und dass es der Staatsräson diene, wenn ich so viel wie möglich über Ihre Lebensumstände in Erfahrung brächte. Wenn ich etwas zu berichten hätte, sollte ich eine Nachricht in einem kleinen Postkasten neben der Tür hinterlassen, ansonsten werde man wieder an mich herantreten. Und man setze es als selbstverständlich voraus, dass ich über das Gespräch strengstes Stillschweigen bewahren würde, ich stünde im Dienst des preußischen Staates … Damit war ich entlassen …"

Friederike war so verwirrt, ja bestürzt, dass sie weder zu antworten vermochte, noch klare Gedanken über die Tragweite der Mitteilung des Lehrers fassen konnte. Sie spürte, dass eine von Bosheit geführte Hand Intrige und Niedertracht zwischen sie und Herrn Reinfeld zu stellen suchte, was Alberts Charakterstärke aber in ein Band verwandelte, das sie zu Gefährten einte.

Sie berichtete dem Lehrer von der geheimnisvollen Frau, von der sie, eben erst, auf dem Markt angesprochen worden sei. Auch von dem rätselhaften anonymen Brief erzählte sie, den sie noch am selben Tag der Erlaubnis zur Fortführung des Kindergartens erhalten habe.

Bedrückt, aber auch ermutigt und gestärkt durch ihr gegenseitiges Vertrauen, besprachen sie die Ereignisse und was sie bedeuten mochten.

Beim Abschied sagte Friederike: „Herr Reinfeld, Albert, bitte warten Sie. Mögen Sie Musik? Aber natürlich mögen Sie Musik! Sie würden mir eine große Freude bereiten, wenn Sie mit uns, einer Freundin und mir, ein Gesangskonzert besuchen würden, für Karten ist schon gesorgt." Mit einem Anflug von Humor fügte sie hinzu: „Jetzt, da sie den amtlichen Auftrag haben, meinen Lebenswandel auszuforschen, müsste es Ihnen doch geradezu eine dienstliche Pflicht sein, mich zu begleiten."

Ein gequältes Lächeln ging über das Gesicht des Lehrers. „Wenn meine Schulpflichten dem nicht entgegenstehen, werde ich Sie gern begleiten."

Friederike zeigte ihm den Theaterzettel. „Das Konzert findet am fünften März statt, es ist ein Sonntag, da werden Sie doch nicht Schule halten?"

* * *

Erfurt war für Friederike nach der seltsamen Begegnung auf dem Markt und dem bedrückenden Bericht des Lehrers nicht mehr so, wie es vorher gewesen war. Doch sie bemühte sich, den Schatten, der auf ihr Leben gefallen war, nicht übermächtig werden zu lassen. Gleichwohl war die Unbefangenheit, mit der sie der Stadt begegnet war, dahin. Sie scheute den alleinigen Ausgang und hatte lieber Ida zur Seite, wenn sie Einkäufe und andere Besorgungen zu erledigen hatte. Überall sah sie spähende Augen lauern.

Sie befand sich auf einem kurzen Spaziergang auf den Gartenwegen hinter der Eimergasse. Hier, in der Nähe des Kindergartens, fühlte sie sich sicherer als in den Straßen und Gassen der Stadt. Aber könnte der Mann, der gerade mit einem höflichen Neigen des Kopfes an ihr vorbeigegangen war, nicht ein Polizeidetektiv sein? Sie schüttelte den Gedanken ab und ging zurück zum Kindergarten.

Aus dem Haufen Brandkohle neben der Hintertür füllte sie einen Eimer und betrat den Flur. Sie verriegelte die Tür und wollte mit dem Eimer ins große Spielzimmer, da sah sie in der Nähe der Haustür einen schmalen Umschlag liegen. Er war von Frau von Ravenbrück. *Eine Einladung zu einer dringlichen Sitzung des Frauenvereins?* Sie steckte den Umschlag ein und legte im Kachelofen des Spielzimmers Brandkohle nach.

Oben in der Wohnung öffnete sie den Umschlag. Er enthielt nur einen Zettel mit der Bitte, Friederike möge am Nachmittag nach Schluss des Kindergartens in die Neumannsche Buchhandlung am Anger kommen.

Friederike betrat die Neumannsche Buchhandlung und sah Frau von Ravenbrück an einem Lesetisch sitzen und in einem Buch blättern.

„Fräulein Nachtigal, setzen Sie sich doch. Ich wollte, dass unser Treffen so unauffällig wie möglich bleibt. Es könnte sein, dass Ihr Kindergarten unter Beobachtung steht …" Sie grüßte eine vorbeigehende Dame und wartete, bis sich niemand in unmittelbarer Nähe befand. Dann sagte sie mit gedämpfter Stimme: „Ich habe erfahren, dass Herrn van Neesen Redeverbot für das gesamte preußische Staatsgebiet erteilt worden ist. Aber nicht nur das, er ist auch des Landes verwiesen worden …"

Ein Verkaufsgehilfe trat an den Tisch und fragte, ob er den Damen zu Diensten sein könne. Frau von Ravenbrück antwortete ihm, dass man über das Buch rede und sie ihn rufen würden, wenn sie einen Wunsch hätten. Sie wartete, bis er sich entfernt hatte. Dann griff sie in ihre Handtasche und holte mit der einen Hand einen Briefumschlag hervor, den sie mit der anderen Hand sogleich verdeckte.

„Dieser Brief ist von Herrn van Neesen. Er ist an Sie gerichtet, Fräulein Nachtigal. Herr van Neesen wollte ihn nicht direkt an Sie adressieren. Er fürchtete, dass Ihnen dadurch Unannehmlichkeiten entstehen könnten."

„Aber woher, von wem?"

„Es ist zu Ihrem Besten, Fräulein Nachtigal, wenn Sie das nicht wissen. Hier, nehmen Sie den Brief unauffällig und stecken Sie ihn schnell ein. Lesen Sie ihn erst zu Hause und …", sie überlegte kurz, „… und verbrennen Sie ihn danach am besten sofort. Die preußische Polizei hat Mittel und Wege, in Wohnungen einzudringen und Briefe zu lesen, die nicht für sie bestimmt sind. Bewahren sie auch Stillschweigen über Herrn van Neesens Ausweisung!" Sie stand auf und reichte Friederike die Hand.

„Wir sehen uns dann im Restaurant ‚Flora'!", sagte sie mit lauter Stimme und ging mit dem Buch zum Verkaufstisch.

Friederike eilte zum Kindergarten zurück. Sie setzte sich an den Sekretär und öffnete den Brief. Ungeduldig las sie die in zierlicher Schrift verfassten Zeilen.

Sehr geehrtes, liebes Fräulein Nachtigal!

Eine gewisse Art höherer Gewalt hielt mich davon ab, Sie und Ihren Kindergarten zu besuchen. Ich war gerade auf dem Weg zu Ihnen, da nahm mich die preußische Staatsmacht in Gewahrsam. Wie gern wäre ich gekommen! Ich hoffe, meine dürftige Übersetzung der Schrift von Kierkegaard ist Ihnen überbracht worden.
Ihre leider viel zu kurzen Ausführungen über Kinder, Religiosität und Erziehung haben mich zutiefst beeindruckt. Vielleicht werden Sie erstaunt sein, aber Religiosität war mir bislang immer nur eine Angelegenheit von Erwachsenen. Niemals ist mir der Gedanke gekommen, über religiöse Gefühle und Gedanken von Kindern nachzudenken. Dabei sollten wir doch viel mehr darüber wissen. Die Amtskirche meint, wenn sie den Kindern ihr Katechismuswissen eintrichtert, erzeuge sie bei ihnen Religiosität. Aber die Kinder kommen ja schon – worauf Sie, liebes Fräulein, mich aufmerksam gemacht haben – mit reinster Religiosität zur Welt, noch unbefleckt von aller Konfessionalität.

Liebes Fräulein Nachtigal, hoffen wir auf bessere Zeiten, wenn der Staatsgewalt Grenzen gesetzt sein werden, die von Vernunft und Bürgerwille bestimmt sind.

Ihr Ihnen sehr ergebener
Daniel van Neesen

Sie steckte den Brief zu ihrer anderen Korrespondenz ins Ablagefach des Sekretärs. Das also war es, was ihn davon abgehalten hatte, sie aufzusuchen. Welch eine seltsame, welch eine dunkle Welt, in der man gezwungen wurde, Briefe und Gedanken geheimen Wegen anzuvertrauen. Sie freute sich über die Zeilen und fragte sich, ob sie über Frau von Ravenbrück antworten sollte. Es gab nicht viele Menschen, mit denen sie sich offen und frei und mit gedanklicher Tiefe über Religiosität und Erziehung austauschen konnte.

VI

Friederike setzte ihre Unterschrift unter den Brief und löschte die Tinte ab. Sie zögerte noch, ihn zu falten. Aber was sollte sie noch hinzufügen? Vor drei Tagen hatte sie einen Brief von Frau Herz aus Dresden erhalten, dessen Inhalt wenig ermutigend war. Friederike nahm den Brief aus der Ablage.

Liebes Fräulein Nachtigal!

Für das neue Jahr wünsche ich Ihnen alles nur erdenkbar Gute und dass Ihr Kindergarten gedeihen möge. Wie ich Ihrem Brief entnehme, sind Sie bislang noch keinen Repressalien von Seiten der Behörden ausgesetzt gewesen. Inständig hoffe ich für Sie, dass es so bleibt. Mit unendlichem Bedauern musste ich von Frau Döbbel hören, dass die preußischen Behörden im Regierungsbezirk Magdeburg ihr wegen ihrer Ausbildung bei mir die Eröffnung ihres Kindergartens verboten haben. Der Anlass dafür zu sein, dass eine Kindergartengründung verboten wurde, belastet mich sehr. Mehr noch aber bedrückt mich die finanzielle Zwangslage, in die Frau Döbbel durch die ausbleibenden Einnahmen gerät.

Hier in Dresden ist die Lage angespannt. Bei Hofe braut sich was zusammen. Mir ist die Aufforderung zugegangen, meine religiöse Gesinnung mit Bezug auf meine Erziehungsweise schriftlich darzulegen. Dazu habe ich mich nicht herbeilassen mögen. Um aber nicht gänzlich widersetzlich zu erscheinen, habe ich auf meinen Aufsatz verwiesen, der in Kürze in der ‚Dresdner Wochenschrift' erscheinen werde, und der zur Frage das Nötige aussage. Noch habe ich keine Nachricht, ob man sich damit zufrieden gibt. Ich würde Sie, wertes Fräulein Nachtigal, nicht mit diesen Einzelheiten belasten, wenn ich nicht die Befürchtung hegte, dass die Vorgänge in Sachsen auch die Kindergärten in Preußen betreffen könnten. Denn durch eine der wenigen Hofdamen, die mir ihre Gunst noch nicht entzogen haben, bin ich über den Besuch zweier hoher Beamter aus Berlin unterrichtet worden. Der eine soll dem Ministerium für Geistliche, Unterrichts- und Medizinalangelegenheiten angehören, der andere dem Ministerium des Innern. Genaueres konnte mir die Hofdame nicht mitteilen. Aber so viel hat sie in Erfahrung bringen können, dass es bei den Gesprächen der Berliner Beamten mit den sächsischen Behörden um Kindergärten ging. Die Preußen wünschen eine gemeinsame Linie im behördlichen Umgang mit den Kindergärten. Am liebsten wäre ihnen ein allgemeines Verbot in beiden Königreichen. Die sächsischen Behörden wollen aber, wohl auch um sich nicht als allzu willfährig gegenüber dem preußischen Ansinnen zu zeigen, von einem generellen Verbot absehen und nur im Einzelfall entscheiden …

Sie legte den Brief zurück und nahm noch einmal ihren Antwortbrief zur Hand. Sie beschrieb darin die seltsame Vorgeschichte, die der Erteilung der Erlaubnis zur Fortführung des Kindergartens in Erfurt vorangegangen war; in ihrem ersten Brief an Frau Herz hatte sie nichts davon erwähnt. Sie schrieb von der Vernehmung durch einen Beamten nach ihrer Ankunft in Erfurt, von der Anhörung durch die Ortsschulkommission und dem feindlichen Gebaren des Pfarrers Schwartz, von den widersprüchlichen Nachrichten danach und der unerwarteten Erlaubniserteilung zwei Wochen vor dem Weihnachtsfest. Auch über den rätselhaften anonymen Brief schrieb sie, und dass sie immer noch nicht wisse, was er zu bedeuten habe. Zum Schluss gab sie mit Verweis auf die Kindergartengründung im preußischen Nordhausen ihrer Hoffnung Ausdruck, dass bei den Verantwortlichen in den preußischen und sächsischen Behörden wenn schon nicht Einsicht und besseres Wissen, so vielleicht die Furcht vor der Lächerlichkeit die Oberhand gewönne, der sie sich in der Öffentlichkeit aussetzten, falls sie ihren Kreuzzug gegen die Kindergärten fortzusetzen gedächten.

Friederike schaute auf die Uhr – schon gleich eins. Sie beschloss, mit der Kuvertierung des Briefes bis zum Abend zu warten, vielleicht fiel ihr noch das eine oder andere ein, was sie hinzufügen könnte.

Sie öffnete ein Fenster und lehnte sich hinaus. Ein freundlicher Tag, nur wenige Wolken am Himmel. Die Mittagssonne schien ihr ins Gesicht, und sie spürte ihre Wärme. Vor wenigen Tagen noch war es frostig kalt gewesen, gestern hatte Tauwetter eingesetzt.

Unten ging gerade die Frau Rätin von Ehrenberg mit ihrer Bediensteten vorbei. Friederike grüßte hinunter. „Jetzt wird es sicher bald Frühling, Frau Rätin!“

„Ach hätten Sie doch nur recht, Fräulein Friederike", kam es zurück.

Um ein Uhr wollten Ida und Frau Maubach sie abholen kommen. Bei der letzten Zusammenkunft hatten sich die Vereinsdamen darauf verständigt, das nächste Treffen im „Etablissement Flora" abzuhalten, einem beliebten Ausflugscafé am Fuße des Steigerwaldes. Frau Dr. Hoffmann, die Kassenführerin, hatte sich bereit erklärt, eines der Hinterzimmer zu reservieren und zwei Pferdeomnibusse zur Poststation am Anger zu bestellen. Dort wollte man sich treffen.

Friederike schaute in Richtung Wenigemarkt. Ida bog gerade in die Eimergasse ein, Frau Maubach war nicht zu sehen.

Unterwegs zum Anger berichtete Ida, dass Frau Maubach kurzfristig Besuch bekommen habe und es sehr bedauere, die Versammlung nicht besuchen zu können.

Sie erfreuten sich an der Sonne und beschlossen, den Hinweg zur „Flora" zu Fuß zu gehen, auch wenn sie den Beginn der Vereinssitzung dadurch versäumen sollten. Ida kannte den Weg und meinte, sie würden eine halbe Stunde brauchen. Sie unterrichteten die Vereinsfreundinnen, die schon zahlreich bei den Pferdeomnibussen an der Poststation warteten, über ihr Vorhaben.

Sie bogen in die Auguststraße ein, die nach einigen hundert Metern BAHNHOFSTRASSE hieß. Menschen mit Reisegepäck strebten dem Bahnhof zu, auf dessen Vorplatz sich Friederike und Ida an Menschentrauben vorbeidrängen mussten. Nachdem sie den Bahnhof passiert hatten, wandten sie sich nach rechts und ließen das Stadttor hinter sich. Die Häuserreihen lichteten sich und wurden durch Gärten, Baumgruppen und kleine Felder unterbrochen. Inseln von Schnee hoben sich gegen dunkle Erde ab. Mehr und mehr verlor sich der Geruch der Herdfeuer und der Ausdünstungen der Stadt. Ungehemmt von Mauern und Häusern wehte ein ständiger leichter Wind. Mit Behagen sogen sie die klare, winterfrische Luft ein. Spaziergänger, Reiter, Kutschen, Fuhrwerke und Trupps von Soldaten waren unterwegs. Wenig später wurden sie von den zwei Pferdeomnibussen unter heiteren Zurufen der Vereinsfreundinnen überholt. Mit der Entfernung von der Stadt vereinzelte sich der Verkehr. Die Straße zum Steigerwald war anfangs durch Kopfsteinpflaster gut befestigt. Bald aber folgten unregelmäßig verlegte Feldsteinplatten. Immer wieder mussten sie Flecken aufgeweichter Erde umgehen und über Pfützen aus Schneewasser steigen.

Friederike hatte seit ihrem Weihnachtsbesuch in Rudolstadt das engere Stadtgebiet Erfurts nicht mehr verlassen. Sie genoss die Weite des Himmels, die klare Luft und die Stille. Ida mochte ähnlich empfinden. Abgesehen von einem kurzen Austausch über den Gegenstand der heutigen Vereinssitzung – den „Mutigen Frauen in Geschichte und Gegenwart“ – sprachen sie wenig.

Wegen des schlechten Zustands der Straße erreichten sie die „Flora“ erst nach einer Stunde. Das langgestreckte, ebenerdige Gebäude mit seiner hohen Fensterfront befand sich inmitten eines Ensembles mehrstöckiger Villen. Vor der „Flora“ standen mehrere Pferdeomnibusse und Kutschen, dazwischen ein einzelnes Reitpferd. Einigen Pferden waren Futtersäcke umgebunden. Abseits war ein Eisenrost mit glühenden Brennkohlen aufgestellt. Kutscher und Bedienstete, deren Herrschaften im Café weilten, standen in Reichweite der Wärme. Einige hatten Tassen oder Becher in der Hand, aus denen der Dampf heißer Getränke aufstieg.

Sie betraten den weitläufigen Vordersaal, voller Vorfreude auf Kuchen und Punsch. Feuchtwarme, aromatisch gesättigte Luft schlug ihnen entgegen. Der Saal war gut gefüllt, nur wenige Tische waren unbesetzt. Separiert vom übrigen Publikum saß in der rechten hinteren Ecke eine kleinere Gesellschaft von Herren und einigen Damen um einen großen runden Tisch. Täuschte sich Friederike oder befand sich der junge Assessor von Ehrenberg unter ihnen? Einen mit vollem Servierbrett vorbeieilenden Bediensteten fragten sie nach dem Tagungsraum des Frauenvereins. Er sei auf dem Weg dorthin, gab er zu verstehen, man möge ihm nur folgen … und ob sie eine Bestellung aufgeben wollten, der Mandelkuchen sei ganz frisch.

Sie folgten der Empfehlung und bestellten Mandelkuchen, dazu russischen Tee und Punsch mit Ananas.

Als sie den Sitzungsraum betraten, bat Frau von Ravenbrück gerade um die Nennung von Frauen, denen man das Prädikat „mutig" zuerkennen könnte. Nach anfänglichem Schweigen schwirrten bald zahlreiche Namen durch den Raum – Olympe de Gouges, Rahel Varnhagen, Dorothea Schlegel, Mary Wollstonecraft, George Sand, Maria Stuart, Sidonie Hedwig Zäunemann …

Friederike meldete sich zu Wort und machte den Vorschlag, die Herausgeberin der „Frauen-Zeitung", Frau Luise Otto, einzuladen. Luise Otto sei nach ihrer bescheidenen Meinung nicht nur eine mutige Frau, sondern wohl auch in der Lage, zu der einen oder anderen der hier genannten Frauen einen Vortrag zu halten. Sie wollte ihrem Vorschlag noch eine weitere Begründung folgen lassen, da wurde die Tür geöffnet und ein jüngerer Mann in zwar modischer, aber dunkel gehaltener Kleidung erschien.

„Sie stören die privaten Beratungen des Frauenvereins!", gab ihm die Vorsitzende zu verstehen.

„Das, Gnädigste, liegt mir fern", gab der junge Mann zurück, wobei er versuchte, seiner Stimme einen schneidigen Ton zu geben, „aber dem Herrn Oberregierungsrat von Treptow wäre es eine Ehre, die neue Vorsteherin des Kindergartens in der Eimergasse an seinem Tisch im Vordersaal begrüßen zu dürfen. Es ist dem Herrn Oberregierungsrat zur Kenntnis gelangt, dass die Dame unter den hier Anwesenden weilt.“

Die Blicke der Anwesenden wanderten zwischen Friederike, dem Herrn und der Vorsitzenden hin und her. Friederike übersah den warnenden Blick der Vorsitzenden.

„Herr von Treptow, dessen Bekanntschaft zu machen mir bislang nicht vergönnt war, wird sich gedulden müssen.“

„Der Herr Oberregierungsrat ist es nicht gewohnt zu warten!“, kam es fordernd zurück.

Frau von Ravenbrück griff ein. „Fräulein Nachtigal wird dem Wunsch des Herrn Oberregierungsrats sicherlich gleich Folge leisten, wenn Sie sich nur für einen Moment draußen gedulden wollen.“

Der junge Mann verharrte einen Moment unschlüssig, dann ging er mit einer knappen, zackigen Verbeugung hinaus. Friederike warf der Vorsitzenden einen ungehalten fragenden Blick zu.

„Fräulein Nachtigal, vergeben Sie mir, es liegt mir völlig fern, Sie bevormunden zu wollen. Aber Sie sollten wissen, dass der Oberregierungsrat von Treptow – ich sah ihn mit seiner Entourage draußen im Vordersaal sitzen – vor drei Jahren von der preußischen Zentralregierung in Berlin hierher zur Bezirksregierung entsandt wurde, um als Dirigent die Innere Verwaltung zu leiten. In diesem Amt ist er ein überaus wichtiger und mächtiger Mann. Er könnte, wenn er wollte, Ihren Kindergarten von heute auf morgen schließen lassen …“

Friederike blieb nicht verborgen, dass Frau von Ravenbrück sie und ihren Kindergarten schützen wollte. „Dann sollte ich wohl gleich …“

„Das wäre klug, Fräulein Nachtigal! Die Unterredung wird sicher nicht lange währen. In der Zwischenzeit werde ich so frei sein, Ihren Vorschlag, die Herausgeberin der ‚Frauen-Zeitung' einzuladen, an Ihrer statt zu vertreten."

Friederike wandte sich zur Tür und trat in den Vordersaal hinaus. Der junge Mann, der ein untergeordneter Ministerialbeamter sein mochte, ging mit forschem Schritt voran und steuerte auf die kleine Gesellschaft zu. Friederike hatte sich nicht getäuscht, im Näherkommen erkannte sie den jungen von Ehrenberg. *So war er es wohl, der den Oberregierungsrat von meiner Anwesenheit in Kenntnis gesetzt hat.*

An dem großen, runden Tisch saßen fünfzehn oder sechzehn Personen. Friederike zählte drei jüngere Damen. Vor ihr erhob sich ein Herr und bot ihr seinen Stuhl an. Ein Bediensteter eilte herbei und fragte nach ihren Wünschen. Sie bestellte nur Schokolade. Die Herren zeigten sich in ähnlich zurückhaltend dunkler Kleidung wie der junge Mann, der sie zum Tisch geführt hatte. Dagegen präsentierten sich die drei Damen modisch aufgeputzt in munteren Farben. Friederike fiel die unnatürlich aufrechte Sitzhaltung der Anwesenden auf, die so gar nicht zu einer fröhlichen Ausflugsgesellschaft passte. Es sprach auch niemand.

Nur ihr Gegenüber, ein Herr in bestem Mannesalter mit kantigem Gesicht, saß entspannt und bequem, was sicher auch dem Umstand zu verdanken war, dass er den Komfort eines gepolsterten Stuhls mit erhöhter Rückenlehne und Armstützen genießen konnte, während sich die übrige Gesellschaft mit normalen harten Gasthausstühlen begnügen musste. Doch nichts enthüllte seine herausgehobene Stellung als Respektperson so sehr wie die Blicke des Tischpublikums, die sich Friederike zwar kurz zugewandt hatten, dann aber eilfertig mal beflissen, mal unterwürfig in seine Richtung gingen … Verse von Heine huschten ihr durch den Kopf.

Noch immer das hölzern pedantische Volk,
Noch immer ein rechter Winkel
In jeder Bewegung, und im Gesicht
Der eingefrorene Dünkel.

Sie stelzen noch immer so steif herum,
So kerzengerade geschniegelt,
Als hätten sie verschluckt den Stock,
Womit man sie einst geprügelt.

Auch Herr von Treptow, wer anders hätte es sein können, war dunkel gekleidet. Doch auf seinem linken Revers prangte, gleich einem hellen Farbtupfer in grauer Einöde, ein bunter Orden, dessen Bedeutung Friederike unbekannt war. Sie verstand nichts von Orden, von preußischen schon gar nicht.

Friederike erwartete, von ihm angesprochen zu werden. Doch anstatt sich vorzustellen und sie zu begrüßen, oder auf andere Weise das Gespräch zu eröffnen, musterte er sie nur aufmerksam, griff ohne Eile nach einer goldenen Tabatiére und entnahm ihr mit Daumen und Zeigefinger eine Prise Schnupftabak, die er mit geübter Handbewegung ihrer Bestimmung zuführte. Sichtlich genoss er die Wirkung und tupfte sich mit einem großgemusterten Taschentuch Tabakreste von der Nase.

Friederike fühlte Ungehaltenheit in sich aufsteigen. Der Bedienstete kam mit der Schokolade. Sie war nahe daran, ihn mit dem dampfenden Getränk in den Sitzungsraum des Frauenvereins zu schicken, da fragte Herr von Treptow unvermittelt: „Warum, Mademoiselle Nachtigal, warum musste es das preußische Erfurt sein? Hätten Sie Ihrer Neigung zur Unterrichtung kleiner Kinder denn nicht auch außerhalb der Grenzen unseres Königreichs nachgehen können? Warum nicht in Ihrer Heimatstadt Rudolstadt, was doch vielleicht auch mit größeren Annehmlichkeiten für Sie verbunden gewesen wäre, warum nicht Meiningen oder Gotha, warum ausgerechnet Erfurt?"

„Der Erfurter Kindergarten brauchte eine neue Leiterin, die Aufgabe wurde an mich herangetragen."

„Und wer hat Ihnen diese Aufgabe angetragen?"

Was bezweckt er denn nur mit diesen Fragen, er scheint doch bestens mit meinen Angelegenheiten vertraut zu sein … „Unser verehrter Lehrer, Herr Professor Fröbel."

„Herr Fröbel schickt ja seine Kindergärtnerinnen mittlerweile in alle Himmelsrichtungen Deutschlands und, wie man in Berlin aufmerksam und mit Besorgnis beobachtet, verstärkt jetzt nach Preußen, wobei er sich der Dienste der Freien Gemeinden zu bedienen weiß – recht geschickt möchte man meinen …"

„Wir Kindergärtnerinnen sind weder, wie Sie anzudeuten belieben, Herrn Fröbels Marionetten, noch fühlen wir uns als solche von ihm behandelt. Wir handeln aus Überzeugung und freiem Antrieb. Und die Freien Gemeinden verfolgen ihre eigenen Zwecke, worüber viele von uns nicht glücklich sind. Mir ist jedenfalls nicht bekannt, dass Frau Döbbel in Magdeburg von Herrn Fröbel geschickt worden wäre, oder dass eine Freie Gemeinde hinter der von der preußischen Polizei unterbundenen Kindergartengründung gestanden hätte. Aber Herr von Treptow, sofern Sie denn der Herr sind, der mich zu begrüßen wünschte, vielleicht können Sie mir ja erklären, wie es zu dieser Willkürhandlung kommen konnte?"

Am Tisch machte sich verhaltene Unruhe breit.

„Mademoiselle, ich halte es Ihrer Jugend zugute, dass Sie eine preußische Amtshandlung als Willkürhandlung zu bezeichnen wagen. Was den Anlass des polizeilichen Verbots der Kindergartengründung in Magdeburg angeht, so sollten Sie wissen, dass es weder üblich noch gestattet ist, Staatsangelegenheiten mit Privatpersonen zu erörtern. Auch wäre es nicht meines Amtes, die Vorgehensweise der Kollegialbehörde des Regierungsbezirks Magdeburg zu kommentieren. Ich darf Ihnen aber, ohne damit ein Staatsgeheimnis zu verraten …“, er lachte und schaute selbstgefällig in die Runde, „… nun, ich darf Ihnen anvertrauen, dass niemand so einfältig sein sollte anzunehmen, wir sähen tatenlos zu, wenn Schülerinnen der Frau Herz beginnen, in Preußen Kindergärten zu gründen. Es ist wohl auch nur noch eine Frage der Zeit, bis die sächsischen Behörden ihre duldende Haltung gegenüber der Herz aufgeben und dem Treiben dieser Person Einhalt gebieten.“

Seltsam, der Schließung des Kindergartens in Dresden sieht er so erwartungsvoll entgegen, die Eröffnung des Kindergartens in Magdeburg haben die preußischen Behörden gar nicht erst zugelassen, aber der Kindergarten in Nordhausen durfte ohne Schwierigkeiten seine Pforten öffnen und besteht jetzt schon fünf Wochen … „Dann sollte ich den Eltern meiner Kinder wohl mitteilen, dass auch unser Kindergarten bald geschlossen wird?“

Diese Frage traf den Oberregierungsrat sichtlich unerwartet. Er winkte dem Assessor von Ehrenberg. Sie flüsterten kurz. Dann sagte er: „Noch steht Ihr Kindergarten unter dem Schutz des Namens Fröbel. Sie sollten jeder Versuchung widerstehen, die Verlässlichkeit dieses Schutzes auf die Probe zu stellen!“

„Herr Oberregierungsrat, Sie sprachen von der Besorgnis, die man sich in Berlin über die Gründung von Kindergärten in den preußischen Regierungsbezirken macht. Dürfen Sie mir sagen, worin die Besorgnis der Berliner Obrigkeiten denn eigentlich besteht, oder würden Sie damit ein Staatsgeheimnis preisgeben?“

„Es handelt sich hier keineswegs um ein Staatsgeheimnis. Wir sehen in den Kindergärten den Versuch, den Fourierismus in Deutschland einzuführen und unsere christliche Familienordnung durch die Bildung von sozialistischen Assoziationen zu untergraben. Kleine Kinder gehören, bevor sie mit ihrem Eintritt in die Schule ihren ersten Schritt in das öffentliche und staatliche

Leben gehen, ausschließlich in den engeren Kreis der Familie und an die Seite ihrer Mütter."

„Ich kenne die Lehre des Charles Fourier nicht gut genug, um mich dazu äußern zu können. Gewiss ist aber, dass es der Mehrheit der Proletarier an Mitteln gebricht, um überhaupt ein Familienleben führen zu können. Sie haben wohl Familie, aber kein Familienleben, von einem christlichen ganz zu schweigen, wozu, mit Verlaub mein Herr, die preußische Gesetzgebung beiträgt, indem sie Fabrikarbeit von Kindern duldet."

„Wir haben dafür Sorge getragen, dass der Kreis der Kinder, die für Fabrikarbeit verwendet werden dürfen, begrenzt wurde, und dass ihr Schulunterricht sichergestellt ist."

„Schulunterricht am Abend nach neun oder zehn Stunden Arbeit oder am Sonntag, der doch dem Herrn gehören soll. Das ist Ihre Vorstellung von einem christlichen Familienleben für Kinder, mein Herr?" Friederike spürte, dass sie den Beamten in die Verteidigung drängte, was ihr wenig nützen konnte. Darum versagte sie es sich, weiter auf die Lage der arbeitenden Klassen einzugehen.

Der Beamte vermied es, auf ihre Bemerkung zu antworten und fragte stattdessen: „Wäre es nicht zweckdienlicher, den arbeitenden Klassen das Bibelwort zu predigen, anstatt sie zu gefährlichen sozialistischen Experimenten anzustacheln?"

„Das Bibelwort zu predigen, wie es der Pfarrer Wichern und seine Innere Mission anraten, mag zwar nicht falsch sein. Jedoch fragt es sich, ob die arbeitenden Klassen es hören, und wenn sie es hören, ob es sie sättigt."

„‚Der Mensch lebt nicht vom Brot allein', heißt es nicht so bei Matthäus, Mademoiselle?"

„So heißt es dort wohl. Wenn nur genügend Brot vorhanden wäre, das sich durch Gottes Wort veredeln ließe. Ich jedenfalls kann nichts Unchristliches darin sehen, wenn sich Familien der arbeitenden Klassen zum Zwecke der Selbsthilfe in Sachen Bildung und Betreuung ihrer kleinen Kinder zu Assoziationen zusammenschlössen. Der Zweck der Kindergärten ist es jedenfalls nicht, das christliche Familienleben zu untergraben, sondern überhaupt erst eines möglich zu machen. Wollen Sie denn auch Konsumvereine und alle anderen Vereine, die jetzt in so großer Zahl gegründet werden, um das Los der arbeitenden Klassen zu lindern, unter den Generalverdacht des Unchristlichen stellen? Zeigt denn nicht die Gründung des ‚Zentralvereins für das Wohl der arbeitenden Klassen' in Berlin vor wenigen Jahren, dass der Staat gegen den um sich greifenden Pauperismus machtlos ist, dass es privater Assoziationen bedarf, um die Not der Massen zu lindern?"

„Unerhört!", „Dreist!", kam es aus dem Tischpublikum.

„Was Sie fordern, ist Anarchie, Mademoiselle. Nur gut, dass nach preußischem Recht die zivilen Assoziationen und alle öffentlichen und privaten Erziehungseinrichtungen als Veranstaltungen des Staates gelten und unter seiner Aufsicht stehen. Gebe Gott, dass es so bleibt!"

„Was Sie Anarchie nennen, ist von trefflichen Männern in hochrangigen Ämtern des preußischen Dienstes in Wort und Schrift ausgesprochen und gefordert worden."

„Solche Männer, dessen seien Sie gewiss, Mademoiselle, sind entweder Verwendungen zugeführt worden, in denen sie Preußen mit ihren Fähigkeiten dienen, nicht aber schaden können. Oder sie sind aus den preußischen Diensten ausgeschieden."

Friederike hatte, Diesterwegs Entlassung vor Augen, schon eine Bemerkung über die Art des Ausscheidens aus den preußischen Diensten auf der Zunge, doch der Oberregierungsrat schnitt ihr das Wort ab.

„Mademoiselle, es war aufschlussreich mit Ihnen zu plaudern", damit wandte er sich an die Dame zu seiner Seite.

Friederike erhob sich, warf einen Blick in die Runde und ging ohne ein Wort des Abschieds zu den Vereinsdamen zurück.

Ida flüsterte ihr zu: „Dein Vorschlag, Louise Otto anzusprechen, ist einstimmig angenommen worden. Über die anderen Vorschläge gibt es noch keine Einigkeit, es bedarf wohl noch einer weiteren Sitzung, bis alle Fragen geklärt sind."

Gerade wurde darüber gesprochen, ob auch Herren als Referenten eingeladen werden sollten. Aber Friederike konnte sich nicht mehr in die Beratungen hineinfinden, das Gespräch ging ihr nach. *„Noch steht Ihr Kindergarten unter dem Schutz des Namens Fröbel …" Noch? Und der Kindergarten von Frau Herz in Dresden – steht er vor der Schließung?*

Nach Schluss der Sitzung, man hatte sich auf Mai vertagt, nahm Frau von Ravenbrück Friederike beiseite. „Sie sahen nach dem Gespräch mit dem Oberregierungsrat nicht glücklich aus?"

Friederike erzählte kurz, dass der Herr von Treptow ganz und gar nicht den Wunsch gehabt hatte, sie zu begrüßen. Vielmehr sei es ihm darum gegangen, das tiefe Misstrauen zum Ausdruck zu bringen, das auf Seiten der preußischen Behörden bis hinauf zur Berliner Zentralregierung gegenüber den Kindergärten bestünde. „Ich fürchte, dass Schritte gegen die Kindergärten geplant sind. Man will wohl ihre weitere Verbreitung schon im Keim ersticken. In Magdeburg ist die Gründung eines Kindergartens bereits polizeilich verboten worden."

Frau von Ravenbrück machte ein nachdenkliches Gesicht. „Hat er Berlin gesagt?"

„Ja, dass man in Berlin die Entwicklung der Kindergärten in Preußen mit Besorgnis beobachte …"

Frau von Ravenbrück nickte. „Dann sieht es um die Zukunft der Kindergärten wahrlich nicht gut aus. Herr von Treptow weiß, wie man in Berlin denkt."

Auf der Rückfahrt mit dem Pferdeomnibus blieb Friederike wortkarg. Auch Ida vermochte nicht, sie aufzuheitern. Als sie gemeinsam von der Poststation zur Eimergasse gingen, erzählte

Friederike, dass Herr Reinfeld morgen zusammen mit ihnen das Konzert besuchen werde. Von der Begegnung zwischen dem Lehrer und der Polizei hatte sie Ida ebenso wenig erzählt, wie von der rätselhaften Frau auf dem Markt.

Am Abend setzte Friederike unter den Brief an Frau Herz einen Zusatz: *Die Besorgnis, die Sie in Ihrem Brief zum Ausdruck bringen, hat heute leider Bestätigung erfahren …* Sie berichtete von dem Gespräch mit dem Oberregierungsrat und dass er eine baldige Schließung des Dresdner Kindergartens durch die sächsischen Behörden angedeutet habe.

* * *

Der Saal von Vogels Garten war schon gut gefüllt. Friederike, Ida und Albert Reinfeld standen noch vor der Saaltür in der Warteschlange, denn der Billeteur war völlig überfordert. Schließlich betraten sie den Saal, mussten aber noch länger suchen, bis sie drei freie Plätze fanden. Erwartungsvoll sahen sie dem Augenblick entgegen, wenn die Lichter herabgedreht würden und der Vorhang geöffnet würde.

Friederike hatte Wilhelm Müllers Gedichtzyklus „Die Winterreise" in ihren Backfischjahren von Tante Alwine geschenkt bekommen. Viele der schwermütigen und geheimnisvollen Verse waren ihr noch im Kopf. Die Vertonung kannte sie von einer Vorstellung in Rudolstadt, doch die Sängerin war eine wenig bekannte Sopranistin aus der Provinz gewesen. Es war auch nicht Franz Schuberts ursprüngliche Vertonung geboten worden, sondern die glättende – manche sagten verniedlichende – Volksliedfassung von Silcher. Doch heute würden sie Schubert hören, und dazu Mathilde Marchesi, die gefeierte Mezzosopranistin.

Die Lichter verblassten bis auf ein schwaches Leuchten. Der Vorhang schwebte langsam in die Höhe. Letzte Räusper im Publikum erstarben. Und da stand sie, die Marchesi, prächtig gewandet, die Haare halbhoch frisiert, eine Hand graziös auf dem Flügel abgelegt. Der Pianist schlug die ersten Noten an.

Ein Windstoß hätte nicht überraschender und überwältigender sein können als die dunkeltönende Stimme der Marchesi, die den Saal bis in den letzten Winkel durchdrang. Wie ungleich mächtiger, wilder, als Friederike es von der Rudolstädter Vorstellung in blasser Erinnerung hatte, strömte, brauste dieser Gesang dahin, stürmte auf sie ein und nahm von ihrem gesamten Leib Besitz.

Fremd bin ich eingezogen, fremd zieh ich wieder aus;
ich kann zu meinen Reisen nicht wählen mit der Zeit:
muss selbst den Weg mir weisen in dieser Dunkelheit ---

Am Brunnen vor dem Tore, da steht ein Lindenbaum:
ich träumt in seinem Schatten, so manchen süßen Traum ---

Ein Herz sieht an dem Himmel, gemalt sein eignes Bild –
Es ist nichts als der Winter, der Winter kalt und wild ---

Ein Licht tanzt freundlich vor mir her,
ich folgt ihm nach die Kreuz und Quer ---

Was vermeid ich denn die Wege,
wo die andren Wandrer gehen,
suche mir versteckte Stege,
durch verschneite Felsenhöhn ---

In die tiefsten Felsengründe lockte mich ein Irrlicht hin:
Wie ich einen Ausgang finde, liegt nicht schwer mir in dem Sinn ---

Fliegt der Schnee mir ins Gesicht, schüttl ich ihn herunter,
wenn mein Herz im Busen spricht, sing ich hell und munter ---

Eine Hand legte sich auf ihren Arm. „Friederike? Friederike!" Sie tauchte aus ihrer Versunkenheit auf. „Friederike, das Konzert ist zu Ende", lachte Ida sie an.

Friederike erhob sich, um an der Seite von Ida und Albert mit der langsam sich dem Ausgang zubewegenden Menge den Saal zu verlassen.

In ihrer Wohnung, wo sie „Dreifuß" – einen Rotweinpunsch – vorbereitet hatte, überreichte sie Ida das Notenheft zur „Winterreise". Ida bedankte sich beschämt und bewegt, als sei sie des Geschenks nicht würdig.

Auch wenn nach dem einen und anderen Glas „Dreifuß" so manches heitere Wort hin und her ging, blieb Friederike unter dem Eindruck des Konzerts. Es war ihr, als habe ihr tiefstes Seeleninneres in Gesang und Versen Ausdruck gefunden.

* * *

Friederike trat ans Fenster. Es war später Nachmittag, ein schöner Maitag. Ein Scherenschleifer kam die Gasse herauf und rief seine Dienste aus. Sie setzte sich zurück an den Sekretär. Bernhardine Herold in Gotha wartete sicher schon auf einen Antwortbrief.

Der Kreis ihrer Korrespondenz hatte sich erheblich erweitert. Um ihren Verpflichtungen nachzukommen, war ihr das Briefeschreiben zur regelmäßigen Beschäftigung geworden. Aber es war keine lästige Pflicht. Jeder Brief war ein gern geleisteter Beitrag für ihre Zugehörigkeit zur Gemeinschaft der Kindergärtnerinnen.

Die Schatten, die ihr Leben verdunkelt hatten, waren nicht gewichen, doch sie waren blasser geworden. Denn ihre Befürchtung, dass sie nur Vorboten bedrohlicherer Ereignisse wären, hatte sich als unbegründet erwiesen. Sie hatte keine Zettel mit der Aufschrift „Kinderpflanzen" vorgefunden, die unangenehme Nachrichten ankündigten. Albert Reinfeld hatte keinen Besuch von irgendwelchen Polizeiagenten erhalten. Er hatte zwar über seinen Rektor erfahren, dass der Ortsschulbehörde die Befugnis zur Aufsicht über den Kindergarten förmlich entzogen und vom Amt der Geistlichen, Unterrichts- und Medizinalangelegenheiten übernommen worden war, aber das war nach der Intervention der Bezirksregierung bei der Erteilung der Erlaubnis zur Fortführung des Kindergartens nicht überraschend gewesen. Auch der Dresdner Kindergarten von Frau Herz bestand noch.

Stattdessen hatten sich ermutigende Zeichen eingestellt. Frau Döbbel aus Magdeburg hatte geschrieben. Mit einigen wenigen Kindern habe sie im April einen neuen Anfang gewagt. Bislang sei sie unbehelligt geblieben. Sie hoffe auf den Herbst, wenn, wie sie schrieb, „die Familien aus den Bädern zurückkehrten" und die Kinder, die schon angemeldet gewesen waren, in den Kindergarten schickten. Aus Berlin hatte sie einen Brief von Fräulein Erdmann erhalten. Man sei mit den Vorbereitungen zur Gründung eines Kindergartens schon weit fortgeschritten und sehe dem August für die Eröffnung entgegen. Herrn Diesterweg habe man dafür gewinnen können, die Eröffnungsrede zu halten. Der Nordhäuser Kindergarten plante für den Sommer ein großes Kinder- und Spielfest, Besuch aus allen Teilen Deutschlands werde erwartet. Friederike hoffte, viele der ihr bislang nur brieflich bekannten Kindergärtnerinnen dort zu treffen.

Über einen Brief von Amalie Krüger aus Hamburg hatte sie sich besonders gefreut. Vielleicht wäre sie ohne deren Ermunterung – damals in Rudolstadt während der Lehrerversammlung – gar nicht Kindergärtnerin geworden.

Liebes Fräulein Nachtigal!

Wie groß waren meine Überraschung und Freude, dass Sie Leiterin des Erfurter Kindergartens geworden sind. Eigentlich sollte ich ja ein wenig böse mit Ihnen sein – musste ich denn erst von unserm lieben Herrn Fröbel davon erfahren? Aber wie könnte ich böse mit Ihnen sein? Doch zukünftig werde ich hoffentlich häufiger von Ihnen hören!
Hier an der Hamburger Hochschule geht vieles drunter und drüber. Aber der Zuspruch, den die Vorlesungen vom weiblichen Publikum erfahren, ist ungebrochen.
Fräulein von Meysenbug teilt sich seit einigen Wochen die Leitung des Pensionats mit Frau Fröbel. Ich habe noch niemanden getroffen, der so konsequent – und sicherlich nicht ohne Schmerz – mit der Vergangenheit gebrochen hat, wie Fräulein von Meysenbug. Aber sie sagt, sie könne nicht bei ihrer Familie bleiben, keiner wolle oder könne sie verstehen. Jetzt ist sie der Freien Gemeinde beigetreten und verliert damit ihr Anrecht auf einen Alterssitz in einem Frauen-Stift …

Friederike hatte an ihre eigene Familie denken müssen.

Die Kinder waren ihr ans Herz gewachsen – jedes eine kleine Persönlichkeit. Annabellchen hatte sich gut eingelebt. In Jettchen hatte sie eine treue Beschützerin. Die Familien hatten einander angenähert. Jettchen besuchte die Sieverts zu Hause. Leider hatten sich zwei Familien mit der Aufnahme Annabellchens nicht abfinden wollen und ihre Kinder abgemeldet. Weitere Kinder hatten sich noch nicht eingestellt. Auf ihre Annonce im „Allgemeinen Anzeiger" hatte sich nur noch ein Elternpaar gemeldet, dem aber der monatliche Beitrag zu hoch gewesen war.

Mit Auguste blieb sie freundschaftlich verbunden. Aber ihre Lebenskreise hatten keine Berührung mehr miteinander. Das eine ums andere Mal dachte sie an Daniel van Neesen. Wo er wohl sein mochte?

Zwischen ihr und Albert Reinfeld hatte sich ein seltsam zwiespältiges Verhältnis entwickelt. Da war auf der einen Seite die Vertraulichkeit, die sich durch gegenseitige Offenheit eingestellt hatte. Seine Parteinahme für sie, mit der er sich gegen die preußische Polizei gestellt hatte, nötigten ihr Respekt und Dankbarkeit ab. Auch mochte sie seine unverbildete Redeweise, seine direkte Art, Dinge zu bezeichnen. Auch die spitzbübische Art, mit der er sie bisweilen anschaute und ihr jede ernsthafte Rede unmöglich machte, hatte sie liebgewonnen. Sie konnten herzhaft miteinander lachen, und so manches Mal, wenn sie sich ohne Worte verstanden, schien es ihr, als seien sie schon ein ganzes Leben lang befreundet. Sie staunte über die große Anzahl an Büchern, die er in kurzer Zeit gelesen hatte, bewunderte seinen Studienfleiß, seinen Eifer, wenn sie über pädagogische Fragen disputierten. Nachdem er ihre kleine Büchersammlung durchgearbeitet hatte, musste sie den Bestand anfordern, den sie noch in Rudolstadt hatte. Dann begann er Geld anzusparen, um Bücher zu kaufen, die sie nicht besaß. Wie weggewischt war seine Furcht, er könne von seinen Vorgesetzten wegen Lektüre unerlaubter oder unerwünschter Schriften belangt werden. Erst noch vor einer Woche war er gekommen, ihr seine neueste Anschaffung zu zeigen. Es war Wilhelm von Humboldts Schrift „Ideen zu einem Versuch, die Grenzen der Wirksamkeit des Staates zu bestimmen". Sie hatte ihn überrascht angesehen und gesagt, nun sei es an ihr, sich ein Buch von ihm zu leihen. Verlegenheit und Stolz waren in seinem Gesicht zu lesen gewesen.

Aber da war auch noch etwas anderes in seinem Verhalten, eine plötzliche Zurückgenommenheit und Vorsicht. Hin und wieder glaubte sie, einen Vorbehalt gegen sich zu spüren, Misstrauen vielleicht sogar? Sie vermochte es erst nicht zu deuten, und mit ihren anfänglich unbedachten Reden, die ihn verletzt haben und ihm noch nachgehen mochten, nicht hinlänglich zu erklären. Für Ida hatte sein Verhalten einen ganz einfachen Grund.

„Friederike, er schaut zu dir auf …“, hatte sie gesagt, als sie einmal über Albert sprachen, „… du bist für ihn eine junge Dame, er aber fühlt sich nicht als Herr deines Standes. Er versucht dich zu beeindrucken. Er liest so viel, um dir ebenbürtig zu sein. Vielleicht …“, sie hatte vergnügt aufgelacht und sie geneckt, „… vielleicht ist *das* ja seine Art, dir den Hof zu machen. Und Friederike, ich gesteh's frei, wie gern wär' ich wie du, und werd's doch niemals sein. Ich werd' immer die Tochter eines Büroschreibers bleiben. Und sollte mich ein Mann mal wollen, auf eine reiche Aussteuer wird er nicht hoffen dürfen.“

Noch nie hatte sich Friederike auf diese Weise durch die Augen von anderen gesehen.

Friederike brachte den Brief an Bernhardine zu Ende.

Weißt du schon vom Sommerfest des Nordhäuser Kindergartens? Und wirst hoffentlich auch dort sein? Bald gibt es die ersten Kirschen, dann werde ich einen Kirschlikör ansetzen. Und wenn ich dich besuchen komme, werde ich dir ein gehöriges Tröpfchen mitbringen! Vielleicht fahren wir zusammen zum Sommerfest? Ach Bernhardine! Frühling, Sommer, Kinderfeste!

Der Türklopfer ging. Das wird Ida sein. Sie stand auf und öffnete ein Fenster. „Ich komme", rief sie Ida zu. Sie warf einen leichten Mantel über und setzte einen neuen Kiepenhut auf. Sie hatten sich für diesen Samstagnachmittag verabredet, um Vogels Garten aufzusuchen. Seit Mitte April konnte man dort draußen sitzen. Es war ein schöner Tag, einige Wolken und viel warme Maisonne. Unterwegs bemerkte Friederike, dass Ida gegen ihre Gewohnheit kaum lachte. *Hoffentlich ist niemand erkrankt …*

Sie fanden zwei Plätze in der Sonne und bestellten Eiergrog und Windbeutel. Ida stocherte gedankenverloren in ihrem Windbeutel herum. Schließlich sagte sie: „Mein Vater hat gestern eine seltsame Geschichte erzählt. Du weißt, er arbeitet bei der Bezirksregierung als Schreiber – Aktennotizen kopieren, Protokolle abschreiben, Briefe aufnehmen, sowas in der Art. Im letzten Jahr hat er sich auf Drängen seiner Vorgesetzten als Stenotypist ausbilden lassen. Gestern nun erzählte er beim Abendtisch … aber ich weiß gar nicht, ob ich darüber sprechen darf. Du wirst es doch vertraulich behandeln, nicht wahr?"

Friederike nickte.

„Also, er erzählte, er habe eine längere Aktennotiz in mehreren Exemplaren kopieren müssen. Gewöhnlich achte er wenig auf den Inhalt der Schriftstücke, die ihm zur Bearbeitung aufgetragen würden, gestern aber sei ihm ein Name aufgefallen …", Ida machte eine kurze Pause. „Es war dein Name, Friederike, der Name Nachtigal. Er sagte auch, in der Aktennotiz sei von Kindergärten die Rede gewesen …"

Friederike fiel ein, was Albert vor zwei oder drei Wochen erwähnt hatte. Der Ortsschulbehörde sei die Aufsichtsbefugnis entzogen und vom Amt für Geistliche, Unterrichts- und Medizinalangelegenheiten übernommen worden.

„Hat sich dein Vater daran erinnern können, worum es in der Aktennotiz ging und aus welchem Amt sie stammte? War es das Amt für Geistliche, Unterrichts- und Medizinalangelegenheiten?“

„Ich hab ihn natürlich gefragt. Aber er sagte, er habe den Inhalt der Notiz nicht recht verstanden. Es sei davon die Rede gewesen, dass – wie sagte er noch? … dass die ‚Angelegenheit‘ zu lange dauere. Es sei aus der Notiz aber nicht weiter hervorgegangen, welche Angelegenheit gemeint war, nur dass sie mit dir zu tun habe. Das Amt, von dem du eben gesprochen hast, hat er erwähnt, als Empfänger einer der Kopien. Weitere Kopien seien an die hiesige Justizverwaltung und an eine Behörde in Berlin gegangen. Eine Behörde oder Abteilung, von der er noch nie etwas gehört habe, sei auch im Verteiler gewesen. Auftraggeber aber war wohl, so hat er es verstanden, das Amt für Innere Angelegenheiten. Ach ja, er sagte noch, im Zusammenhang mit den Kindergärten sei auch die Stadt Nordhausen erwähnt worden. Er meinte, das Ganze sei ihm wie ein Gerangel um Zuständigkeiten vorgekommen, das habe er schon häufiger erlebt. Die Ämter, Behörden und Abteilungen wachten eifersüchtig über ihre Kompetenzen … Friederike, was bedeutet das denn alles nur?“ Ida schaute besorgt.

Friederike wusste nicht, was sie sagen sollte. Sie machte ein nachdenkliches Gesicht. Was Ida ihr gerade mitgeteilt hatte, war beunruhigend. Sollte sie Ida ins Vertrauen ziehen, ihr von Alberts Begegnung mit der preußischen Polizei erzählen, von der rätselhaften Frau auf dem Markt, von dem Briefversteck? Könnte Ida dadurch in Gefahr geraten? Schließlich sagte sie: „Ich weiß nicht, was es mit dieser Aktennotiz, von der dein Vater sprach, auf sich haben könnte, was Gutes bedeutet es bestimmt nicht. Ida, die preußischen Behörden stehen mir und meinem Kindergarten mit großem Misstrauen gegenüber. Schon die Erteilung der Erlaubnis zur Fortführung des Kindergartens ging unter sehr merkwürdigen Umständen vor sich. Vielleicht suchen die Behörden nach Vorwänden, meinen Kindergarten zu schließen …“

„Aber Friederike, warum hast du denn nie davon erzählt?“

„Warum soll ich andere damit belasten.“

In gedämpfter Stimmung gingen sie zurück. Bevor sich Ida verabschiedete, nahm sie Friederike in den Arm und drückte sie fest.

Als hätte das, was Ida ihr erzählt hatte, sie nicht schon genug mit Sorge erfüllt, fand sie im Flur einen Zettel mit der Aufschrift „Kinderpflanzen“. Voll dunkler Vorahnungen ging sie hinaus in den Garten. Leute waren nicht in der Nähe. Sie tastete nach dem Riss im Pfosten und zog einen Umschlag aus grobem Papier hervor. Sie steckte ihn in die Tasche und ging schnell ins Haus zurück. Oben in der Wohnung entnahm sie dem Umschlag einen mehrfach gefalteten Zettel, den sie rasch öffnete.

> Die preußischen Behörden planen umfassende Maßnahmen gegen die Kindergärten im Regierungsbezirk Erfurt. Die Maßnahmen werden mit Berlin abgestimmt. Wir haben sichere Hinweise, dass Sie unter Beobachtung stehen, vielleicht einvernommen werden sollen. Verbrennen Sie diesen Zettel, wenn Sie die Nachricht gelesen haben.

Kein Absender, keine Unterschrift.

Ratlos, beinah fassungslos starrte sie auf den Zettel, faltete ihn zusammen, öffnete ihn wieder, las ihn erneut. *Maßnahmen, wann? Mich einvernehmen? Warum? Mit welcher Begründung?* Sie begann nachzudenken. Von wem kam der Zettel mit der

Warnung? Wer waren diese Leute? Gehörte die Frau, von der sie auf dem Markt angesprochen worden war, dazu? Konnte sie der Nachricht trauen? Und wenn sie die Warnung ernstnähme, was wären die Folgen? Den Kindergarten aufgeben und davonlaufen?

Sie musste mit jemandem sprechen. Mit Albert? Frau von Ravenbrück? Sie wusste nicht, wo Frau von Ravenbrück wohnte. Albert wohnte in einer Pension in der Büssleber Gasse. Sollte sie ihn aufsuchen? Aber was würde seine Wirtin sagen? Sie verwarf den Gedanken. Sicher würde er sie in Kürze besuchen kommen. Und der Frauenverein kam in einigen Tagen, am Samstag, zusammen, da konnte sie mit Frau von Ravenbrück sprechen. Sie nahm Papier und Feder und schrieb Briefe an Emmi in Nordhausen, an Frau Herz und an Tante Alwine. Dann las sie noch einmal die Nachricht und verbrannte den Zettel.

VII

In ihrer Morgenpost fand Friederike einen Briefumschlag, auf dem der Absender mit „D. v. N." ausgewiesen war.

Daniel?!

Voller Ungeduld wartete sie, bis die Kinder mit ihren Arbeiten beschäftigt waren. Dann stellte sie sich an ein Fenster und öffnete den Umschlag. Der Brief enthielt nur wenige, in zierlicher Schrift geschriebene Zeilen.

Liebes Fräulein!

Mich verborgen haltend weile ich in Erfurt. Wie glücklich würde ich mich schätzen, Sie wiedersehen zu dürfen. Darf ich hoffen, dass Sie meiner Bitte um ein Treffen Ihre geneigte Zustimmung nicht versagen werden? Wäre es so, würde ich Sie heute Abend um acht Uhr an der Engelsburg mit größter Wiedersehensfreude erwarten.

Ihr ergebenster
D. v. N.

Völlig verwirrt ließ sie den Brief sinken. *Daniel van Neesen in Erfurt?!*

„Fräulein Friederike, ich brauche noch ein Flechtblatt." Konrad war an sie herangetreten.

„Was sagst du, Daniel?"

„Aber Fräulein Friederike, ich heiße doch nicht Daniel …", der Junge lachte, „… ich heiße Konrad!"

„Wie? Ach Konrad, natürlich, hab Nachsicht mit mir, was möchtest du denn?"

* * *

Um halb acht verließ Friederike das Haus. Es roch nach Kohle- und Holzfeuer und ein wenig nach Mai. Auf der Gasse befanden sich nur vereinzelt Menschen, sie achtete nicht auf sie. *Ob er kommen wird? Vielleicht muss er sich verborgen halten, ist vielleicht entdeckt, verraten worden?*

Sie bog in die Allerheiligengasse ein, die zur Engelsburg führte. An einer vom Laternenlicht nur wenig erhellten Stelle fühlte sie sich plötzlich von kräftigen Armen gepackt und in einen Hauseingang gezogen. Eine Hand hielt ihr den Mund zu.

„Frollein Nachtigal, rufen Sie nicht um Hilfe, wir wollen Ihnen nichts Böses antun …", flüsterte eine weibliche Stimme. „Wir wissen, dass Sie Herrn van Neesen treffen wollen. Aber Sie laufen in einen Hinterhalt. Herr van Neesen hält sich nicht in Erfurt auf, er weilt bei Angehörigen in Holland … Bert, ich glaub', du kannst sie jetzt loslassen …"

Verwirrt und verängstigt stammelte Friederike: „Aber der Brief, er hat mir doch einen Brief geschickt …"

„Eine Fälschung …", flüsterte eine männliche Stimme. „Die Geheimen haben ihre Leute für sowas."

„Das glaube ich nicht, ich will mich überzeugen!"

„Das steht Ihnen frei. Aber wenn Sie jetzt den Treffpunkt aufsuchen, zu dem man Sie bestellt hat, laufen Sie direkt in die Arme der geheimen Polizei. Wohin hat man Sie bestellt?"

„Zur Engelsburg", auch Friederike flüsterte.

„So stimmen unsere Informationen. Erst wurde uns das Backhaus genannt ..."

Plötzlich trat ein weiterer Mann aus der Gasse in den Hauseingang. „Die fühlen sich sicher, die glauben, dass sie kommt. Es ist ihr keiner gefolgt. Nur in der Eimergasse steht noch einer, vielleicht auch hinterm Haus am Garten ..."

„Frollein, wir können Ihnen beweisen, was wir sagen", sagte der Mann, der sie festgehalten hatte. „Wenn Sie dann nicht überzeugt sind, können Sie tun, was Ihnen beliebt. Kommen Sie."

Der Mann trat auf die Gasse hinaus. Friederike zögerte, tat dann aber, wie ihr geheißen. Die Frau und der zweite Mann folgten. Der kleine Trupp bewegte sich in Richtung Engelsburg. Nach etwa hundert Metern hob der Mann die Hand.

„Hier hinein ...", er wies in eine niedrige Toreinfahrt. „Sehen Sie, Frollein, dort ist die Engelsburg. Passen Sie gut auf, was gleich geschieht. Lotte, schlag dir die Kapuze hoch und geh los."

Die Frau zog sich die Kapuze ihres Übermantels über den Kopf.

„Nein, warte!" Der Mann holte eine kleine Flasche hervor und schüttete etwas vom Inhalt über ihren Mantel. „Los jetzt!"

Die Frau ging langsam auf die Engelsburg zu. Es war nicht die Frau vom Marktplatz, die war kleiner gewesen. Die Frau, die Lotte genannt wurde, war groß und schlank.

„Guter Nordhäuser Branntwein", flüsterte der Mann Friederike zu und gluckste in sich hinein. „Gibt keine Flecken."

Friederike sah, wie die Frau sich neben dem von einer seitlichen Laterne erhellte Eingangstor zur Engelsburg aufstellte. Nach wenigen Augenblicken stürzten zwei männliche Gestalten aus dem Eingang auf die Frau zu. Einer von ihnen zog ihre Kapuze zurück. Kurze Zeit Stille.

„Das ist nicht die Nachtigal!", rief einer der Männer in den Eingang hinein.

Ein kleingewachsener Mann mit Zylinder und Stock trat hervor.

„Der Markowski persönlich“, flüsterte Bert.

Die drei Männer standen um die Frau herum, der mit dem Zylinder sprach auf sie ein.

„Was wird denn jetzt mit ihr?“, flüsterte Friederike.

„Mit Lotte? Oh, ihr wird nichts geschehen. Sie werden ihr Fragen stellen, sie wird ahnungslos sein, sie werden den Schnaps riechen und sie als Schnapsdrossel davonjagen. Wir werden sie sicher später wiedersehen.“

„Wir?“

„Sie können jetzt nicht sofort zurück in Ihr Haus. Man hat Sie rausgeh'n seh'n. Wenn Sie jetzt zurückgeh'n, wird man Ihnen unangenehme Fragen stellen, Sie vielleicht sogar mitnehmen. Kommen Sie, wir bringen Sie an einen sicheren Ort. Es wird sich schon ein Weg finden, Sie unbemerkt in Ihr Haus zurückzubringen. Wir haben natürlich unsere Leute in der Eimergasse. Hier ...“, er faltete eine Sacktasche auseinander und holte ein Tuch hervor, „... legen Sie Ihre Haube hinein und binden Sie sich das Kopftuch um. Wir sind einfaches Volk und kommen vom Tanzen. Josch, komm! Wir bringen das Frollein ‚Zur Linde‘.“

‚Zur Linde‘!?

Die Männer nahmen Friederike in ihre Mitte und gingen mit ihr erst ein Stück weit die Allerheiligengasse hinunter, dann durch ein Gewirr enger Gassen, die manchmal so schmal waren, dass sie hintereinandergehen mussten. Schnell verlor sie die Orientierung.

Unterwegs fragte sie, woher sie hätten wissen können, dass sie nicht von der anderen Seite der Allerheiligengasse käme, und wer dieser Mann mit dem Zylinder sei.

„Wussten wir nicht“, sagte Bert, der der Wortführer zu sein schien. „Darum wartete auch auf der anderen Seite der Gasse ein kleiner Trupp von uns. Und der Kerl mit dem Zylinder? Das war Polizeileutnant Markowski, der Leiter der Operation. Da hat man einen ganz üblen Gesellen auf sie angesetzt, Frollein. Dem ist jeder schmutzige Trick recht, um jemanden schuldig dasteh'n zu lassen. Den Franz, Franz Wölflin, Jettchens Vater, hat er mit fadenscheinigen Anschuldigungen wieder einsperren lassen."

Nach etwa einer Viertelstunde kamen sie in eine Gegend, wo sich neben niedrigen alten Häusern einige langgestreckte, kastenförmige Gebäude befanden, die noch im Bau und eingerüstet waren.

„Mietshäuser", bemerkte Bert.

Wenig später bogen sie von einer Seitengasse in einen Hinterhof ein. Aus einigen ebenerdigen Fenstern schien Licht.

„Die ‚Linde'", sagte Bert.

Sie betraten einen schwacherleuchteten Flur. Bert öffnete eine Tür, die in einen von Tabakrauch vernebelten Raum führte. Öllampen gaben Licht, doch ein Teil lag im Halbdunkel. Um einen großen rechteckigen Tisch saßen Männer. Auch an einigen kleineren Tischen saßen Männer, an einem anderen drei Frauen, darunter die Frau vom Marktplatz. Ihrer Kleidung nach handelte es sich um Handwerker, Arbeiter, Gewerbetreibende und Händler. Ein Ausschanktisch fehlte. Friederike vermutete ein Hinterzimmer der Gaststätte.

Bert ging zu einem älteren Mann am runden Tisch und sprach leise mit ihm. Der Mann, er trug eine Lederschürze, erhob sich.

„Moritz Müller, der Wirt der ‚Linde', zu Ihren Diensten, Frollein. Da waren unsere Leute ja noch rechtzeitig zur Stelle, um Sie vor einer Torheit zu bewahren. Sie können von Glück sagen, dass unsere Leute noch rechtzeitig zur Stelle waren, um Sie vor einer Torheit zu bewahren, denn wir haben erst in allerletzter Minute von dem gefälschten Brief erfahren. Sonst hätten wir sicherlich versucht, Sie auf andere Weise von Ihrem Vorhaben abzubringen." Er machte eine einladende Handbewegung, jemand schob ihr einen Stuhl hin, und sie setzte sich.

„Ja, wie dumm von mir. Ich stehe tief in Ihrer Schuld."

„Wir vergessen nicht, wenn jemand was für uns tut."

„Was habe ich denn schon groß getan?", entgegnete Friederike.

„Jettchen, Franz und Maria Wölflins Tochter. Es erfordert Mut, das Kind im Kindergarten zu dulden – das Kind eines wegen Landfriedensbruchs Verurteilten und neuerlich Arretierten. Franz ist einer von uns. Aber was sie ihm damals nach den Aufständen zur Last gelegt haben und wofür er ein Jahr bekam, das war Unrecht. Wir schicken doch nicht Väter kleiner Kinder auf die Barrikaden. Wertes Frollein, Sie setzen sich der Gefahr aus, dass man Jettchen gegen Sie verwendet! Da ist es nur anständig, dass wir Ihnen zur Seite steh'n."

„Und wir wollen der preußischen Obrigkeit nicht widerstandslos dabei zusehen, wie sie die Gründung und den Fortbestand fortschrittlicher Erziehungsinstitute hintertreibt."

Ein Mann in bürgerlicher Kleidung trat aus dem Halbdunkel hervor.

„Aber man hat mir doch eine schriftliche Genehmigung erteilt", wandte Friederike ein, wobei sie wegen des dichten Tabakrauchs einen Hustenreiz unterdrücken musste.

Ein Bediensteter kam aus der Gaststube herein, und der Wirt fragte sie, ob er ihr etwas anbieten dürfe.

„Ein Kirschlikör wäre recht, Herr Wirt."

Schmunzeln und unterdrücktes Lachen in der Runde.

„Kirschlikör?!", fragte der Wirt ungläubig. „Minna", wandte er sich an eine der Frauen am Tisch. „Haben wir Kirschlikör?"

„Kirschlikör? Ich weiß nicht, ich geh' nachschau'n."

Der Mann in bürgerlicher Kleidung, er war mittleren Alters und trug eine runde Brille, setzte sich an den Tisch. „Wir haben nie so recht verstanden, warum man Ihnen die Erlaubnis zur

Fortführung des Kindergartens von Fräulein Michaelis überhaupt erteilt hat. Auch die Gründung in Nordhausen war uns schleierhaft. Jetzt glauben wir, dass man ein Exempel statuieren will – immer wollte. Man lässt Fortführung und Gründung zu, um nach außen hin Duldsamkeit zu zeigen, aber im Geheimen sucht man nach Gründen und Beweisen, welche die Staatsgefährlichkeit der Kindergärten und ihrer Leiterinnen belegen sollen. Und findet man keine, hilft man nach …"

Friederike fiel es wie Schuppen von den Augen. „Dann haben Sie mir wohl den anonymen Brief zukommen lassen?"

„Der Brief, in dem wir Sie warnten, dass eine größere Operation gegen die Kindergärten geplant sei? Ja, der ist von uns. Nachdem unsere Informanten in der Bezirksregierung uns die ersten Nachrichten zukommen ließen, dass da etwas im Gange sei, haben wir Sie in Kenntnis gesetzt."

Minna kam zurück und stellte ein Glas mit einem rötlichen Getränk vor Friederike auf den Tisch.

Friederike nahm einen Schluck, es brannte höllisch. „Was ist denn das?", brachte sie unter Husten hervor.

„Guter Nordhäuser Branntwein und ein Schuss Kirschsirup, Kirschlikör haben wir nicht!"

Friederike gab sich zufrieden und empfand das nachlassende Brennen im Hals sogar als angenehm. Dann sagte sie: „Nicht diesen Zettel meine ich. Ich spreche von dem anonymen Brief, den ein Unbekannter Anfang Dezember des vergangenen Jahres durch einen Straßenjungen im Kindergarten abgeben ließ. Es war der Tag, an dem ich die amtliche Erlaubnis erhielt, den Kindergarten weiterzuführen."

Der Herr mit der runden Brille schaute sie verwundert an und blickte in die Runde. Der Wirt schüttelte leicht den Kopf. „Von uns stammt dieser Brief nicht, Fräulein Nachtigal! Was war denn der Inhalt?"

„Der anonyme Absender hat mich dringlich davor gewarnt, den Kindergarten zu übernehmen. Die amtliche Erlaubnis sei ‚vergiftet', ja, so stand es in dem Brief – vergiftet …"

„Hat der Straßenjunge gesagt, wer ihm aufgetragen hatte, den Brief zu überbringen?"

„Nein, nur, dass es ein vornehm gekleideter Herr gewesen sein soll."

Der Herr mit der Brille dachte nach. „Haben Sie den Brief noch?"

„Ich hab ihn verbrannt."

„Das war klug von Ihnen …"

Vom Flur drangen Stimmen herein, die Tür wurde geöffnet, Lotte und drei Männer betraten den Raum.

„Das Gesicht vom Markowski hättet ihr seh'n soll'n!", sprudelte Lotte heraus.

Schadenfrohes Grinsen breitete sich auf vielen Gesichtern aus. Die Neuankömmlinge setzten sich an die kleinen Tische.

„Herr von Ravenbrück, wir müssen uns Gedanken machen, wie wir das Frollein unbemerkt in ihren Kindergarten zurückbringen", sagte der Wirt und schaute den Herrn mit der Brille an.

Friederike traute ihren Ohren nicht. *Herr von Ravenbrück? Hatte der Wirt von Ravenbrück gesagt?*

Einer der Männer, die eben hereingekommen waren, tat kund: „In der Eimergasse steht ein Geheimer, schräg gegenüber vom Kindergarten. Die Hintertür wird sicher auch bewacht. Die werden so schnell nicht abzieh'n."

„Ist noch jemand von uns dort?", fragte der Wirt.

„Ja, Heinrich. Er steht am Wenigemarkt, kann aber wenig tun."

„Ich fahr' mit 'nem Einspänner rein", schlug ein großgewachsener, kräftiger Mann mit Bart vor, der aus dem Halbdunkel hervortrat.

Friederike kniff mehrmals die vom Tabakqualm brennenden Augen zusammen, dann erkannte sie ihn. *Christopher, Christopher der Schwager!*

„Frollein, ich ahnte, dass Sie meine Dienste mal benötigen könnten, auch wenn's jetzt etwas anders gekommen ist."

„Wie wills'tes machen?", wollte der Wirt wissen und schaute Christopher an.

„Ich fahr mit dem Einspänner rein, das Frollein hält sich bedeckt. Ich halte vor dem Kindergarten und frag' den Geheimen nach einer Adresse. Die Kutsche verdeckt den Eingang, das Frollein verschwindet im Kindergarten, und ich fahr' weiter ..."

„So könnt's gehn", bestätigte der Wirt und schaute den Herrn mit der Brille, Herrn von Ravenbrück, an. Der nickte.

„Nach welcher Adresse wills'te fragen?"

„Er könnte nach dem Haus vom Regierungsrat von Ehrenberg fragen", warf Friederike ein.

Der Wirt nickte. „Josch, machst du den Einspänner fertig?"

Josch ging hinaus.

„Josch", rief ihm Christopher nach, „spann den Braunen ein."

„Sie werden sich auf Besuch einstellen müssen, Fräulein Nachtigal", bemerkte Herr von Ravenbrück, „wahrscheinlich schon morgen. Der Markowski pflegt Niederlagen sehr persönlich zu nehmen. Die Scharte von heute wird er auswetzen wollen ... Aber wer immer erscheinen wird, er wird in keiner guten Position sein. Man wird Ihnen ja schlecht sagen können, dass Sie einen Brief erhalten hätten, in dem Sie gebeten wurden, einen gewissen Herrn van Neesen zu treffen. So wird man im Nebel stochern in der Hoffnung, dass Sie sich verplappern. Verbrennen Sie den gefälschten Brief, auch den Umschlag, sofort wenn Sie im Haus sind. Achten Sie darauf, dass kein Licht nach außen dringt, verstehen Sie? Kein Licht, wenn Sie das Haus betreten! Und was immer die morgen von Ihnen hören wollen, Sie bleiben dabei: Sie haben einen kleinen Abendspaziergang gemacht und sind früh zu Bett."

Friederike berichtete von der Vorladung, die Albert Reinfeld von der Polizei erhalten hatte. Er habe ihr auch von dem Auftrag erzählt, ihre Lebensverhältnisse zu erkunden.

Herr von Ravenbrück nickte. „Der Markowski schreckt vor nichts zurück!"

Dann erzählte sie auch von der unangenehmen Unterredung in der „Flora". Als sie den Namen von Treptow erwähnte, kam aufgeregtes Gemurmel in der Runde auf.

„Oberregierungsrat von Treptow, vom Ministerium des Innern in Berlin abgeordnet, die Abteilung Innere Verwaltung des Regierungsbezirks Erfurt zu übernehmen", sagte Herr von Ravenbrück. „Wir haben erfahren, dass er einen härteren Kurs gegen die Kindergärten einschlagen will. Er ist wohl der politische Kopf hinter der ganzen Sache. Der Markowski ist nur Handlanger."

Friederike überlegte, ob sie auch von Idas Vater und dem Protokoll erzählen sollte. Aber wahrscheinlich wussten Herr von Ravenbrück und die anderen Männer hier schon längst davon. Die Botschaft, die sie ihr vor einigen Tagen zugespielt hatten, bestätigte ja Idas Mitteilungen.

Josch kam herein und nickte Christopher zu.

Christopher schickte sich an hinauszugehen. „Frollein?"

Friederike nippte noch schnell an ihrem rotgefärbten Nordhäuser Branntwein, stand auf und blickte in die Runde. „Haben Sie alle Dank, alle Ihr – alle Ihr Damen und Herren!"

Schmunzeln in der Runde.

Bert gab ihr die Sacktasche mit ihrem Hut. „Das Kopftuch sollten Sie aufbehalten."

Christopher ging voran. Im Hof stand eine einfache Kutsche. Am Aufbau links und rechts brannten Laternen. „Frollein", sagte

Christopher bevor sie einstieg, „machen Sie sich klein, so klein wie möglich. Kopf runter. Wenn wir auf der Höhe des Kindergartens sind, steigen Sie so schnell und so leise wie möglich aus. Und kein Licht! Los jetzt!"

Die Kutsche setzte sich in Bewegung. Friederike drückte sich zurück, machte sich klein und wagte nur hin und wieder einen schnellen Blick hinaus. Vereinzelt erhellte einfallendes Laternenlicht das Innere der Kutsche. *Das ist alles nicht wirklich, das kann nicht die Wirklichkeit sein. Ein Traum hat mich in die Romanwelt von Dumas versetzt. Gleich hält die Kutsche, und Edmond führt mich zu einer Soiree aus.* Aber sie war nicht in Paris oder irgendeiner anderen französischen Stadt. Das hier aber war die Johannisstraße in Erfurt, ja, da die Kaufmannskirche. Gleich ging's in die Eimergasse. Friederike hielt Sacktasche und Schlüssel bereit. Christopher ließ das Pferd gemächlich im Schritt gehen, hinein in die Eimergasse, zwei, drei Minuten noch.

Friederike setzte sich bereit und versuchte, unsichtbar zu bleiben. Die Kutsche hielt, ein schneller Blick, der Eingang zum Kindergarten. Sie hörte Christophers Stimme.

„Heh, Kamerad, wo ist denn hier das Haus vom Regierungsrat von Ehrenberg?"

„Mach, dass du weiterkommst!", kam es mit scharfer Stimme zurück.

Vorsichtig öffnete Friederike die Wagentür, stieg aus und machte zwei kleine Schritte zur Haustür hin.

„Heh, heh, Kamerad, kein Grund laut zu werden!"

Friederike drehte den Schlüssel im Schloss, drückte die Tür auf, schlüpfte in den Flur und schloss behutsam die Tür hinter sich. Sie atmete aus, lauschte.

„Heb dich mit deiner Mähre von dannen!"

„Was? Mähre? Brauner hast du gehört, Mähre hat er dich genannt …"

„Wenn du dich jetzt nicht fortscherst, wirst du Ärger bekommen!“

„Schon gut, Mann! Komm Brauner, mit dem ist nicht gut Kirschen essen, sein Liebchen hat ihn wohl versetzt, da wär’ ich auch vergrätzt.“

Friederike hörte, wie sich die Kutsche in Bewegung setzte. Sie lauschte noch einige Momente, die Kutsche entfernte sich. Es blieb still. Sie tastete sich zur Wohnung hinauf und schloss die Tür zur Wohnstube auf. In der kleinen Küche, die kein Fenster hatte, zündete sie eine Kerze an. In der Wohnstube gab es an der Decke ein wenig Licht durch den Widerschein der Gassenlaternen. Der gefälschte Brief lag auf dem Sekretär. Sie nahm ihn samt Umschlag und ging in die Küche zurück. Auf einem Teller verbrannte sie beides, wie ihr geraten worden war. Die Wohnstubenuhr schlug elf Uhr.

In ihrer Schlafkammer, deren Fenster auf die Gasse hinausging, lag sie lange wach. Mit dem beklemmenden Gefühl, dass draußen auf der Gasse jemand stand, der den Kindergarten beobachtete, vielleicht gerade zu ihren Fenstern hinaufschaute, fiel sie in einen unruhigen Schlaf. Noch im Einschlafen aber ging ihr eine Frage nach … Wie sollte sie Albert von dem heutigen Abend erzählen?

* * *

Herr von Ravenbrück behielt mit seiner Vermutung recht. Am nächsten Morgen vor Kindergartenbeginn erschienen zwei Polizeisergeanten in bürgerlicher Kleidung im Kindergarten. Friederike war mit Vorbereitungen für den Kindergartentag beschäftigt. Sie seien vom Amt für Innere Angelegenheiten, erklärten sie, ohne eine Legitimation vorzuweisen. Das Amt wünsche zu erfahren, wo das Fräulein gestern Abend gewesen sei, man habe sie aus dem Haus gehen sehen.

„Dann hat dieser Jemand mich nach meinem kurzen Abendspaziergang wohl auch wieder hineingehen sehen, und mich vielleicht dabei beobachtet, wie ich früh zu Bett gegangen bin? Hat das Amt für Innere Angelegenheiten nicht wichtigere Aufgaben, als junge Damen abends auszuspähen?"

„Sie leugnen also nicht, gestern Abend ausgegangen zu sein, um jemanden zu treffen?"

Die ersten Eltern kamen mit ihren Kindern, was den beiden Polizeisergeanten sichtlich unangenehm war.

„Ich leugne nicht, dass ich einen Spaziergang gemacht habe. Aber es lag nicht in meiner Absicht, jemanden zu treffen. Wen hätte ich denn treffen sollen? Sie vielleicht?"

Ob sie der Doppelsinn ihrer Frage sprachlos machte oder die neugierigen Blicke der Eltern und Kinder unruhig, war nicht auszumachen. Schnell und wortlos verließen sie den Kindergarten.

Friederike war froh, dass es am Nachmittag keine Kindergartenstunden gab. Sie brauchte Ruhe, um über die sich überstürzenden Nachrichten und Ereignisse der letzten Tage nachzudenken und Klarheit in ihre Gedanken zu bringen.

Gerade war sie auf dem Weg zu einem Spaziergang zwischen den Gärten hinter der Eimergasse und schon im Begriff, die Gartenpforte zu öffnen, da hörte sie noch schwach den Türklopfer. Sie ging zurück zur Eingangstür. Es war Albert.

„Albert, wie gut Sie zu sehen! Ich hab' schon auf Ihren Besuch gewartet. Begleiten Sie mich bei einem Spaziergang? Es gibt einiges zu erzählen …"

Albert nickte. „Auch ich habe etwas zu berichten."

Sie gingen zur Hintertür hinaus und auf die Gartenpforte zu. Friederike wies mit einer leichten Handbewegung auf den Pfosten. „Vor einigen Tagen habe ich dort eine Nachricht vorgefunden." Während sie zwischen den Gärten spazierten berichtete

Friederike, was ihr mitgeteilt worden war, dass die preußischen Behörden etwas gegen ihren Kindergarten und gegen sie selbst im Schilde führten. Auch von dem unangenehmen Gespräch mit dem Oberregierungsrat von Treptow erzählte sie und, ohne Idas Namen zu nennen, von dem Protokoll in der Regierungsbehörde, von dem sie erfahren habe. Noch überlegte sie, ob sie von Herrn van Neesen berichten sollte, und inwieweit sie die Vertraulichkeit brechen dürfte, die sie Frau von Ravenbrück zugesichert hatte, da sagte Albert: „Meine Nachrichten sind auch nicht erfreulich, Fräulein Friederike."

Er erzählte, dass er heute von den zwei Polizeioffizieren aufgesucht worden sei, eben jenen, die ihn schon im Polizeirevier einvernommen hätten. Das sei ihm darum besonders unangenehm gewesen, weil die Herren in seiner Schule aufgetaucht wären. Erst habe man ihn über sie, das Fräulein Nachtigal, ausgefragt. Dann aber hätten sie, was ihm ganz unverständlich gewesen sei, ein lebhaftes Interesse an einem Herrn van Neesen an den Tag gelegt, der, wie ihm wohl bekannt gewesen sei, bei einer Veranstaltung des Frauenvereins vorgetragen habe.

„Mehr wusste ich über den Herrn van Neesen nicht zu sagen. Sie aber glaubten, ich wisse mehr, fragten mich, ob ich dem Herrn schon mal begegnet oder mit ihm bekannt sei. Und dann haben sie gefragt, was ich von der Beziehung zwischen Herrn van Neesen und Ihnen wisse, ob mir ein brieflicher Austausch zwischen Ihnen beiden zur Kenntnis gelangt sei …"

Mein Gott! – Ich muss ihm von Daniel van Neesen berichten …

Sie erzählte von dem zufälligen Zusammentreffen im Café, von der Absicht seines Besuches im Kindergarten, von seiner Ausweisung und seinem Brief, den ihr Frau von Ravenbrück übermittelt habe. Und schließlich berichtete sie auch von dem gestrigen Abend, von dem gefälschten Brief und wie sie davon abgehalten worden war, eine Dummheit zu begehen.

„Ich bedauere es so sehr, dass man Sie in der Schule mit Fragen nach Herrn van Neesen belästigt hat!"

„Ich bin Ihnen für Ihre Offenheit dankbar, Fräulein Friderike."

Er verabschiedete sich mit jenem zurückgenommenen Blick, den sie nur zu gut bei ihm kannte.

* * *

Frau von Ravenbrück fasste die Ergebnisse der Beratungen zusammen, las die Liste der mutigen Frauen vor, die mit einem Vortrag geehrt zu werden verdienten, und nannte noch einmal die Namen der Vereinsdamen, die sich um geeignete Referentinnen und Referenten bemühen sollten. Den Zeitraum für die Vortragsreihe zu den „Mutigen Frauen in Geschichte und Gegenwart" hatte man in den Herbst hinein verschieben müssen.

Friederike hatte im Mienenspiel und in den Blicken Frau von Ravenbrücks nichts finden können, was darauf hingewiesen hätte, dass sie von den Geschehnissen in der „Linde" wusste. Doch nachdem die Sitzung förmlich beendet war, nahm sie Friederike zur Seite.

„Wie ich hörte, sind Sie meinem Gatten begegnet", sagte sie mit einem wissenden Schmunzeln.

„Ja, Sie können sich meine Überraschung ausmalen. Dann wissen Sie also von der Intrige, mit der mich die Polizei in Verbindung mit Herrn van Neesen bringen wollte?"

Frau von Ravenbrück lachte. „Mein Mann erzählt mir nicht alles von dem, was er und der ‚Bund der gerechten Deutschen' so treiben. Aber von diesem Abend hat er mir natürlich berichtet." Sie wurde ernst. „Die Polizei wollte Sie mit einem des Landes Verwiesenen in Verbindung bringen. Fräulein Nachtigal, ich mache mir Sorgen um Sie …"

„Ich habe mir nichts vorzuwerfen."

„Darum geht es nicht. Es geht darum, was die Polizei Ihnen vorwerfen wird. Die Nachrichten, die unsere Informanten, die des ‚Bundes' wie der meinen", sie lachte kurz auf, „wir haben unterschiedliche Informanten, die wir uns gegenseitig aus Sicherheitsgründen nicht enthüllen. – Alle diese Nachrichten stimmen darin überein, dass die Abteilung für Innere Verwaltung unter Oberregierungsrat von Treptow ein Exempel zu statuieren sucht, ein Exempel, das die staatsgefährdenden Umtriebe der Kindergärtnerinnen unter Beweis stellen soll. Wir wissen nicht, ob Sie jetzt noch die Gelegenheit haben, Erfurt und Preußen unbehelligt zu verlassen …"

„Aber man wird doch Gründe nennen müssen, und was hätte man denn gegen mich in der Hand?"

„Man wird Ihnen vorwerfen, dass Sie das Kind eines bestraften und erneut in Haft genommenen Aufrührers in Ihrem Kindergarten dulden. Auch die Aufnahme eines unehelichen Kindes wird man gegen Sie verwenden. Man wird Ihnen Unredlichkeit in Ihren Aussagen gegenüber Regierungsrat von Puttnitz nachzuweisen suchen, und wahrscheinlich hat man Ihre Post kontrolliert. Wenn wir nur wüssten, warum man diese Leute, die sich Ihnen unter dem Namen Kleinschmidt vorstellten, in Ihren Kindergarten eingeschleust hat …"

„Frau von Ravenbrück, woher nur wissen Sie von meinen Aussagen gegenüber Regierungsrat von Puttnitz?"

„Ach, liebes Fräulein Nachtigal, es gibt doch Gedächtnisprotokolle, und Gedächtnisprotokolle müssen geschrieben, kopiert und verteilt werden …"

„Dann ist vielleicht der Vater von Ida, von Fräulein Gruber, einer Ihrer Informanten?"

„Wäre er einer, ich würde es Ihnen kaum enthüllen. Aber nein, der Schreiber Gruber gehört nicht zu meinem Informantenkreis."

„Und worin sollte meine Unredlichkeit bestanden haben?"

„Darin, dass Sie auf die Frage des Herrn von Puttnitz jedweden Kontakt zu den Freien Gemeinden in Abrede stellten. Warum nur glauben Sie, sucht man einen engeren Kontakt zwischen Ihnen und Herrn van Neesen nachzuweisen?"

„Aber als ich mit dem Regierungsrat von Puttnitz sprach, habe ich die Wahrheit gesagt. Und Herrn van Neesen habe ich nur einmal – zufällig – getroffen …"

„Wobei Sie beobachtet worden sind … Als die Polizei Herrn van Neesen zur Einvernahme abholte, war er so naiv ihr mitzuteilen, dass er sich auf dem Weg zu Ihnen befände. Man hat ihn wohl auch deswegen ausgewiesen, um Ihnen später Verbindung zu einem des Landes Verwiesenen nachzuweisen."

„Frau von Ravenbrück, ich habe keinen Grund an ihren Worten zu zweifeln. Aber es fällt mir immer noch schwer zu glauben, dass die preußischen Behörden zu solchen Mitteln greifen, um gegen die Kindergärten vorzugehen."

„Gegen die Kindergärten und auch gegen Sie, Fräulein Nachtigal. Sie sollten Erfurt verlassen, so schnell wie möglich! Wer weiß, was sich der von Treptow und der Markowski noch so alles einfallen lassen. Man würde Sie wohl nicht unbehelligt ziehen lassen, aber die Leute vom ‚Bund' kennen Mittel und Wege, Sie herauszubringen …"

„Mein Gott, Frau von Ravenbrück, was sagen Sie denn nur? Ich soll meinen Kindergarten aufgeben, die Kinder, die Eltern? Die meisten haben doch schon im Voraus gezahlt!"

„Mein liebes Fräulein, das sollte Ihre letzte Sorge sein. Überlegen Sie doch! Wollen Sie warten, bis die Polizei den Kindergarten schließt, Sie unter Hausarrest stellt, vielleicht sogar inhaftiert und Sie schließlich des Landes verweist? Sie müssen davon ausgehen, dass schon bald etwas geschieht, wahrscheinlich in den nächsten Tagen schon!"

„Ich lasse meine Kinder nicht im Stich! Mögen die Behörden doch ihr Intrigenspiel treiben, freiwillig weiche ich nicht!“

„Das sollten Sie sich gut überlegen! Ob Sie auch bleiben und damit Gelegenheit zu weiteren Intrigen geben, der Kindergarten wird nicht mehr lange Bestand haben. Eine Verlängerung der Frist, die noch bleibt, hilft den Eltern und Kindern nicht. Fräulein Nachtigal, gönnen Sie dem von Treptow und der Geheimpolizei doch nicht den Triumph, mit förmlichen Maßnahmen gegen eine Kindergärtnerin vorgegangen zu sein!“

Friederikes Herz wehrte sich zu akzeptieren, was Frau von Ravenbrück ihr deutlich zu machen suchte, ihr Verstand sagte ihr, dass sie recht hatte.

„Aber sich feige wie ein Dieb davonschleichen …?“

„Liebes Fräulein, Stolz ist hier ein schlechter Ratgeber. Es ist nicht unehrenhaft, sich vor den Lumpereien einer reaktionären Staatsmacht durch Flucht in Sicherheit zu bringen. Wollen Sie denn den vielen aufrechten Demokraten, die sich durch Emigration nach England oder in die amerikanischen Freistaaten einer Verurteilung und Gefängnisstrafe entzogen haben, Feigheit vorwerfen?“

Friederike schaute verwirrt. „Es kommt alles so schnell …“

„Sie sind nicht Herrin des Zeitablaufs. Sie sollten, Sie müssen sich schnell entscheiden! Mein Mann hat mit den Leuten vom ‚Bund‘ gesprochen, es sind schon Vorbereitungen getroffen worden. Und, Fräulein Nachtigal, ich weiß zwar nicht, wie Sie und der Lehrer, der Herr Reinfeld, zueinander stehen, aber Sie sollten ihn überreden, mit Ihnen zu gehen.“

„Albert, Herr Reinfeld, mit mir gehen? Aber was hätte Herr Reinfeld denn zu befürchten?“

„Die Behörden wollen Sie als staatsgefährdende Person hinstellen. Man wird ihm die engere Bekanntschaft, die sich zwischen Ihnen beiden wohl ergeben hat, zum Vorwurf machen. Herr

Reinfeld ist nicht irgendein junger Mann – er ist Lehrer, und es wird heißen, dass ein Lehrer, ein Staatsdiener, keine engere Beziehung zu einer Person unterhalten darf, die der Staatsgefährdung verdächtig ist."

„Aber man hat ihn doch beauftragt, eine Bekanntschaft zu mir zu pflegen!"

„Ja, aber man erwartete Informationen von ihm, die sich gegen Sie verwenden ließen. Die ist er schuldig geblieben. Fräulein Nachtigal, alles, was Ihnen noch widerfahren mag, wird ihm schaden. Herr Reinfeld wird seiner Entlassung aus dem Schuldienst entgegensehen müssen, wenn nicht Schlimmerem … Im Augenblick kann er sich noch frei bewegen, steht wohl noch nicht unter Bewachung, aber das kann sich schnell ändern."

„So haben Menschen, die freundschaftlichen Umgang mit mir pflegen, den strafenden Blick der preußischen Behörden zu fürchten? Dann wäre vielleicht auch Idas Vater betroffen, nur weil seine Tochter freundschaftlich zu mir steht?"

„Ausgeschlossen ist das nicht, aber ich glaube kaum, dass der Schreiber Gruber etwas zu befürchten hat."

„Wenn ich denn keine andere Wahl habe", sagte Friederike bedrückt, „werde ich die Dienste der Frauen und Männer vom ‚Bund' wohl in Anspruch nehmen müssen."

„Ich werde mit meinem Mann sprechen, Fräulein Nachtigal. Wohin würden Sie gehen wollen?"

Friederike überlegte. „Gotha wäre das Nächstliegende …"

„Eine gute Wahl, dorthin haben wir schon häufiger Verfolgte in Sicherheit gebracht. Christopher, der Schwager, kennt sich gut aus. Verbrennen oder verstecken Sie Ihre Korrespondenz. Sprechen Sie so rasch wie möglich mit Herrn Reinfeld, sonst reden Sie mit niemandem über unser Gespräch, auch nicht mit Fräulein Gruber! Wenn Sie bereit sind, stellen Sie eine, wenn Herr Reinfeld Sie begleitet, zwei Blumen ins Gassenfenster, dann wissen die Leute vom ‚Bund' Bescheid. Sie werden Ihnen dann auf irgendeinem Weg eine Nachricht zukommen lassen. Nehmen Sie nur ganz kleines Gepäck mit, Sie müssen beweglich sein."

„Jemand muss die Eltern in Kenntnis setzen …"

„Machen Sie sich darüber keine Gedanken, wir werden dafür sorgen. Ich bin über Ihre Entscheidung froh, Fräulein Nachtigal! Schreiben Sie mir … Ach, noch etwas. Sie erwähnten in der ‚Linde' gegenüber meinem Mann einen anonymen Brief?"

„Ja, am Tag, an dem ich die Erlaubnis zur Fortführung des Kindergartens erhielt, bekam ich einen anonymen Brief, in dem ich davor gewarnt wurde, die Leitung zu übernehmen."

„Sie werden sich gefragt haben, wer der Absender gewesen sein mochte … es war Herr von Puttnitz."

„Herr von Puttnitz? Wir glaubten, der Pfarrer Schwartz …"

„Nein, nein, es war Herr von Puttnitz! Er gehört zu jenen in der Bezirksregierung, die sich gegen die Methoden aussprechen, die unter dem Oberregierungsrat von Treptow Einzug gehalten haben. Als mir mein Mann von dem anonymen Brief erzählte, wusste ich gleich, dass es nur Herr von Puttnitz gewesen sein konnte. Nur er konnte schnell genug von dem Erlaubnisbrief erfahren haben, nur er war dem Geschehen nahe genug, um von der Intrige dahinter zu wissen. Ich hatte einmal ein Gespräch mit ihm, da hat er es mir zwar nicht frei heraus gestanden, aber er hat deutlich zu verstehen gegeben, dass es nicht recht sei, was man gegen Sie plane. Er habe versucht zu helfen, aber nichts weiter tun können. Sie müssen wissen, Fräulein Nachtigal, der von Puttnitz ist zwar ein knochentrockener Beamter, aber ein aufrechter, ehrlicher Preuße … Alles Gute für Sie und Herrn Reinfeld!"

Verwirrt verließ Friederike das Vereinslokal. Ida wartete draußen auf einer Bank.

„Was hatte Frau von Ravenbrück denn … mein Gott, du schaust ja ganz verstört aus!"

„Ida, bitte frag' mich nicht, du könntest in Gefahr geraten."

„Friederike aber …"

„Ida, ich möchte dich um einen Gefallen bitten. Geh doch gleich zu Herrn Reinfeld, du weißt, er wohnt in der Büßleber Gasse. Sag' ihm, er möchte so schnell wie möglich zu mir in den Kindergarten kommen. Dann geh heim. Es wird der Tag kommen, dann werden wir über alles sprechen."

Friederike eilte zum Kindergarten.

Albert kam nach einer halben Stunde. Sie saßen sich am Wohnstubentisch gegenüber. Nachdem Friederike ihren Bericht beendet hatte, herrschte längere Zeit Schweigen. Die Stille wog schwer.

„Sie haben sich also entschieden, Fräulein Friederike, Sie geben den Kindergarten auf, verlassen Erfurt, Preußen?"

„Nur mein Kopf hat sich entschieden, Albert, aber mein Herz wehrt sich …"

„Fräulein Friederike, Sie sehen mich überrascht. Nach unserem Gespräch gestern hatte ich den Eindruck, dass Sie … nun, ich glaube, dass noch andere Gründe Ihr Herz bewegen, Gründe, die Ihr Verstand nicht kennt. Ich bin Ihnen dankbar, dass Sie mir die Begleitung nach Gotha antragen, aber Sie sind mir keine Gegenleistung schuldig. Sie sollten Herrn van Neesen folgen. Ich möchte keine Belastung für Sie sein."

„Ach Albert, lieber Freund! Glauben Sie mir, wenn mein Herz mich zu Herrn van Neesen zöge, ich wüsste es. Denken Sie denn, dass mich nur die Pflicht des Anstands, meine Schuld gegen Sie, Ihre Begleitung nach Gotha wünschen lässt?"

Er schaute sie erst verständnislos, dann mit einem Ausdruck des Erstaunens an, in dem sich Fragen und Freude mischten.

Schließlich sagte er: „In Erfurt hält mich nichts. Die Preußen ersticken den thüringischen Geist der Stadt“, er lächelte sie an. „Ich war noch nie in Gotha. Wann soll's losgeh'n?“

„Albert, das klingt ja geradezu so, als freuten Sie sich, Erfurt zu verlassen. Könnte ich doch auch so empfinden. Aber in Ihrer Begleitung ist es mir nur halb so schwer ums Herz. Nun, da wir uns entschieden haben, sollten wir keine Zeit verlieren. Auch Frau von Ravenbrück drängt. Heute haben wir Sonntag, … sagen wir Dienstag?“

Albert nickte.

„Ich werde als Zeichen, dass wir bereit sind, zwei Blumen ins Fenster stellen. Gehen Sie in Ihre Pension, verhalten Sie sich wie immer und packen Sie nur das Nötigste, die Leute vom ‚Bund‘ werden Sie benachrichtigen.“

„Aber meine Bücher?“

„Albert, Bücher lassen sich neu beschaffen, entzogene Freiheit nicht!“

Die beiden jungen Leute schauten sich an und wussten, dass Gefühl und Schicksal sie zusammenband.

Friederike lag noch lange wach. Unruhe und unklare Gedanken ließen sie nicht schlafen. Wie nur sollte sie den morgigen Tag mit den Eltern und Kindern überstehen?

* * *

Dieser Sorge wurde sie enthoben. Die Polizei erschien schon am nächsten Morgen. Friederike hielt sich noch oben in der Wohnung auf, da hörte sie, wie der Türklopfer mehrfach heftig angeschlagen wurde. Sie schaute auf die Uhr – halb neun, Eltern konnten das nicht sein. Sie schaute aus dem Fenster. Unten stand ein Uniformierter. Aus einer Kutsche stiegen zwei Herren in bürgerlicher Kleidung.

„Öffnen Sie die Tür, sofort!“, forderte der Uniformierte.

So schnell also! Friederike schloss das Fenster und warf noch einen Blick auf das ihr so bekannt gewordene Gassenbild. Vielleicht das letzte Mal? Sie war ruhig, sie war vorbereitet. Über die Pläne dieser Herren wusste sie mehr, als die Herren über die ihren. Sie war nicht wehrlos, sie hatte Freunde. *Wo Gefahr ist, das wächst das Rettende auch!* Sie ging hinunter und schloss die Haustür auf. Der Uniformierte blieb draußen und stellte sich neben der Tür auf. Einer der Herren verbeugte sich knapp.

„Wir sind beauftragt, die Räume des Kindergartens und die Wohnung zu durchsuchen. Anschließend werden Sie zur Vernehmung durch Herrn Polizeileutnant Markowski im Polizeiamt erwartet. Sind andere Personen im Haus?“

Friederike schüttelte den Kopf und trat zurück, um den Beamten Einlass zu gewähren. „Was wird mit den Eltern und den Kindern, die gleich kommen werden?“

„Der Kindergarten wird einstweilen geschlossen. Zeigen Sie uns die Räume.“

„Diese Tür führt zum Kindergarten, dort hinten geht's hinauf zur Wohnung.“

Die beiden Beamten verständigten sich durch kurze Blicke. Der eine ging in den Kindergarten, der andere schaute Friederike auffordernd an, zur Wohnung voranzugehen.

Oben zeigte Friederike dem Beamten die Kammern und die Wohnstube.

„Rühren Sie nichts an“, verlangte der Beamte. „Am besten, Sie setzen sich dort aufs Sofa.“

Friederike setzte sich. Der Beamte ging hinüber in ihre frühere Schlafkammer. Durch die offenen Türen hörte sie ihn hantieren. Nach wenigen Minuten kam er zurück und durchsuchte die Küche.

„Ich mache das nicht gern", sagte er, als er die Wohnstube betrat. „Aber Befehl ist Befehl …"

Friederike glaubte, Verlegenheit in seiner Stimme zu hören. Er betrat ihre Schlafkammer. Als sie hörte, wie er die Schubladen ihrer Wäschekommode öffnete, stiegen Wut und Scham in ihr auf. Stimmengewirr drang von der Gasse herauf: die Eltern und die Kinder. Sie glaubte zu hören, wie sie von dem Uniformierten abgewiesen wurden. Sie kämpfte mit Tränen.

In der Wohnstube wandte sich der Beamte als erstes dem Schreibsekretär zu. Er holte alle Papiere und ihre private Korrespondenz hervor. *Wie darf es in einer Zivilisation, auf die wir so stolz sind, geschehen, dass gemeine Hände sich an Briefen zu schaffen machen, die nur den Vertrautesten zugänglich sein sollten?* Nachdem der Beamte alles gebündelt hatte, tastete er den Sekretär von allen Seiten ab. „Fräulein, Sie glauben gar nicht, wo überall Verstecke eingebaut sein können."

„Warum fragen Sie mich nicht einfach?"

Der Beamte lachte wie über einen guten Scherz.

Der zweite Beamte betrat die Wohnstube. „Unten ist nichts, nur einige Bücher, sie sind schon in der Kutsche."

Der erste Beamte zeigte auf die Büchervitrine. „Wir müssen alle Bücher mitnehmen!"

Er öffnete die Tür zum Kachelofen und schaute kurz hinein. Dann wandte er sich an Friederike.

„Begleiten Sie uns nach unten, Fräulein!"

Friederike ging voran. Die Beamten folgten, auf den Armen Stöße von Büchern, Papieren und Briefen.

Die Fahrt mit der Kutsche zum Polizeiquartier verlief schweigsam. Die Beamten machten ein dienstliches Gesicht. Friederike war die räumliche Nähe zu den Männern unangenehm. Noch unangenehmer aber war ihr der Gedanke an die bevorstehende

Vernehmung durch den Polizeileutnant Markowski. Sie achtete nicht darauf, welchen Weg die von dem Uniformierten gelenkte Kutsche nahm.

Die Kutsche hielt vor einem großen Gittertor, neben dem sich ein Wachhäuschen befand. Ein Uniformierter trat heraus und öffnete das Tor. Sie fuhren in den hufeisenförmigen Innenhof eines zweistöckigen Backsteingebäudes. Uniformierte und Männer in Zivilkleidung liefen in unterschiedlichen Richtungen über den Hof. Einige führten Hunde an der Leine. An einer Seite standen mehrere ein- und zweispännige Kutschen. Berittene trabten herein oder sprengten heraus.

Der Uniformierte und einer der Beamten machten sich an den Büchern und Papieren aus Friederikes Wohnung zu schaffen. Der andere führte sie in das Gebäude. Erst ging es durch eine Reihe von Räumen, die durch Türen miteinander verbunden waren. An Schreibtischen saßen Beamte, die Akten bearbeiteten. Sie schauten auf, als Friederike mit ihrer Begleitung durch die Räume schritt. Schließlich erreichten sie einen breiten Flur, von dem nach einigen Schritten eine Treppe in das obere Stockwerk abging. Ein weiterer Flur. Vor einer hohen, holzumrahmten Tür machte der Beamte Halt. Er bedeutete Friederike, auf der Bank neben der Tür Platz zu nehmen und zu warten. Dann öffnete er die Tür und verschwand, kam aber nach wenigen Minuten zurück.

„Warten Sie hier, man wird Sie rufen. Es kann eine Weile dauern, die Papiere und Bücher aus Ihrer Wohnung müssen erst durchgesehen werden." Damit ließ er sie allein.

Auf der gegenüberliegenden Flurseite befanden sich einige hohe Fenster. Friederike stand auf und schaute hinaus. Der Blick ging auf den Innenhof. Einige Sträucher in der Mitte zeigten zartes Maigrün. Eine Weile betrachtete sie das Treiben, das Hin und Her der Uniformierten und Zivilisten, das Kommen und

Gehen der Reiter, die An- und Abfahrten von Kutschen. Aus einer der ankommenden Kutschen zerrten Uniformierte einen Mann, der sich trotz seiner gefesselten Hände heftig wehrte. Sie wandte sich ab und setzte sich wieder.

Auf dem Flur war kein Verkehr. Es war still. Nur vom Innenhof drangen Stimmen und Rufe herauf, metallische Geräusche von Kutschenrädern und Pferdehufen auf Kopfsteinpflaster, hin und wieder bellte ein Hund. Durch das Fenster sah sie Wolkenschiffe majestätisch und unbekümmert um alles menschliche Schicksal vorbeisegeln.

Wo mochten die Kinder und Eltern, Jettchen und Annabellchen jetzt wohl sein, was mochten sie denken? Ob die Polizei sie hier behalten würde? Sie war ohne Bewachung, sollte sie gehen? Aber sie würde kaum aus diesem Labyrinth von Fluren und Räumen hinausfinden, von der Wache am Tor ganz zu schweigen. Aber der Beamte hatte doch nur von einer Vernehmung gesprochen. Gäbe es ernst zu nehmende Haftgründe, säße sie nicht hier, sondern in einer Gefängniszelle.

Plötzlich ging die Tür auf. Friederike wollte schon aufstehen weil sie glaubte, dass sie nun zur Vernehmung geführt würde. Aber der Amtsdiener, der heraustrat, warf ihr nur einen kurzen, unbeteiligten Blick zu. Er verschwand hinter einer Biegung des Flurs. Wieder Stille.

Noch eine weitere halbe Stunde verging. Schließlich ging die Tür auf und ein junger Mann in einfacher bürgerlicher Kleidung erschien.

„Kommen Sie, Fräulein Nachtigal! Der Herr Polizeileutnant will sie jetzt seh'n."

Er ging voran und führte sie in ein geräumiges Kabinett. Neben einem großen Schreibtisch stand ein Beamter, die Arme hinter dem Rücken verschränkt. Er war von kleiner Gestalt und trug einen langen, schwarzen Rock. Von einem Mittelscheitel herab umrahmten dunkle Haare ein rundliches, blasses Gesicht. Friederike erkannte ihn sofort, obgleich sie ihn nur einmal entfernt im Laternenlicht neben dem Eingang zur Engelsburg gesehen hatte – Polizeileutnant Markowski.

„Fräulein Nachtigal, bitte nehmen Sie Platz!“ Mit einer einladenden Handbewegung wies er auf einen bequemen Stuhl mit gepolsterten Armlehnen.

Nachdem, was sie bislang über den Polizeileutnant gehört hatte, war sie über sein höfliches Benehmen überrascht. Sie setzte sich, und der Beamte nahm hinter seinem Schreibtisch Platz. Der junge Mann ließ sich an einen benachbarten kleineren Tisch nieder.

„Das ist unser Stenotypist, Fräulein Nachtigal“, erklärte der Polizeileutnant. „Er notiert so schnell, wie wir sprechen. Eine treffliche Erfindung, diese Kurzschrift. Sie sehen, wir gehen mit der Zeit …“ Er öffnete eine Akte. „Ihnen ist mit Schreiben vom fünften Dezember des vergangenen Jahres vom Amt für Geistliche-, Unterrichts- und Medizinalangelegenheiten die Erlaubnis erteilt worden, den Kindergarten in der Eimergasse weiterzuführen. Das Schreiben enthält den Erlaubnisvorbehalt, dass das Bekanntwerden von Tatsachen, welche die Sittlichkeit und Lauterkeit der Gesinnungen der Antragstellerin in Frage stellen, die unverzügliche Widerrufung der Erlaubnis zur Folge habe …“ Er schaute Sie prüfend an.

Friederike reagierte nicht. Sie hatte sich vorgenommen, so wenig wie möglich zu sagen.

„Wir haben hier zu prüfen, ob solche Tatsachen vorliegen.“

Heuchler!

Er entnahm der Akte ein Blatt Papier. „Sie schreiben und empfangen gern Briefe, lesen auch gern, Fräulein Nachtigal. Das ist in Preußen nicht verboten. Wenn diese Freiheiten allerdings dazu missbraucht werden, Gedanken und Informationen auszutauschen oder Ideen zu verbreiten, die dem Staatswohl abträglich sind oder gar die Staatssicherheit gefährden, dann ist unser Spielraum der Toleranz verletzt. Ist das nicht auch Ihre Meinung, Fräulein?"

Friederike nickte nur, wusste sie doch, worauf der Beamte aus war.

„Dann verwundert uns doch, bei Ihnen Briefe mit teils hochrotem Inhalt zu finden. Ein Herr van Neesen, der die Freiheit der Rede zu einem Vortrag bei dem hiesigen Frauenverein missbrauchte, bringt in einem Brief an Sie seine Hoffnung zum Ausdruck ...", er schaute auf den Brief, „... seine Hoffnung auf bessere Zeiten, wenn der Staatsgewalt Grenzen gesetzt sein werden, die von Vernunft und Bürgerwille bestimmt sind. Wenn Sie diese Hoffnung teilen, Fräulein Nachtigal, dann hoffen Sie auf den Umsturz. Hoffen Sie auf den demokratischen Umsturz, Fräulein Nachtigal?"

Mein Gott, warum hab' ich den Brief denn nicht verbrannt, wie mir Frau von Ravenbrück geraten hat. „Vielleicht war Herr van Neesen über seine Ausweisung verärgert ...", gab sie ausweichend zur Antwort.

„Ausweisung? Woher wissen Sie denn von einer Ausweisung, Fräulein Nachtigal? In seinem Brief an Sie steht nichts davon, auch in den Zeitungen hat nichts gestanden!"

Friederike biss sich auf die Lippen. *Nichts sagen!*

„Seinerzeit haben Sie angegeben, keinerlei Kontakte zu den freireligiösen Gemeinden zu unterhalten. Nun korrespondieren Sie nicht nur mit diesem Herrn van Neesen, einem Demagogen der Lichtfreunde, sondern pflegen ihn auch zu treffen. Wir fanden auch ein Buch, eine Übersetzung aus dem Dänischen bei Ihnen. Wir haben über den Verfasser dieser Schrift, einen gewissen Søren Kierkegaard, Erkundigungen eingezogen und erfahren, dass er als Verfasser von Schmähschriften gegen die Kirche hervorgetreten ist. Ein Exemplar dieser Schriften, übersetzt von besagtem van Neesen, fanden wir bei Ihnen, mit van Neesens Widmung. Glauben Sie nicht auch, Fräulein, dass wir allen Anlass haben, an der Lauterkeit ihrer Gesinnung zu zweifeln?"

„Warum fragen Sie mich? Erwarten Sie, dass ich Ihre vorgefasste Meinung über mich bestätige?"

Der Beamte stand auf. „Meinung? Mademoiselle, Meinung? Ich spreche von Fakta! Ist es etwa kein Faktum, dass Sie angaben, keinen Kontakt zur Hamburger Hochschule zur Bildung des weiblichen Geschlechts, dieser Hochburg der freireligiösen Deutschkatholiken, zu haben, aber in Korrespondenz mit einer gewissen Amalie Krüger stehen? Ist es kein Faktum, dass Sie eine Verbindung zu einer gewissen Frau Herz, einer bekennenden Demokratin, leugneten, gleichwohl in Briefkontakt mit ihr stehen? Ist es kein Faktum, dass Sie das Kind eines inhaftierten Staatsfeindes in Ihrem Kindergarten dulden und damit den demokratischen Umsturz unterstützen? Und ist es etwa kein Faktum, dass Sie der Unsittlichkeit Vorschub leisten, indem Sie ein uneheliches Kind aufnehmen?"

Das uneheliche Kind eines preußischen Offiziers, mein Herr! Friederike schwieg.

Der Beamte setzte sich wieder. „Fakta, Fakta, Fakta, mein Fräulein, alles Fakta, nicht Meinung! Sie schweigen? Was sollten sie auch sagen? Dass Sie die Kinder in Ihrem Kindergarten vom Gift ihrer unlauteren Gesinnungen verschonen?"

Friederike wollte schweigen, konnte sich aber nicht enthalten zu sagen: „Wegen einiger harmloser Briefe lassen Sie mich vorführen?" Sie spürte, dass sie hilflos klang.

„Nur harmlose Briefe, sagen Sie?"

Er gab dem Stenotypisten ein Zeichen. Der junge Mann verließ den Raum. Kurze Zeit später kam er mit einem Knaben zurück – es war Peter. Hinter ihm betrat auch seine Mutter, Frau

Kleinschmidt, die vorgebliche Frau Kleinschmidt, den Raum. Sie vermied es, Friederike anzuschauen.

„Peterchen“, wandte sich der Polizeiinspektor freundlich an den Knaben, „du bist hier auf einer Polizeibehörde, weißt du das?“

Der Knabe nickte.

„Dann weißt du auch, dass du die Wahrheit sagen musst?“

Wieder nickte der Knabe.

„Peter, erkennst du dieses Fräulein wieder?“

Peter schaute Friederike mit jener kindlich offenen Bosheit an, der jegliche Verstellung noch fremd ist. „Ja, das Fräulein Nachtigal vom Kindergarten …“

„Und hast du denn im Kindergarten auch etwas gelernt?“

„Ja, mit Würfeln bauen, Perlen auf Fäden zieh’n, mit Papier flechten …“

„Und hast du denn auch Lieder und Verse gelernt?“

„Ja …“

„Kannst du uns einige Verse vortragen, Peterchen?“

„Ja, ‚Schlaf, mein Kind, schlaf leis‘“. Der Knabe begann zu rezitieren.

Schlaf, mein Kind, schlaf leis,
dort draußen geht der Preuß.
Deinen Vater hat er umgebracht,
deine Mutter hat er arm gemacht,
und wer nicht schläft in guter Ruh,
dem drückt der Preuß die Augen zu.
Schlaf, mein Kind, schlaf leis.

Schlaf, mein Kind, schlaf leis,
dort draußen geht der Preuß.
Gott aber weiß, wie lang er geht,
bis dass die Freiheit aufersteht,

und wo dein Vater liegt, mein Schatz,
da hat noch mancher Preuße Platz.
Schrei's mein Kindlein, schrei's:
Dort draußen liegt der Preuß!

„Genug!", unterbrach der Polizeileutnant. Er winkte den Knaben und seine Mutter hinaus. „Diese holprigen Verse, mit denen ein gewisser Ludwig Pfau gegen Preußen hetzt, lassen Sie von den Kindern auswendig lernen! Das erscheint uns belastend genug, um Ihren Kindergarten zu schließen und Sie unter Hausarrest zu stellen, alles Weitere wird sich finden. Ich gewähre Ihnen den Vorzug, mit einer Kutsche in den Kindergarten zurückgebracht zu werden. Falls Sie sich dem Arrest zu entziehen suchen, wird dies als Widerstand gegen die Staatsgewalt und als Eingeständnis gewertet werden, die Ihnen zur Last gelegten Vergehen und Rechtswidrigkeiten begangen zu haben ... Bachmüller", wandte er sich an den Stenotypisten, „die Vernehmung ist beendet. Bringen Sie das Fräulein zu dem Polizeisergeanten, der sie hergebracht hat, er soll sie zurückbringen. Sagen Sie ihm auch, dass er die Überwachung des Hauses organisieren soll!"

„Das Fräulein zum Polizeisergeanten Hausmann bringen, jawoll, Herr Polizeileutnant."

Der Polizeileutnant stand auf und schickte sich an zu gehen.

„Auf ein Wort Herr Polizeileutnant!"

Der Beamte drehte sich zu ihr um.

Friederike schaute ihn mit kalter Verachtung an: „Sie sollten wegen Verrats an der Unschuld von Kindern und damit an der Zukunft Deutschlands vor ein Gericht gestellt werden!"

Bis auf ein kaum wahrnehmbares Zucken der Mundwinkel blieb sein Gesicht regungslos. Ohne ein Wort verließ er den Raum.

„Kommen Sie Fräulein Nachtigal", sagte der junge Mann.

Während Sie einen menschenleeren Flur entlang schritten, sagte der junge Mann plötzlich leise. „Der Hausarrest erschwert die Sache …“

„Die Sache? Welche Sache? Was haben Sie gesagt?“ Friederike, die gedankenversunken neben ihm hergegangen war, hatte nicht recht verstanden.

„Bitte sprechen Sie leise, schauen Sie nach vorn“, kam es gedämpft zurück. „Der Hausarrest erschwert es, Sie aus Erfurt rauszubringen. Nur gut, dass er kein Besuchsverbot ausgesprochen hat. Ich werd' unsern Leuten so schnell wie möglich Bescheid geben.“

Friederike dämmerte es, dass der junge Stenotypist einer der Informanten sein musste, von denen Frau von Ravenbrück gesprochen hatte. „Der Lehrer Reinfeld muss auch mit“, flüsterte sie.

„Den Lehrer rauszubringen wird einfacher sein. Soweit ich weiß, kann er sich noch frei bewegen.“

Sie wurden von einigen Beamten unterbrochen, die aus einer Tür auf den Flur hinaustraten. Auch den Rest des Weges fanden sie keine Gelegenheit mehr, sich unbemerkt auszutauschen. Bevor der junge Mann sie dem Polizeisergeanten Hausmann überließ, flüsterte er ihr anerkennend zu: „Was Sie dem Markowski sagten, war sehr mutig von Ihnen. Viel Glück für Sie und den Lehrer.“

Während der Fahrt mit der Kutsche musste sich Friederike zusammenreißen, um nicht laut loszulachen. *Wenn sie ihre Informanten so nah an der Quelle der Intrigen und der Gefahr haben, ist es kein Wunder, dass sie so viel wissen.* Sie sah eine Blumenhändlerin an einer Straßenecke stehen.

„Ist es erlaubt, noch Blumen zu kaufen? Unter Hausarrest wird's mir kaum noch möglich sein.“

Der Beamte überlegte kurz. „Dagegen wird sich wohl nichts einwenden lassen." Er befahl, die Kutsche anzuhalten, und Friederike kaufte einen ansehnlichen Strauß Frühlingsblumen.

* * *

Sie stellte zwei Blumen aus dem Strauß in ein Fenster, das zur Gasse hinausging. Sie schaute sich in der Stube um. Die Büchervitrine – leer. Der Schreibsekretär – aller Papiere entblößt – kam ihr wie beschmutzt vor. Sie kochte Kaffee, machte sich ein belegtes Brot und setzte sich an den Wohnstubentisch. Das Brot blieb angebissen liegen. Die Frage, was sie mitnehmen sollte, erheiterte sie.

Von der Gasse drang der Wortwechsel zwischen einer weiblichen und einer männlichen Stimme herauf. Ein Kind begann zu weinen. Friederike schaute aus dem Fenster. Unten standen Frau Wölflin und Fräulein Sievert mit Annabellchen und Jettchen. Annabellchen weinte, und Jettchen hatte einen Arm um die Schultern des kleineren Kindes gelegt. Fräulein Sievert stand hinter den Kindern und umspannte sie beschützend mit beiden Armen. Frau Wölflin sprach auf einen Mann in bürgerlicher Kleidung ein. Friederike verstand so viel, dass die beiden Frauen sie mit den Kindern besuchen wollten, der Polizeidiener – zur Überwachung des Hauses abgestellt – aber darauf beharrte, dass der Kindergarten geschlossen sei.

Friederike ging hinunter und stellte den Polizeidiener zur Rede. Sie stehe zwar unter Hausarrest, aber ein Besuchsverbot sei nicht verhängt worden. Die Frauen und die Kinder, warum er das denn nicht begreifen könne, wollten gar nicht in den Kindergarten, sondern ihr doch nur einen Besuch abstatten. Der Polizeidiener, auf die Ausführung eindeutiger Befehle eingestellt, verstand schließlich den Unterschied zwischen dem Besuch des Kindergartens und dem Besuch beim Fräulein Nachtigal und gab den Weg frei. Doch immer noch unsicher ermahnte er sie, den Besuch kurz zu halten.

Die Frauen und die Kinder schauten sich schüchtern in Friederikes Wohnstube um, sie waren ja immer nur unten in den Kindergartenräumen gewesen. Friederike dankte Ihnen für den Besuch und bat sie an den Tisch. Befangenes Schweigen. Aber Friederike spürte, dass die Frauen mit zahlreichen Fragen gekommen waren, und auch die Kinder wollten sicher wissen, warum der Kindergarten heute geschlossen blieb. Friederike erklärte, dass die Behörden sicher bald ihren Irrtum bemerkten und die Schließung des Kindergartens rückgängig machen würden. Sie überlegte, was sie anzubieten hatte, und ging in die Küche. Sie kam mit Anisplätzchen, Mandelbrezeln, dicker Milch und Zimt zurück. Dann wollte sie noch Kaffee kochen. Frau Wölflin folgte ihr in die Küche.

Mit gedämpfter Stimme sagte sie: „Frollein, ich hab eine Nachricht für Sie. Die Leute vom ‚Bund' steh'n bereit, Sie heut' Abend noch aus Erfurt rauszubringen."

„Dann wissen Sie also Bescheid?"

„Ja, man hat mir gesagt, dass Sie in Gefahr seien."

„Aber ich hab doch eben erst das Zeichen ins Fenster gestellt …"

„Sie haben von dem Hausarrest erfahren und fürchten, dass daraus schnell Gefängnis werden könnte, es sei keine Zeit zu verlieren."

„Und Herr Reinfeld, der Lehrer?"

„Auch ihn wird man rausbringen, Sie werden ihn dann wohl unterwegs treffen."

„Weiß Fräulein Sievert …?"

„Nein."

„Die Kinder?"

Frau Wölflin schüttelte den Kopf.

„Und wie soll es gehen?"

„Sie schicken heute Abend gegen neune eine Gruppe von Leuten in die Eimergasse, sie kommt vom Wenigemarkt. Lassen Sie hier oben Kerzen an einem sicheren Platz brennen. Halten Sie sich unten im Dunkeln an der Haustür bereit. Wenn die Gesellschaft am Kindergarten vorbeizieht, schlüpfen Sie aus dem Haus und mischen sich unter die Leute. Sie sollten schlichte Kleidung und ein Kopftuch tragen. Nur was in eine einfache Tasche passt, dürfen Sie mitnehmen. Etwas zum Überzieh'n, wenn's kühl wird, und derbe Schuhe wären nicht schlecht."

Sie begaben sich hinüber in die Wohnstube. Die Kinder löffelten die Dickmilch mit Zimt und Zucker.

Jettchen fragte: „Dürfen wir morgen wieder in den Kindergarten kommen, Fräulein Friederike?"

Auch Fräulein Sievert schaute sie fragend an.

Friederike warf Frau Wölflin einen hilflosen Blick zu. „Morgen vielleicht noch nicht, Jettchen, aber sicherlich bald, ja, ganz bestimmt schon bald …"

Unten ging der Türklopfer. Friederike schaute hinaus. Es war der Polizeidiener, der ihr bedeutete, den Besuch zu beenden. Sie wandte sich um.

„Sie müssen jetzt gehen, sonst gibt es noch Ärger."

Die beiden Frauen erhoben sich und nahmen ihre Kinder bei der Hand.

„Warten Sie!"

Friederike teilte den Blumenstrauß in zwei kleinere Sträuße und reichte sie den Frauen. Dann nahm sie die verbliebenen Anisplätzchen und Mandelbrezeln vom Tisch, ging in die Küche, wo sie alles Zucker- und Backwerk zusammen suchte, füllte alles in zwei Tüten und gab sie den Kindern.

Draußen auf dem Treppenflur kniete sie sich zu den Kindern hinunter. „Ich werd' immer an euch denken, ihr beiden. Jettchen, du wirst doch immer das Annabellchen beschützen?"

„Aber Fräulein Friederike, der Kindergarten ist doch bald wieder auf!“

„Gewiss, Jettchen, gewiss …“

Friederike reichte den Frauen die Hand, wandte sich um und ging in die Wohnstube zurück. In der Mitte der Stube blieb sie stehen. Sie hörte die kleine Schar die Treppe hinuntergehen. Erst als sich unten die Haustür schloss, setzte sie sich auf das Sofa und ließ ihren Tränen freien Lauf.

* * *

Es war viertel vor neun. Sie prüfte, ob die Kerzen auf den Tellern fest hafteten und sah sich in der Wohnstube um, die ihr seit der Durchsuchung am Morgen so fremd geworden war. Dann band sie sich ein Kopftuch um und warf sich einen Umhang über. Sie griff die Sacktasche, die sich seit dem Abend in der „Linde“ noch in ihrem Besitz befand, und machte sich durch das dunkle Treppenhaus auf den Weg nach unten. Durch das kleine Fenster neben der Tür fiel blasses Laternenlicht in den Flur. Vorsichtig drehte sie den Schlüssel im Schloss der Haustür und zog ihn ab. Sie lauschte. Nach wenigen Minuten waren vom Wenigemarkt her ferner Stimmenlärm und Gesang zu hören, die langsam näher kamen. Sie wartete noch. Als sie die ersten Stimmen und Schritte vor dem Haus hörte, öffnete sie die Tür einen schmalen Spalt. Etwa zehn oder elf Gestalten befanden sich zwischen ihr und der gegenüberliegenden Häuserfront. Es wurde laut geredet. Ein Mann sang ein Nachtwächterlied, eine Frau ein Trinklied. Flaschen machten die Runde. Sie schlüpfte hinaus, schloss so schnell und geräuschlos wie möglich die Tür hinter sich und mischte sich unter das Völkchen. Von einer Frau und einem Mann wurde sie in die Mitte genommen.

„Singen Sie mit, schwanken sie mit“, zischelte die Frau ihr zu, „und machen Sie sich klein!“

Friederike versuchte so gut sie vermochte, der Aufforderung nachzukommen. Die feuchtfröhliche Gesellschaft bewegte sich ohne Eile die Eimergasse hinunter. Friederike erkannte Bert an der Spitze. Unten an der Kaufmannskirche ging es links in die Johannisstraße hinein. Plötzlich stellten sich ihnen zwei Nachtwächter in den Weg.

„Heeh, noch Volks unterwegs? Ihr da, habt wohl eure Betten verkauft!"

„Nur keine Aufregung, Frollein", flüsterte die Frau. „Nur die Nachtwache, nicht die Polizei, bleiben Sie ganz ruhig!"

Die Stimmen dämpften sich auf ein Gemurmel herab.

Einer der Männer aus der Gruppe ging schwankend auf die Nachtwächter zu. „Ein Schlückchen, Kameraden?", er hielt ihnen eine Flasche entgegen. „Wie wär's mit einem Schlückchen gutem Nordhäuser?!"

„Nun schert euch schon heim!", sagte einer der Wachleute.

Gegrummel und halblauter Protest in der Gruppe.

„Und hört mit dem Lärm auf, Menschen wollen schlafen!"

Die Nachtwächter verschwanden in der Gasse, aus der sie hervorgekommen waren.

Langsam zog die Gruppe weiter. Friederike merkte, dass ihre beiden Begleiter sie zur Seite lenkten und dann in einen schmalen Weg führten.

„Fräulein, wir hoffen, dass man ihre Abwesenheit erst morgen bemerkt, aber man kann nie wissen. Darum werden wir uns bedeckt halten und Sie auf Umwegen zur „Flora" bringen. Christopher wartet dort mit der Kutsche."

Er ging voran, Friederike folgte ihm, die Frau bildete den Schluss. Friederike fühlte sich aufgehoben, beschützt. *Herr van Neesen, könnten Sie mich doch nur mit diesen einfachen, hilfsbereiten Menschen sehen, Sie würden anders über den Verlust an Gemeinschaft denken!*

Der Fußmarsch verlief schweigend. Nur einmal bemerkte der Mann: „Wir haben Glück, noch fast Vollmond und kaum Wolken …“

Wo Albert jetzt wohl sein mochte?

Sie erreichten die „Flora“ gegen halb zwölf. Das Gebäude lag dunkel, nur von silbrigem Mondlicht erhellt. Unter einem Baum war die Kontur einer Kutsche zu erkennen. Sie gingen auf sie zu. Im Näherkommen hoben sich zwei Gestalten vor den Umrissen der Kutsche ab – Albert und Christopher.

„Albert, Gott sei Dank!“

„Friederike, endlich! Wir dachten schon, es wär’ was passiert …“

Sie umarmten sich.

„Gab’s Schwierigkeiten?“, fragte Christopher.

„Alles lief reibungslos“, sagte der Mann. „Komm!“, er wandte sich an die Frau. „Es ist schon spät.“

„Warten Sie“, sagte Friederike. „Wie kann ich Ihnen danken?“

„Bleiben Sie Kindergärtnerin und helfen Sie Kindern!“, riet die Frau und verschwand mit ihrem Gefährten in der Dunkelheit.

* * *

„Friederike, wachen Sie auf!“

Sie befand sich in der Kutsche neben Albert und hatte ihren Kopf an seine Schulter gelehnt. „Wo sind wir?“

„In Neudietendorf.“

„In Neudietendorf?“

„Ja, wir sind jenseits der preußischen Grenzen, wir sind in Sicherheit. Kommen Sie, wir sind an einem Gasthof.“

Sie verließen die Kutsche. Aus der Tür des Gasthofes traten zwei Männer heraus. Einer hatte eine Laterne in der Hand.

„Wen hast du uns denn heute mitgebracht, Christopher?“

Friederike hörte Christopher lachen. „Einen Lehrer und ein Fräulein, das Kinderpflanzen pflegt."

„Kinderpflanzen pflegen? Sowas gibt's?" Der andere Mann lachte auch. „Kommen Sie, kommen Sie!", rief er Friederike und Albert zu.

Auf dem Weg ins Haus sagte Albert: „Christopher meint, wir sollten hier übernachten. In Gotha würden wir zu dieser Zeit keine Übernachtung bekommen. Hier finden wir nur Aufnahme, weil er die Wirtsleute kennt."

Sie saßen in der großen Wirtshausküche, Friederike, Albert, Christopher und der Wirt.

Die Wirtin stand am Herd und rührte in einem Topf. Eine Uhr zeigte halb zwei Uhr morgens.

„War's schwierig?", fragte der Wirt den Schwager.

Christopher schüttelte den Kopf. „Nur beim Frollein, wir mussten schnell einige Leute zusammenbringen, sonst ging's wie immer."

Die Wirtin stellte Teller, einen Topf mit Suppe und einen Korb mit Brot auf den Tisch. Friederike spürte erst jetzt, dass sie zuletzt gestern Nachmittag etwas gegessen hatte. Sie war für die einfache, warme Kartoffelsuppe dankbar.

„Die Schlafstuben sind dürftig", sagte der Wirt, „aber für eine Nacht werden sie den Herrschaften reichen müssen."

Nach dem schlichten Nachtmahl begaben sie sich auf ihre Stuben. Friederike schlief gleich ein.

Sie schaute in einen Brunnen. Verwelkte braune Blätter schaukelten auf der Oberfläche des Wassers. Lichter schimmerten und verblassten, als kämen sie aus der Tiefe, scheuten die Oberfläche, tanzten, spielten, sanken, stiegen, formten Gesichter, zerflossen, formten sich neu … von Puttnitz, Schwartz, von Treptow, Markowski – Gesichter fahler Totenblässe und doch so mächtig noch, die Lebenden zu knechten … Hinter ihr lachten und kreischten Kinder, sie schaute sich um. „Fräulein Friederike, das Jettchen hört nicht auf, mich zu kitzeln“ …

Friederike erwachte. Sie hatte geträumt, von Gesichtern, von Jettchen und Annabellchen – doch die Bilder zerflossen ihr im Sonnenlicht, das durch das kleine Stubenfenster strömte.

Wie befreit genoss sie mit Albert die kurze Fahrt nach Gotha. Beim Abschied dankte sie Christopher mit tief bewegten Worten und fragte, wie sie ihre Schuld gegen ihn je abtragen könne.

„Liebes Frollein, haben wir nicht alle gegenüber irgendjemand eine Schuld abzutragen, wofür wir die Mittel nicht wissen? Wenn Sie denn mir gegenüber eine Schuld zu haben glauben, tragen Sie sie gegenüber Menschen ab, die in Nöten sind und Ihre Hilfe brauchen.“

VIII

Friederike schloss die Vorbereitungen für die nächste Englischstunde ab. Sorge bereitete ihr der breite thüringische Dialekt, der in die englische Aussprache ihrer Schülerinnen floss. Die Färbung ihres eigenen Englisch hatte ihr Miss Dorsley gründlich ausgetrieben. Aber sie brachte es nicht übers Herz, so streng zu sein.

Mehr als einen Monat unterrichtete sie nun Englisch an August Köhlers „Privatschule für Mädchen“ in Gotha. Albert unterrichtete als Hilfslehrer an der Volksschule. Ihm war die Auflage gemacht worden, sich am Gothaischen Lehrerseminar weiterzubilden, was er nur widerstrebend akzeptiert hatte. Doch musste er schnell einsehen, dass es vieles gab, was er im preußischen Lehrerseminar nicht gelernt hatte – was ihm mit Absicht vorenthalten worden war. Die Seminarlehrer waren von dem Fleiß angetan, mit dem er seine Lücken im methodischen und didaktischen Bereich ausglich. Erstaunt waren sie über seine Kenntnisse in Erziehungsphilosophie – einem preußischen Volksschullehrer hatten sie diese Belesenheit nicht zugetraut. Albert hatte ihnen zu verstehen gegeben, dass er seine Kenntnisse keinem preußischen Lehrerseminar verdankte. Der Leiter des Gothaischen Lehrerseminars hatte Albert empfohlen, seine Studien mit Examina zum Bürgerschullehrer abzuschließen, was die nachdrückliche Unterstützung durch Herrn Köhler fand. Er schien bestimmte Pläne mit Albert und Friederike zu haben.

Für den Nachmittag hatte er sie beide zu einem Gespräch ins Lucas-Cranach-Haus gebeten.

Sie schaute auf die Uhr – gleich sieben, Zeit fürs Frühstück. Sie ging hinunter in den Gästeraum. Sie hatten beide Wohnung in einer kleinen Pension oberhalb des Hauptmarkts genommen. Albert saß schon am Tisch, er war immer als erster unten. Die Pensionswirtin kam mit dem Frühstück und der Post.

„Was Herr Köhler wohl mit uns besprechen will?", fragte Albert während des Frühstücks.

„Er hat nichts gesagt, aber er hat in der letzten Zeit häufiger Andeutungen gemacht, dass er einen Kindergarten gründen will."

„Aber es gibt doch schon einen Kindergarten!"

„Ein zweiter würde nicht schaden", sagte Friederike. „Ich glaube, er will auch ein Kindergärtnerinnenseminar gründen und den Kindergarten zum Seminarkindergarten ausgestalten. Ich bin gespannt, was er mit uns vorhat."

„Heute Nachmittag werden wir's wissen."

Friederike schaute die Post durch. Ein Brief kam aus Nordhausen von Emmi Wolfgang.

Ihr Gesicht wurde ernst. „Jetzt auch Nordhausen, die Bezirksregierung hat den Kindergarten in Nordhausen am vierzehnten Juni polizeilich schließen lassen. Emmi schreibt, alle vom Kindergarten glaubten an einen Formfehler, weil der Magistrat von Nordhausen es bei seiner Erlaubniserteilung versäumt habe, die Zustimmung der Bezirksregierung einzuholen."

Albert lachte auf. „Sollten sie es nach den Ereignissen in Erfurt nicht besser wissen?"

„Es ist die Hoffnung, Albert! Sie klammern sich an alles, was die Hoffnung aufrechterhält …"

Herr Köhler führte sie in das Kabinett, in dem Friederike schon einmal mit ihm gesprochen hatte. Auf dem Tisch standen Kaffee und Backwerk bereit. Ohne Umschweife kam er auf den Anlass seiner Einladung zu sprechen.

„Wie Sie wissen, trage ich mich mit dem Gedanken, Kindergarten und Schule enger zusammenzuführen. Wir können nicht hoffen, sie unter einem Dach zu vereinigen und unter eine einheitliche Leitung zu bringen, das würde die Schulbehörde nicht dulden. Aber an anderer Stelle sehe ich Anlass für Hoffnung, woran ich, Fräulein Nachtigal, nicht zu denken wagte, als wir uns bei Ihrem Besuch darüber unterhielten. Aus sicherer Quelle weiß ich, dass ein neues Volksschulgesetz für das Herzogtum geplant wird. Es soll den Einsatz von Lehrerinnen in den ersten drei Klassen ermöglichen. Vielleicht gelingt es uns, die Ausbildung zur Kindergärtnerin und die Ausbildung zur Elementarschullehrerin in einem gestuften Ausbildungsgang in ein und demselben Seminar zu vereinen. Vielleicht gelingt es uns sogar, dass wir Kindergärtnerinnen für die ersten Klassen der Elementarschule und Elementarschullehrerinnen für die letzten zwei Jahre des Kindergartens ausbilden können. Wir sollten versuchen, auf das neue Volksschulgesetz Einfluss zu nehmen. Ich werde eine Privatanstalt zur Bildung von Kindergärtnerinnen und Elementarschullehrerinnen ins Leben rufen, als ersten Schritt aber einen Kindergarten gründen – zur praktischen Ausbildung der Kindergärtnerinnen und zur Hospitation der Lehrerinnen."

„Aber Herr Köhler, das wäre ja wunderbar, ja, einmalig in Deutschland!", entfuhr es Friederike.

„Ja, das wäre es, Fräulein Nachtigal. Aber ich werde Hilfe brauchen, und dabei dachte ich an Sie und Herrn Reinfeld. Darf ich auf Ihre Hilfe zählen?"

Friederike und Albert sagten bereitwillig und mit Freude zu. Bis in den späten Nachmittag dauerte die Unterredung. Herr Köhler teilte ihnen Einzelheiten seiner Pläne mit und erklärte, was er von ihnen erwartete.

* * *

Ende August saßen Friederike und Albert im Garten von Herrn Köhler. Neben dem Gastgeber und Frau Köhler war auch noch Frau Herold anwesend. Frau Köhler hatte Apfelkaltschale und Zimtkuchen serviert. Wie überall, wo Freunde der Kindergärten in diesen Tagen beisammensaßen, gab es auch an diesem hochsommerlich warmen Sonntagnachmittag unter den Anwesenden nur ein Thema: die von der Berliner Zentralregierung ausdrücklich gebilligte Entscheidung der Erfurter Bezirksregierung, den Nordhäuser Kindergarten zu schließen, und der gleichzeitig ergangene Erlass, der die Ausweitung des Verbots auf das gesamte Königreich Preußen anordnete. Der Wortlaut der beiden Entscheidungen war durch regionale und überregionale Zeitungen veröffentlicht worden. Auf dem Tisch lagen Exemplare der „Berlinischen Nachrichten" und der „Nationalzeitung" vom 23. August. Auch ein Exemplar der „Dorfzeitung" vom 25. August lag auf dem Tisch. Darin war eine Erklärung Friedrich Fröbels abgedruckt, mit der er seine Freunde und Anhänger zu beruhigen suchte.

„Darf ich …?", fragte Bernhardine, die den Wortlaut der preußischen Verfügungen noch nicht kannte.

„Nur zu, Frau Herold!", lud Herr Köhler sie ein.

An die königliche Regierung zu N.[8]

Auf den Bericht vom 27. Mai d. J. billigen wir die von der Königlichen Regierung verfügte Schließung des sogenannten Kindergartens, der in N.[9] nach Fröbelschen Grundsätzen gegründet war. Wir veranlassen die Königliche Regierung, die N.[10] auf die hier angeschlossene Vorstellung vom Monat Juni d. J.,

8 Erfurt
9 Nordhausen
10 Frau Ernestine Storch

worin sie um Genehmigung zur Leitung des Kindergartens bittet, ablehnend zu bescheiden. Gleichzeitig empfehlen wir der Königlichen Regierung, über die Errichtung ähnlicher Privatanstalten in Zukunft eine rechtzeitige und strenge Kontrolle auszuüben.

Berlin, den 7. August 1851.

Der Minister der Geistlichen-, Unterrichts- und Medizinal-Angelegenheiten. (gez.) von Raumer
Der Minister des Innern (gez.) von Manteuffel

An sämtliche Königliche Regierungen ausschließlich der zu Erfurt
(Abschrift zur Kenntnisnahme und Beachtung.)

Wie aus der Broschüre „Hochschulen für Mädchen und Kindergärten usw." von Karl Fröbel erhellt, bilden die Kindergärten einen Teil des Fröbelschen sozialistischen Systems, das auf Heranbildung der Jugend zum Atheismus berechnet ist. Schulen usw., welche nach Fröbelschen oder ähnlichen Grundsätzen errichtet werden sollen, können daher nicht geduldet werden.

Berlin, den 7. August 1851.

Der Minister der Geistlichen-, Unterrichts- und Medizinal-Angelegenheiten. (gez.) von Raumer
Der Minister des Innern und Medizinalangelegenheiten (gez.) von Manteuffel

Kurz nach Veröffentlichung der Erlasse hatte es Berichte gegeben, dass auch in Sachsen und Bayern Kindergärten auf behördliche Anordnung geschlossen werden mussten. Die Königliche Kreisdirektion Dresden hatte den Kindergarten von Frau Herz mit der Begründung geschlossen, sie gehöre der „demokratischen Partei" an. In der Runde rätselte man darüber, warum in dem Verbotserlass die Schrift von Karl und Johanna Fröbel erwähnt wurde. Herr Köhler meinte, man habe dem Verbot den Anschein einer rechtlichen Begründung geben wollen, um in der Öffentlichkeit den Eindruck zu vermeiden, es sei aus purer Willkür gehandelt worden. Fräulein Diesterweg hatte aus Berlin geschrieben, ihr Vater habe noch drei Tage vor dem Verbot mit einer Rede den Kindergarten von Fräulein Erdmann im Pestalozzi-Stift in Pankow eröffnet. Der Vater sei davon überzeugt, dass mit dem Verbot die Freien Gemeinden getroffen werden sollten.

Friederike wies auf die „Dorfzeitung". „Der arme Herr Fröbel, er glaubt wohl wirklich, dass eine ungewollte Verwechselung seines Namens mit dem seines Neffen Karl Fröbel der Grund für das Verbot sei. Er hat sich diesbezüglich an die Berliner Ministerien gewandt und hofft, dass die Aufklärung der Namensverwechselung schon bald die Aufhebung des Verbots nach sich ziehen werde. Wie sehr wünschte ich für ihn, dass er recht behielte. Doch ich glaube, dass Herr Diesterweg mit seiner Meinung näher an der Wahrheit liegt."

„Man sollte die preußischen Behörden nicht für so dumm halten, dass sie Friedrich Fröbel und Karl Fröbel nicht zu unterscheiden wüssten!", bemerkte Albert.

Friederike wandte sich an Herrn Köhler. „Was bedeutet das Verbot für unsere Pläne hier in Gotha?"

Herr Köhler schaute besorgt. „Ich fürchte, es wird uns um Jahre zurückwerfen …"

Sie rätselten gerade darüber, welcher Anteil der Erfurter Bezirksverwaltung und namentlich dem Oberregierungsrat von Treptow an der Ausweitung des Kindergartenverbots auf das gesamte Königreich Preußen zukommen mochte, da hörten sie von der Gartentür her eine energische weibliche Stimme.

„Ist irgendjemand zu Hause?"

Friederike sprang auf – *Tante Alwine!* „Das ist meine Tante Alwine aus Rudolstadt!", rief sie der Runde zu und eilte den gewundenen Weg an Büschen und Obstbäumen vorbei zum Gartentor. „Tante Alwine! Welch eine Überraschung, wann bist du denn angekommen und woher wusstest du …?"

„Deine Pensionswirtin hat mir gesagt, dass du bei Herrn Köhler, dem Lehrer wärst, da hab' ich mir eine Kutsche genommen. Komme ich ungelegen?"

„Nein, nein, komm nur! Wir sprechen gerade über das Kindergartenverbot … Du hast sicher schon davon gehört?"

„Aber Rikki, natürlich hab' ich vom Kindergartenverbot gehört, es stand ja in allen Zeitungen. Ich hab' dir auch was dazu mitgebracht …"

Alwine von Stuckenrath wurde herzlich aufgenommen und bewirtet. Nachdem einige höfliche Fragen und Antworten ausgetauscht worden waren, sagte sie: „Ich hab' Ihnen etwas mitgebracht, was Sie aufheitern wird." Sie holte eine Zeitschrift aus ihrer Handtasche. „Die letzte Ausgabe des ‚Kladderadatsch' mit einer köstlichen Persiflage zum Kindergartenverbot", sie schaute in die Runde. „Soll ich vorlesen?"

Alle nickten erwartungsvoll. Die Tante las vor:

Fünf Minuten in einem Fröbelschen Kindergarten.

Lehrerin: Liebes Rieckchen, was hast du dir aus dem Struwwelpeter behalten?

Rieckchen: Da kam der große Nikolas mit seinem großen Tintenfaß.

Lehrerin: Gut! Was hast du, Mieckchen, aus deinem Lesebuch behalten?

Mieckchen: Moritz war nie recht zufrieden, was ihm wurde auch beschieden.

Lehrerin: Gut! Und du Pinchen?

Pinchen: Der Fuchs, der ist ein Bösewicht, er wagt sich nicht an's Tageslicht.

Lehrerin: Tinchen, hast du noch das lustige Liedchen behalten, das wir gestern gesungen?

Tinchen: Wie machen's denn die Schneider? So machen sie's: Hier ein Läppchen, da ein Läppchen, machen draus ein Kinderjäckchen. So machen sie's.

Lehrerin: Linchen, wie heißt dein Lieblingslied?

Linchen: Vetter Michel wohnt auf der Lämmer-Lämmer-Straß, kann machen, was er will.

Lehrerin: Und deines Malchen?

Malchen: Fröhlich und wohlgemut wandert das junge Blut.

Lehrerin: Schön, meine Kinder, nun wollen wir ein Stündchen spielen.

Ein Fremder, welcher bis dahin schweigend zugehört: Erlauben Sie, Madame, dass ich mich von den Kenntnissen der Kinder überzeuge?

Lehrerin: Mit Vergnügen!

Fremder: Was ist ein Geist?

(Die Kinder sperren die Mäuler auf.)

Lehrerin: Mein Herr, bedenken Sie, daß Sie hier Kinder von 2 bis 6 Jahren vor sich haben.

Fremder: Was versteht ihr unter Offenbarung?

(Stille.)

Lehrerin: Aber mein Herr ---

Fremder: Welche Staatsform ist die beste? – Malchen, ist das Zweikammersystem haltbar? Pinchen, willst du den Kommunismus verwerfen? Tinchen, ist Proudhon nicht der wahrhafte Belzebub? –

(Minchen, Pinchen, Linchen, Malchen usw. lachen laut auf.)

Fremder: Gut Madame, ich weiß, was ich zu berichten habe! Es werden hier nach Fröbels System Sachen von Struve vorgetragen, welcher unter dem Namen Struwwelpeter hier eingeschwärzt wird, die Potentaten werden in dem Namen Nicolaus herabgewürdigt, Deutschland wird als ein Mann geschildert, der machen kann, was er will, die Kinder haben keine Idee von Religion; Sozialismus, Kommunismus und Atheismus sind Gegenstände, über die sie offenbare Freude empfinden, und mit dem Schneiderliede kann niemand anders gemeint sein, als der durchlauchtigste Bundestag.

Lehrerin: Aber mein Herr

Fremder: Wir werden dergleichen staatsgefährliche Institute zu beseitigen wissen! (Er geht.)

Sämtliche Kinder: Adje! Adje! Leben Sie gesund! Hurrah!

Alle lachten herzlich, natürlich auch Friederike, die sich aber beim Auftritt des „Fremden“ unangenehm an Oberregierungsrat von Treptow und Polizeileutnant Markowski erinnert fühlte. *Die Wirklichkeit ist in ihrer Bosheit jeder Satire voraus …*

Die kleine Geschichte im „Kladderadatsch" konnte Empörung und Ärger über das Kindergartenverbot nicht schmälern, aber sie sorgte für aufgehellte Gesichter.

Albert sagte: „Gnädige Frau, Sie kamen gerade recht, uns aufzumuntern."

„Herr Lehrer, wenn Sie mich noch einmal mit ‚gnädige Frau' ansprechen, werden Sie mich ungnädig erleben!"

Mit Ausnahme von Albert, dem der Schalk in der Stimme der Frau von Stuckenrath entgangen war und der verdattert schaute, schmunzelten alle.

Tante Alwine blieb noch einige Tage in Gotha, und Albert hatte genügend Gelegenheit, ihre Herzens- und Verstandesbildung schätzen und mögen zu lernen, wie auch vor ihren gelegentlichen Eigenheiten auf der Hut zu sein. Bei ihrer Abreise nahm sie Friederike beiseite. „Wenn ich diesen jungen Mann an deiner Seite weiß, mache ich mir weniger Sorgen um dich!"

* * *

Albert betrat, zum Ausgang gekleidet, Friederikes Pensionsstube – sie wollten spazieren gehen. Friederike lachte laut auf.

„Allmächtiger, Albert! Woher hast du denn dieses Ding?"

„Welches Ding meinst du, Friederike?"

„Nun, dieses Ding da auf deinem Kopf."

„Du meinst den Zylinder? Ich dachte, es wäre dir recht, wenn ich mich wie ein Herr kleide?"

„Albert, es gibt Wichtigeres, wofür es sich Geld auszugeben lohnt. Mit diesem Ding auf deinem Kopf geh ich mit dir nicht unter die Leute. Zylinder steht dir einfach nicht!"

„Friederike, ich sag's nicht gern, aber ich konnte deine bunten Hauben auch nie aussteh'n. Wie einem Puppenkabinett entsprungen schaust du damit aus!"

Friederike schaute verdutzt, dann lachte sie. „Auch ich mochte diese Dinger nie so recht. Also dann auf – ohne Haube und Zylinder!“

Und so kam es, dass die Gothaer Bürger häufig eine hochgewachsene junge Dame und einen hochgewachsenen jungen Herrn, beide modisch gekleidet, aber der bürgerlichen Kleiderordnung widersprechend ohne Haube und Zylinder, Hand in Hand, jedermann freundlich grüßend, in den Straßen der Stadt und im Herzoglichen Park spazieren gehen sahen …

Das Kindergartenverbot in Preußen bestand neun Jahre und wurde erst am 17. April 1860 aufgehoben. Friedrich Fröbel konnte die Aufhebung nicht mehr erleben, denn er starb am 21. Juni 1852 in Marienthal. Die in der Fachliteratur häufig vertretene Auffassung, dem Verbot habe eine Verwechselung des Namens Friedrich Fröbel mit dem seines Neffen Karl Fröbel zugrunde gelegen, ist wenig plausibel und durch nichts belegt. Auch in anderen deutschen Ländern mussten Kindergärten aufgrund behördlicher Anordnung schließen.

Der historischen Wissenschaft ist kein weiterer Fall bekannt, dass mächtige Staaten sich durch das Spiel kleiner Kinder in ihrer Sicherheit bedroht glaubten.

Verzeichnis historischer Personen

Baltzer, Eduard:
Prediger der Lichtfreunde in Nordhausen, unterstützt die Gründung von Kindergärten

Beit, Jeannette und Wilhelm:
Gründer eines Kindergartens

Benfey, Rudolf:
Lehrer und Schriftsteller, Anhänger der Freien Gemeinden, unterstützt die Gründung von Kindergärten

Bothmann, Emma: Kindergärtnerin

Bothmann, Henriette: Kindergärtnerin

Breymann, Henriette:
Kindergärtnerin und Lehrerin, Großnichte Friedrich Fröbels, Begründerin des Pestalozzi-Fröbel-Hauses in Berlin

Demler, Nanette:
Vorsitzende des Frauenvereins einer Freien Christlichen Gemeinde, suchte Verbindung zu Kindergärten

Diesterweg, Adolf:
bedeutender Schulpädagoge des 19. Jahrhunderts

Diesterweg, Hermine:
Kindergärtnerin, Tochter von Adolf Diesterweg

Döbbel, Henriette: Kindergärtnerin

Erdmann, Christiane: Kindergärtnerin

Fliedner, Theodor:

Pfarrer, gründete die erste Diakonissenanstalt in Kaiserswerth bei Düsseldorf, rief evangelische Kleinkinderschulen ins Leben, bildete evangelische Kleinkinderschullehrerinnen aus

Fölsing, Johannes:

neben Friedrich Fröbel und Theodor Fliedner einer der bedeutendsten Kleinkindpädagogen des 19. Jahrhunderts, gründete Kleinkinderschulen in Darmstadt

Fröbel, Friedrich Wilhelm August:

Begründer einer bildungstheoretischen Konzeption und Methode der Kleinkindererziehung, er führte die Bezeichnung „Kindergarten“ ein

Fröbel, Johanna (geb. Küstner):

Kindergärtnerin, gründete zusammen mit ihrem Mann, Karl Fröbel, die „Hochschule für das weibliche Geschlecht in Hamburg“

Fröbel, Karl:

Neffe von Friedrich Fröbel, Lehrer, gründete mit seiner Frau Johanna die „Hochschule für das weibliche Geschlecht in Hamburg“

Habicht, Emma: Kindergärtnerin

Herz, Heinrich:

Demokrat, wurde verfolgt und inhaftiert, Gatte von Wilhelmine Auguste Herz

Herz, Wilhelmine Auguste:

Kindergärtnerin, gründete Kindergärten in Dresden, bildete Kindergärtnerinnen aus, schrieb Aufsätze und Bücher zur Kindergartenpädagogik, Gattin von Heinrich Herz

Herold, Bernhardine: Kindergärtnerin

Hildenhagen, Ludwig:
Pfarrer einer Freien Gemeinde, Gründer von Kindergärten

Kierkegaard, Søren:
dänischer Religionsphilosoph, gilt als ein Vorläufer der Existenzphilosophie

Köhler, August:
Lehrer in Gotha, Mitbegründer des deutschen Fröbelverbandes

Krüger, Amalie:
Kindergärtnerin, u. a. in Hamburg an der „Hochschule für das weibliche Geschlecht"

Levin, Luise:
Kindergärtnerin, 1851 Eheschließung mit Friedrich Fröbel

Marchesi, Mathilde (geb. Graumann):
Mezzosopranistin und Musikpädagogin

Meyer, Margarethe:
Kindergärtnerin, Schwester von Bertha Traun, heiratete Karl Schurz, zusammen mit ihm Emigration in die USA, Gründung eines Kindergartens für deutsche Einwanderer

Meysenbug, Malvida Freiin von
Kindergärtnerin, Schriftstellerin, Demokratin, freundschaftliche Beziehungen zu Richard Wagner, Friedrich Nietzsche, Romain Rolland u. a., flüchtete vor der Polizei nach England

Michaelis, Auguste: Kindergärtnerin

Middendorff, Wilhelm: Lehrer bei Friedrich Fröbel

Otto, Luise:

Publizistin, gab die Zeitschrift „Frauenzeitung für höhere weibliche Interessen“ heraus, Mitbegründerin des „Allgemeinen deutschen Frauenvereins“

Ronge, Johannes:

Führer der Deutschkatholiken, Demokrat, unterstützt die Gründung von Kindergärten, heiratete die Kindergärtnerin Bertha Traun, emigrierte mit ihr nach England, in London Gründung eines Kindergartens

Schleiermacher, Friedrich:

bedeutender Philosoph, Theologe und Erziehungstheoretiker

Schmieder, Ottilie:

Kindergärtnerin

Schurz, Karl:

Demokrat, Revolutionär, Journalist, befreite unter abenteuerlichen Umständen den Dichter und Revolutionär Gottfried Kinkel aus der Festungshaft, heiratete die Kindergärtnerin Margarethe Meyer, zusammen mit ihr Emigration in die USA, dort einflussreicher Politiker, 1877 bis 1881 amerikanischer Innenminister

Seele, Ida:

erste in Bad Blankenburg ausgebildete Kindergärtnerin

Steiner, Auguste: Kindergärtnerin

Stieler, Emilie: Kindergärtnerin

Storch, Ernestine:

Kindergärtnerin und Kindergartenleiterin

Traun, Bertha:
Kindergärtnerin, Frauenrechtlerin, führende Rolle in den Freien Christlichen Gemeinden (Deutschkatholiken), heiratete Johannes Ronge, den Führer der Deutschkatholiken, emigrierte mit ihm nach England, in London Gründung eines Kindergartens

Weiler, Ida: Kindergärtnerin

Wichern, Johann Hinrich:
evangelischer Theologe und Pfarrer, gründete das „Rauhe Haus" zu Horn bei Hamburg, Mitbegründer der Inneren Mission (Vorläufer des Diakonischen Werks der evangelischen Kirche in Deutschland)

Wislicenus, Gustav Adolf:
Theologe, Führer und Vordenker der Freien Christlichen Gemeinden

Wolfgang, Emmi: Kindergärtnerin

Zürn, Marie: Kindergärtnerin

Quellenhinweise

Albrecht, Sophie (1839 / 1990): Erfurter Kochbuch für die bürgerliche Küche. Neu hg. vom Verlag & Druckerei Fortschritt Erfurt GmbH.

Blaha, Walter u. a. (1992): Erfurter Straßennamen in ihrer historischen Entwicklung. Verlagshaus Thüringen in der Verlag & Druckerei Fortschritt Erfurt GmbH.

Erfurter Raritätenkabinett. Alte Zeitungsbände erzählen (1840 – 1900). Bearbeitet von G. Scheuffler (1930 / 1990): Nachdruck hg. vom Verlag und Druckerei Fortschritt Erfurt GmbH.

Gerlach, Gottlob (o. J. / 1990): Der elegante Kaffee- und Theetisch oder Anweisung wie man das Lob, eine Gesellschaft delicat und doch wohlfeil bewirthet zu haben, erhalten kann. Ein Handbuch für Damen, Kaffee- und Gastwirthe. Vierte Auflage, Erfurt: Verlag von Hennings und Hopf. Hg. vom Verlag & Druckerei Fortschritt Erfurt GmbH.

Haußen, Waldemar (2010): Maßeinheiten in Erfurt und im Erfurter Landgebiet während des 19. Jahrhunderts. In: Gesellschaft für Geschichte und Heimatkunde von Erfurt e. V. (Hg.): Jahrbuch für Erfurter Geschichte, Bd. 5, S. 193 – 202.

Kaiser, Klaus-Dieter (2007): Erfurt als Garnison und Festung 1813 – 1873. Berlin.

König, Helmut u. Barbara (Hgg.) (1990): Mein lieber Herr Fröbel! Briefe von Frauen und Jungfrauen an den Kinder- und Menschenfreund. Berlin: Verlag Volk und Wissen.

Meysenbug, Malvida Freiin von (1876 / 1985): Memoiren einer Idealistin. Neu hg. von Renate Wiggershaus. Frankfurt/M.: Insel Verlag.

Münchow, Katja (2004): Marie Zürn. Eine Kindergärtnerin in Schwierigkeiten. In: Der authentische Fröbel. Hg.: Thüringer Landesmuseum Heidecksburg Rudolstadt durch Margitta Rockstein. Schriften des Friedrich-Fröbel-Museums Bad Blankenburg, Bd. 5, S. 71 – 87.

Nitz, Thomas (2005): Stadt – Bau – Geschichte. Stadtentwicklung und Wohnbau in Erfurt vom 12. bis zum 19. Jahrhundert. Berlin: Lukas Verlag.

Otto-Peters, Luise (1866 / 1997): Das Recht der Frauen auf Erwerb. Blicke auf das Frauenleben der Gegenwart. Hamburg: Hoffmann und Campe 1866. Neuausgabe: Leipziger Universitätsverlag.

Overmann, Alfred (1929 / 1992): Erfurt in zwölf Jahrhunderten. Eine Stadtgeschichte in Bildern. Neu hg. vom Verlagshaus Thüringen in der Verlag & Druckerei Fortschritt Erfurt GmbH.

Overmann, Alfred (1948 / 1992): Aus Erfurts alter Zeit. Gesammelte Aufsätze zur Erfurter Kulturgeschichte. Neu hg. vom Verlag & Druckerei Fortschritt Erfurt GmbH.

Prüfer, Johannes (1927): Friedrich Fröbel. Sein Leben und Schaffen. 3., völlig umgearb. u. bedeutend erw. Aufl. Leipzig/Berlin: B. G. Teubner.

Raschke, Helga (1996): Gotha. Die Stadt und ihre Bürger. Horb a. Neckar: Geiger-Verlag.

Schmidt, Jürgen W. (Hg.) (2012): Polizei in Preußen im 19. Jahrhundert. 2. Aufl. Ludwigsfelder Verlagshaus.